幸せの国殺人事件

矢樹 純

ポプラ社

幸せの国殺人事件

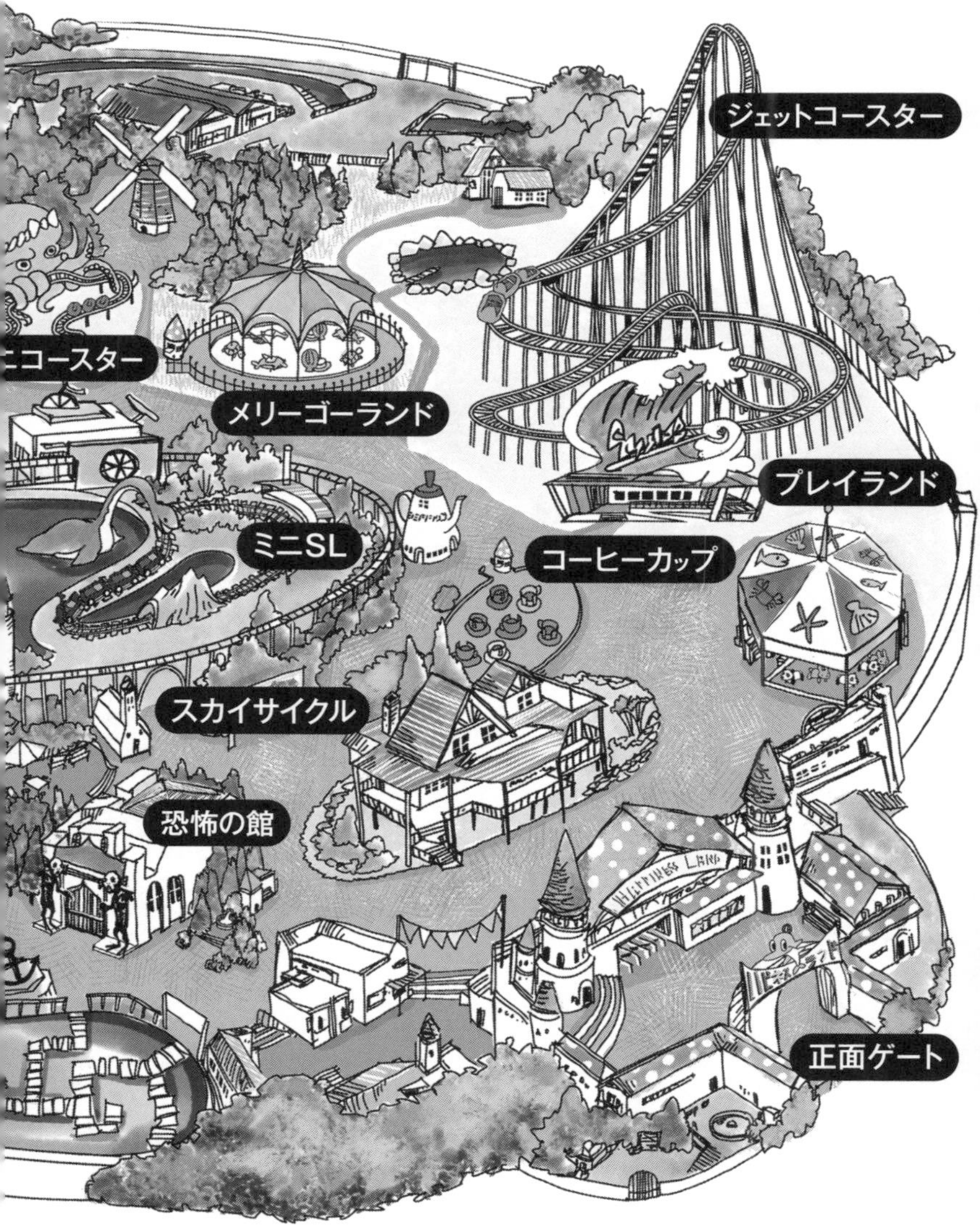
ジェットコースター
ニコースター
メリーゴーランド
プレイランド
ミニSL
コーヒーカップ
スカイサイクル
恐怖の館
正面ゲート

Happiness Land
園内マップ
灯台広場
ゲームパーク
探検わくわく島
回転ブランコ
急流いかだ下り

デザイン　bookwall
装画・地図　芦刈将

第一話

一

「海斗《かいと》の母ちゃん、やばくね？　そんな嘘、すぐばれるに決まってんじゃん」

　昨日の晩、同級生の桶屋太市《おけやたいち》からそう指摘された僕は、その見解に全面的に同意した。母親に言われたことを、そのまま太市に伝えはしなかったけれど、誰かに話さないと気が済まなかったのだ。

　母親はあれから、自分の発言を少しは反省しているらしい。お弁当のおかずを豚の生姜焼きにしたり、晩ご飯のおかずを鶏の唐揚げにしたりと、僕の好物で機嫌を取ろうとしている。だけど僕は許す気はなかった。もう丸一日、母親とは口を利いていない。

　無心に数学のプリントの最後の問題を解くと、クリアファイルに挟んだ。宿題を終わらせてから遊ぶという小学校からの決まりを守り続けていることを、どうかと思う時もある。でもそうした方がさっぱりして気分がいいというのも本当だった。

　最近は母親が勝手に申し込んできた塾の宿題も加わったので、今、僕の自由になる時間は夜の九時から眠るまでの三時間しかない。太市は明け方まででも起きていられるらしいけれど、僕は十二時を過ぎるとどうしても眠くなってしまう。

宿題のファイルを通学リュックに仕舞い、机の上のデジタル時計に目をやった。いつもより早いけれど、もうすぐ母親が毎週観ているドラマが始まるはずだ。顔を合わせなくて済むように、今のうちに歯磨きを済ませておこうと決める。

部屋を出て階段を下りると、廊下の左手にある洗面所の引き戸を開ける。壁のスイッチを押すと白っぽい照明が灯り、洗面台の鏡に不機嫌そうな自分の顔が映し出された。

僕の一重まぶたの目と薄い唇は父親似で、表情の変化が分かりにくいので、黙っているとクラスの子に怒っているのと聞かれたりする。そしてふわふわの癖っ毛は母親譲りで、毎朝爆発したみたいになるのを直すのに苦労している。

あまり嬉しくない遺伝子を受け継いだ自分の姿から目を逸らして、歯ブラシを手に取った時だった。リビングのドアが開く音に続いて、ばたばたと廊下を歩いてくる足音が聞こえた。

「海斗――あんたいい加減にしなよ。ゲームばっかしてる自分が悪いんじゃん。お母さんに謝りなよ」

いきなり背後の引き戸が開いて、尖った声が響いた。僕が下りてくるのを待ち構えていたのだろう。振り返ると、七歳上の姉の茜《あかね》が、仁王立ちでこっちを睨んでいる。

だけど全然迫力がない。大学生になってますます母親に顔が似てきた姉は、丸顔で垂れ目で、眉間にしわを寄せても困っているようにしか見えない。そして中一の僕より背が低い。姉の身長は一五三センチしかないので、入学してすぐの身体測定で一六二センチだった僕と向かい合うと、見下ろす形になってしまう。

そういうわけで、僕はやや背中を丸めて少しでも頭を低くした体勢で姉を見返した。ノックなしに開けないでとか、お姉ちゃんに関係ないとか、言いたいことはあったけど黙っていた。言い返すとますます機嫌が悪くなるに決まっているからだ。姉は晩ご飯の間、僕がずっと仏頂面で黙っていたせいで、居心地の悪い時間を過ごしたはずだ。その上、夕飯のあとからさっきまで、母親に僕の愚痴を聞かされていたのだろう。

「僕、ゲームのやりすぎを注意されたんじゃないよ」

丸いほっぺを膨らませた姉をそれ以上刺激しないように、僕はできるだけ穏やかな口調で異議を唱えた。

「お母さんに、もう太市とは遊ぶなって言われたんだ。お父さんが、太市と遊んだら、僕まで悪い影響を受けるんじゃないかって心配してるって」

僕がそう訴えると、姉は途端に決まり悪そうな顔になった。ストライプ柄のスリッパを履いた足元に視線を落とし、小さくため息をつく。そして「お母さん、なんでそういうこと言うかなあ」と、がっかりしたようにつぶやいた。

毎晩遅くまで仕事をしていて、今日もまだ会社から帰っていない父は、僕たち子供がどんな友達と何をして遊んでいるのか、ほとんど把握していない。いつも無口で冗談を言ったりもしないけれど、理不尽な押しつけをしたり、友達との付き合いに意見をするようなことはない。それは姉も分かっているはずだった。

そして母親が、何かと嘘をつくということも、僕たち姉弟は小さい頃から思い知らされてきた。

おばあちゃんが会いたがっているからと、小一の夏休みに二週間も姉と二人で母方の祖父母の家に預けられた時、母親は友達とヨーロッパ旅行に出かけていた。祖母にはご飯支度が大変だと嫌みを言われた。

姉は高校受験の時、「お父さんが偏差値六〇未満の学校には行かせないと言っている」と聞かされて必死で勉強したそうだ。僕は反抗期の姉が酷いことを言って母親を傷つけたというのを信じ、姉を軽蔑していた時期がある。

母親はそうやって嘘を並べ立てて、自分が言いたいことを他の誰かが言っていたように見せかけたり、周りを味方につけようとしたりする癖があった。今回のことも、姉には「海斗がゲームをやりすぎるので注意したら怒った」とでも言ったのだろう。

「太市が学校に来なくなったからって、なんで遊ぶなとか言われなきゃいけないんだよ。そうやって子供に嘘つく方が、よっぽど悪影響じゃん」

母親への苛立ちを、つい姉にぶつけてしまった。太市には、母親が父の意見のように装ってゲームで遊ぶのを禁止しようとしたとだけ伝えたけれど、昨日のあの物言いは許せなかった。

太市は中学に上がってから、学校を休みがちになり、五月以降はもう二か月近く、一度も登校していない。学校に来なくなった理由を太市は話さないけれど、僕はなんとなく察してもいて、だからこちらから尋ねることはしていなかった。

姉もそのことは知っているので、僕が腹を立てる気持ちを分かってくれたのだと思う。

「うん、そうだね」と、神妙な顔でうなずいた。

「まあ、でもお母さんのことを無視するのは良くないよ。明日からは普通にして、ゲームもほどほどにしなよ」

母親の虚言と弟の不機嫌に振り回された形となった姉は、少し疲れた様子でそれだけ言うと去っていった。さっきより力のない足音が廊下を遠ざかっていったのを聞いたあと、歯磨きを終えて二階の自分の部屋に戻る。ドアを閉め、机やベッドと対角にあるテレビ台の方へ進むと、テレビとゲーム機の電源を入れた。

僕の部屋のテレビはアンテナに繋がっていない、ゲーム専用のものだ。ボイスチャット用のマイクつきイヤホンをつけながら、ぼんやりと光を放つ黒い液晶画面の前に座った。右上の隅に《入力1》と表示が出たあと、また画面は黒一色になる。やがてその中央に、静かで重厚なBGMとともに、ぽつんと銀色の丸い月が浮かび上がる。

カメラがズームするように月がだんだん近づいてきて、クレーターがくっきり見えるほどになった時、青白い炎が尾を引いて地表すれすれを斜めに横切る。直後、月の表面が輝き出し、画面が真っ暗になる。

数秒後、夜の草原が映し出される。現実には存在しないだろう山羊とダチョウの中間のような動物の背中に乗った褐色の肌の少年が、夜空を見上げる。その空から青白い火球が落ちてくる。そして再び真っ黒になった画面に《World of Nightmare《ワールドオブナイトメア》》のロゴが浮かび上がった。

そこでスタートボタンを押した。いつもはオープニングは飛ばしてしまうけれど、今日はこのムービーを眺めて、ささくれた気分を落ち着けたかった。

スタート画面に表示された自分のデータを選ぶ。ロードされるのを待ちながら、また机の上の時計に目をやった。太市たちが来るのはいつも九時半過ぎなので、まだあと一時間近くある。

《World of Nightmare》——「WoN《ウォン》」または「ワーナイ」という通称で呼ばれるこのオンラインゲームを、僕は小学四年の時に始めた。その頃からあまり人気のないゲームだったけれど、三年経った今はさらにプレイヤーが減って過疎気味になっている。

「薗村《そのむら》もワーナイやってるんだ。こんなマイナーなゲームやってんの、クラスで俺らだけじゃね?」

小四の夏の放課後、スイミングスクールのバスを待っていた僕に、自転車で通りかかった太市は、濃い色の大きな瞳をきらきらさせて言った。スイミングバッグにつけていたWoNの初回購入特典のノベルティタグが目に留まったらしい。

「俺の周り、誰もやってなくてさ。親に知らない人とチャット禁止って言われてて、全然仲間作れなくて。トカゲの巣のクエスト、一緒にやってくんない？　明日学校でアカウント教えっから」

頼むよ、と人懐っこく笑って白い八重歯を覗かせた太市の自転車のかごには、大きなスポーツバッグが突っ込んであった。バスケットボールの練習に行く途中だったようだ。

太市は三年生の時から、バスケのクラブチームに所属していた。小柄だけどドリブルが上手くて足が速くて、さらにスリーポイントシュートというのをしょっちゅう決めるというので、女子からも人気があって目立っていた。対して僕はあまり友達がいなくて教室でも一人でいるようなタイプで、きっとWoNという共通点がなければ、僕らが仲良くなることはなかったと思う。

太市は中学生になった今でも一五〇センチと僕より身長は小さいけれど、短く切った髪も目の色も真っ黒で、年中日焼けしているような健康的な見た目をしていた。バスケで声出しをするせいか、はきはきしゃべるし笑い声も大きくて、なんというか存在そのものが濃い。

対して僕はプールの塩素で脱色されたみたいに髪の毛は茶色がかっているし、日焼けしても赤くなるばかりで年中色白で、その色の薄さが、影の薄さにも繋がっているような気がする。幼稚園からやっているスイミングで肺活量は鍛えられているはずなのに、声が小さくて、同級生と話しているとしょっちゅう「今なんて言ったの？」と聞き返される。

そんな対照的な僕たちだったが、一緒に遊び出すと、自分と太市の違うところはだんだん気にならなくなっていった。トカゲの巣のクエストは、僕も太市もまだレベルが低くて何度も全滅したけれど、ついにクリアして報酬を山分けできた時は物凄く嬉しくて、翌朝学校で会ってからもずっとその話をしていた。

「海斗、次は一緒に商人を隣町まで護衛するクエストやろうぜ。この報酬で装備揃えれば最強じゃね？」

クエストを達成する頃には「海斗」と名前で呼ばれるようになっていたので、僕も「桶屋」じゃなく「太市」と呼ぶことにした。

そのうち五年生になって太市の他にもう一人WoNをやっている子が加わって、僕らは三人で週に何度か、同じ時間にプレイするようになった。太市が学校に来なくなってからは、WoNの中でしか会えていないけれど、それでも太市は僕にとって大事な友達だった。

ただ、小学校からの太市を——あんなにもくっきりと濃く、眩しい存在だった太市を知っている僕としては、教室に太市がいない今の状況は、やっぱり悔しかった。

ロード画面が切り替わり、前回終了時にオートセーブされた町の酒場に、僕のアバターである茶色の革の鎧を着たゴブリンが現れた。周りにいる戦士や魔法使いやエルフに話しかけられないうちに店を出る。知らない人とチャットで話すのは苦手だった。

武器屋や道具屋、宿屋が並ぶ通りを、短い足でダッシュする。クエストを頼んでくる町人を無視して、町の外れまで辿り着いた。この先はモンスターが出るので、一応斧を構えた。だけど上手く避ければ戦わなくても済むのは経験で分かっている。

夜の草原をカーブしながら延びる道を走り出す。町から少し離れると、明かりがないので星空のグラフィックが綺麗に見えた。でも足元には注意しないといけない。草むらからネズミやヘビのようなモンスターが飛び出してきたり、石に擬態したモンスターが道に転がっていたりするからだ。

コントローラーのスティックを少しだけ倒すようにしてスピードを落とし、暗い小道を慎重に進んだ。緩やかな丘を越えて、その先にある浅い川を歩いて渡る。水中にいたピラニアみたいな魚のモンスターをうっかり踏みつけてしまったが、追いつかれる前に岸に上がることができた。

そこからはマップに表示された道を外れ、岩や草以外に何もないフィールドを走っていく。太市たちとの待ち合わせの場所までは町や教会などのワープできるポイントがなく、こうして徒歩で向かうしかないのだが、何度も通っているので目印がなくても迷うことはなかった。丘をもう一つ越えると、やがて背の低い木がまばらに生えた荒野に、僕が敷いたレールと、連結した二台のトロッコが見えてきた。

町の民家が三軒は収まるくらいの広さの円形に敷かれたレールは、八本のカーブしたレールを繋いだもので、一本のレールを作るのにはメタル系の敵を一体倒した時に一個ずつ手に入る鉄鉱石が五十個も要る。つまりこのレール全部を作るには、四百体ものモンスターを倒さないといけなかったのだ。僕一人の力では、とても無理な工程だった。さらに枕木の材料の木材を入手するのには、林で木を切り出さなければならず、レール一つにつき、なぜか四十本も必要だった。質量的におかしいと思うけれど、そういう設定になっているのだから仕方がない。

レールで囲われた円形の土地には、ピンク色に塗られた木製のベンチや蔓《つる》で編んだ大きなかご、小ぶりなボート、外灯、呪いの泥人形など、これまでに作った雑多なものが並んでいる。ようやく目的の場所に辿り着いたところで、持ち物のリストを開いた。

昨日、町の鍛冶屋に鉄鉱石を持っていって作ってもらった四つの車輪と、道具袋の中の木材三十本を選択し、《工作する》のアイコンを選ぶ。「カンカンカン」とトンカチで釘を打つような効果音が鳴り、四角い箱に車輪がついたトロッコが完成した。同じものをあと二台作るつもりなので、木材を採取するために、西の方角に見えている林に向かう。昨晩切り倒した分も、一日経ったのでもう生えてきているはずだ。

WoNはアバターのキャラクターの属性や最初に選ぶクエストによってシナリオがいくつかに分かれるが、どのルートを進んでもいいことになっている。あとから別のルートを選び直してプレイすることもできるし、さらにはシナリオを進めなくても、こうして道具や武器を作ったり、定期的に開催されるイベントで遊んだりできる、自由度の高いロールプレイングゲームだ。

でも基本的にはモンスターを倒したりクエストをクリアしたりしてゴールドを稼いで装備を整えること、そして経験値を稼いでレベルを上げて自分のキャラクターを強くすることで、最終的にはボスと戦って《悪夢》を祓い、夜しかないこの世界に夜明けをもたらす、というのが目的になっている――らしい。

「らしい」という言い方しかできないのは、僕が始めて三年経っても、このゲームを一度もクリアできていないからだ。

元々、僕はアクションゲームが苦手で、格闘ゲームでも必殺技を出したり防御をしたりということができず、すぐに負けてしまっていた。WoNのモンスターとの戦闘は、最初のうちは難易度が低くて適当に武器を振り回していても勝てるけれど、中ボスくらいになるときちんと必殺技を使って、防御をしつつ相手の弱点を攻めないと倒すことができない。

だけど運動神経に難がある僕には、アバターを思うように操作することが、なかなかできなかった。格闘ゲームに比べれば簡単なはずの必殺技のコンボが、敵を前にして焦れば焦るほど出せない。攻撃を回避しようとしているつもりなのに、わざわざモンスターが振り回した尻尾に突進してしまう始末だった。

僕は最初に出会った中ボスに二十回挑んでも勝てなかったところで、それ以上戦うことは諦めた。そうして強い敵を倒して物語を前に進めるよりも、僕に合った楽しみ方があるかもしれないと考えたのだ。

そして思い立った僕は、弱いモンスターを倒してこつこつ貯めたゴールドで土地を買った。それが太市たちとの待ち合わせ場所にもなっているあの広場だ。

広場からしばらく走って林に着くと、奥の方の少し開けた辺りまで進んだ。僕のアバターであるゴブリンは、斧が標準の武器なので、特に装備を変更しなくても木に向かって攻撃ボタンを押すだけで木材を採取することができる。一晩で六十本は無理でも、三十本は倒してトロッコをもう一台作りたい。僕は攻撃ボタンを連打しながら机の上の時計を振り返った。まだ九時にもなっていない。多分いける。

テレビ画面に向き直ろうとした時、コントローラーが激しく振動した。攻撃を受けている。どうして——と暗い林に目を凝らす。ダメージを受けたことを示す赤い火花が散り、うめき声とともにゴブリンの体が大きく傾いだ。その拍子に視点が変わり、下から上を見上げる格好になる。

ぎゅっと心臓が縮んだ。自分が斧を打ちつけた木の幹の上方に、巨大な蜘蛛の姿のモンスターが、逆さまになってがっしりとしがみついていた。しかも一体じゃない。その隣の木にも、向こうの木にもいる。この辺りは蜘蛛の縄張りになっていたのだ。

林に蜘蛛のモンスターが出ることはたまにあるが、今回のような群れに遭遇したのは初めてだ。逃げようとする方向にも蜘蛛がいて、戦うしかない状況だった。でも蜘蛛は中ボスと違って普通のモンスターなので、斧を当てるだけでもダメージを与えることはできるし、ヒットポイントもそれほど高くない。落ち着いて一体ずつ倒そうと、まずは正面にいる蜘蛛に向かっていった。ゴブリンが斧を構えて走り出すと同時に、コントローラーが震えて赤い火花が弾けた。

後ろから別の蜘蛛に攻撃されてしまった。テンポの速い戦闘場面のBGMに、どんどん気持ちが焦ってくる。スティックを回して視点を変え、攻撃ボタンを連打した。画面の中を大蜘蛛が素早く移動し、気味の悪い牙の生えた口がアップになる。画面が赤く光る。コントローラーが振動して、ゴブリンの体力ゲージが緑から黄色になる。

ここで死んだら、町まで戻されてしまう。それはかなりの時間のロスだ。なんとかこの場を切り抜けて逃げ出したかった。けれど二体の蜘蛛に挟まれ、さらにもう一体の蜘蛛が近くにいるこの状況では、戦闘が下手な僕はもう死んだも同然だった。

せめて早く終わらせてロス時間を短くしようと、抵抗するのをやめて棒立ちで蜘蛛に嚙まれていた時だった。画面を斜めに白い光が走り、目の前にいた蜘蛛が撥ね飛ばされた。そして次の瞬間、ゴブリンの身長の二倍はありそうな大剣を振り回す、ゴブリンの四倍はありそうな屈強な体格の戦士が視界に割り込んできた。戦士はこちらに向き直ると、下から剣を振り上げる必殺技で、僕――ゴブリンの体ごと、背後にいた蜘蛛を切り裂いた。

モンスター以外はダメージを受けない仕様なので僕はなんともなかったが、大剣の切っ先が目の前に迫った時には思わず首をすくめてしまった。戦士は三体目の蜘蛛を真っ二つにしながら、呆れたような声でチャットで話しかけてきた。

「『林に現れた蜘蛛の大群を倒せ』ってクエストが出てるんだよ。海斗なんか、来ても餌になるだけじゃん」

クエストをほとんど受けない僕は、今日出されているクエストのリストをきちんとチェックしていなかった。そういうモンスター征伐のクエストが出た時に該当のエリアに入ると、自動的にクエストを引き受けたことになってしまうのだ。

「ここは片づけとく。木を切るなら端っこの方でやって」

そう言われている間にも新たな蜘蛛が奥の方で丸い四つの目を光らせていて、僕はちゃんと返事をする余裕もなく慌てて林の外へと逃げ出した。

林の外れで地道に木に斧を打ちつけ、二十本の木材を手に入れたところで、戦士が林から走り出てきた。もう戦闘は終わったらしく、大剣は背中の鞘に納まっている。

「ありがとう、未夢《みむ》。助かった」

岩のような巨体の戦士のアバターを操作する烏丸《からすま》未夢は、僕と太市の三人目のゲーム仲間で、同じ中学に通っている。ちなみに身長は一四五センチしかなく、女子の中でも小さい方だと思う。

「いいよ、別に。蜘蛛を倒すついでに、木材も十本くらい取ってきた。これだけあればトロッコ作れるでしょ?」

未夢は僕より二〇センチ近く背が低くて力も弱く、足も遅い。やたらと長い前髪が常に目にかかっていて、黒板とか遠くを見る時はいつも細い目になる。視力だって悪そうなのに、なぜかゲームの戦闘は三人の中で最強だった。

「早く始めよう。こんな調子じゃいつまで経っても《ハピネスランド》完成しないよ」

未夢が操る戦士が、トロッコのある広場の方へと走り出す。机の時計を見ると、もう九時半を過ぎていた。未夢は僕よりも寝るのが早いので、いつも十一時前にはログアウトしてしまうのだ。

あの土地に《ハピネスランド》を作ることが、このWoNのゲームの中で僕が見つけた新たな楽しみ方であり、目的だった。

未夢の木材と合わせれば、今日やりたかったことはできる。僕は斧を仕舞うと、戦士のあとについて走り出した。

二

《ハピネスランド》というのは、僕たちが住む神奈川県藤沢市に五年前まであった遊園地の名前だ。

開園したのは一九八〇年だというので、僕らが生まれるより三十年近く前ということになる。敷地面積は十五万平米。海辺の町の遊園地というのに加えて、敷地のすぐそばに川が流れていたのも理由だったのか、ジェットコースターや観覧車などの定番の乗り物の他に、いかだを模した乗り物で急角度の滑り台を水路に向かって滑り降りたり、大きな池に浮かぶミニボートで島から島へ渡ったりといった、水に関するアトラクションが多かった記憶がある。市街地から離れた田んぼや畑の広がる一帯に位置しながらも、横浜湘南道路のインターに近く、藤沢駅から直通のバスも出ていたので、昔はそれなりの集客があったのだそうだ。

僕が最後にハピネスランドに行ったのは、小学一年生の遠足だった。その頃にはすでにアトラクションもだいぶくたびれた印象で、塗装の剝げたメリーゴーランドはまるで骨董品みたいだったし、観覧車の窓には細かな傷がたくさんついていて、湘南の海や江の島のパノラマが全部ぼやけて見えた。でもクラスメイトと灯台のオブジェのある高台の広場でお弁当を食べたり、おこづかいでゲームをしたりと、一日中遊び回って楽しかったのは覚えている。

藤沢市の小中学生は、遠足や校外学習で必ず一度はハピネスランドを訪れることになるので、この町で生まれ育った子たちはみんな、何かしらの思い出があるはずだ。

それより昔にも、両親と姉とで何度か行っているはずだけど、僕が小さすぎたのか、はっきり覚えていない。でも僕の古いアルバムには、《恐怖の館》の前で半べそをかいて父親に抱きついている写真や、母親の隣で強張った顔で回転ブランコのチェーンを摑んでいる写真が残されている。写真の中の両親は服装がちょっと昔っぽくて、でも今よりずっと若くて、あまり見たことのない、幸せが満ちてこぼれたような笑顔をしていた。きっと僕たち子供だけでなく大人にとっても、ハピネスランドは様々な思いを生んだ場所なのだろう。

WoNのゲーム内で買った土地に、ハピネスランドを再現しようと考えたきっかけは、最初は単なる思いつきというか、気まぐれみたいなことだった。

自由度の高いWoNでは、敵を倒してシナリオを進める以外にも色々な遊び方ができる。例えば土地を買って畑を作り、植物を交配して薬草を作ったり、武器や防具などを自分で工作して売ったり、仲間と協力して町と町の間にレールを敷いて、新たな交通機関を作ることもできた。

僕がアバターに選んだゴブリンには、手先が器用だという特性があって、工作のスキルや関連する能力のパラメーターが他のキャラクターより高かった。通常よりも作れる道具や家具の種類が多いので、それを試してみようと、僕は手始めにベンチを作った。

まずは町の道具屋で頼まれた草花や鉱物集めなどのクエストを達成して、道具作りのレシピをもらう。それから素材を集めて《工作する》のアイコンを選べば出来上がりという手軽さで、しかも完成したものに色を塗ることも可能なのだ。

試しに作ってみただけで、実際に使うつもりもなかったので、僕はふざけてベンチをピンク色に塗ってみた。そうして完成したベンチを自分の土地に配置した時、ハピネスランドの園内に置かれていたベンチが、ピンク色だったことを思い出した。

元々この土地は、家や畑の用地として買ったのだけれど、別の考えが浮かんだ。この場所に、今は閉園してしまった地元の遊園地——ハピネスランドを再現できたら、面白いかもしれない。

いつか同年代の子とWoNをプレイすることがあったら、藤沢市の小学生ならハピネスランドには行ったことがあるはずだし、気づいてもらえるんじゃないだろうか。よくこんなの作ったなと呆れられる可能性もあるけれど、感心してもらえるかもしれない。

初めはそんなことも考えていたけれど、誰かに見てもらわなくても、レシピや素材を集めてものを作るのは、僕にとっては楽しかった。幼稚園の時も、友達と遊ぶよりも黙々とブロックで乗り物や街を作っているような子供だったと母親が言っていたし、性に合っていたのだと思う。そしてピンクのベンチを三つと黄緑色のくずかごを二つ、白と赤に塗り分けたボートを一艘作った頃に、太市に一緒にクエストをやろうと誘われたのだ。

二人でクエストをクリアして打ち解けたあとに、僕は実はこういうものを作っているのだと、初めて自分の土地に太市を案内した。

「これって、ハピネスランドだよな」

太市は見てすぐに分かってくれた。

「すげーよ、海斗。天才じゃね？　俺も一緒にやりたい。素材集め手伝うからさ」

太市が僕には倒すことの難しいメタル系の敵を倒して鉄鉱石を集めてくれたので、町の鍛冶屋に頼んで鉄製の道具を作ることもできるようになった。そして翌年に太市が「隣のクラスの烏丸もワーナイやってて、しかも結構強いんだって」と聞き込んできて、未夢が僕らの仲間になった。

「何これやばい。ハピネスランドじゃん」

未夢も見るなりそう言った。その頃にはベンチとくずかごとボートの他に、太市のおかげで外灯とアーチもできていた。

「手伝っていい？　私、ハピネスランドの年パス持ってたんだ」

年間パスポートを持っていたほどのハピネスランドフリークの未夢が加わったことで、WoNの世界にハピネスランドを再現するという僕の計画は急激に真剣味を帯び、そして加速した。未夢はその時点でドラゴン系の敵を余裕で倒せるほどのレベルと装備だったので、ここから集められる素材の種類が一気に増えた。難易度の高いクエストを達成することでしか手に入らないレアな素材も、「別にまた取ればいいから」と未夢は気前良く僕に譲ってくれた。

「未夢が早くに来てくれたから、助かったよ。蜘蛛にやられて死んでたら、また町からやり直さないといけないところだった」

無事にトロッコを一台完成させたところで、改めて未夢にお礼を伝えた。トロッコを四台繋げることができたら黒く塗って、園内を走るミニSLにするつもりだった。

「そうだ、これもあげる。太市が今日は来られないって言ってたから、代わりに私が素材集めようと思って早めに来たんだよ」

未夢は蜘蛛討伐のクエストをクリアした報酬である《大蜘蛛の糸》を僕に渡しながら、何気ない調子で言った。

「え？　太市来ないの？　どうして——」

「それが、なんでかよく分かんないんだよね。真璃《まり》さん絡みでもなさそうだし」

答えながら、未夢は少し心配そうな声になる。

《真璃さん》というのは、冬美《ふゆみ》真璃といって、太市のバスケチームの先輩だった女子だ。僕たちより三学年上だけど、太市とは家が近いこともあって昔から親しくしていて、もしかすると付き合っているのではないかと言われているらしい。

僕は太市とは気恥ずかしくてそういう話をしたことがないので、確かなことは分からない。でも未夢は真璃が太市の彼女だと考えているらしく、「何もあの人じゃなくてもいいのに」と気に入らないようだった。未夢によれば、冬美真璃には不良の兄がおり、さらには問題行動が多いとか、色々と良くない噂が流れているのだそうだ。

真璃と会う用事があるから遊べないということは以前にもたまにあったけれど、それでもないとしたら、なぜ太市は今日は来られないのだろう。「太市は未夢になんて話したの？」と聞くと、未夢は「話したんじゃなく、三人のＬＩＮＥにメッセージが入ってたの」と言った。大学生の姉は許されているが、僕はスマホを自分の部屋に持ち込むのは原則禁止で、リビングに置く決まりになっていた。

二階に上がる前、リビングの充電ケーブルにスマホを繋いだ時は、特に新しいメッセージは来ていなかった。母親と顔を合わせることを考えると、できればリビングには立ち入りたくない。どういうメッセージだったのかと尋ねると、未夢は困ったように「海斗にも読んでほしいんだけど」と訴える。

「なんかね、ちょっと太市、変な感じなの。とにかく今日はWoNできないって。理由は多分、動画を見れば分かると思う」

「動画って何？　ゲームの動画？」

「ううん、そうじゃないみたい。太市も人からもらった動画なんだって。それを私と海斗に見てほしいって書いてた。私、怖くてまだ見れてない」

要領を得ない話に首を傾げる。太市が時々ゲームの実況動画のリンクを送ってくることはあったが、動画そのものを送ってきたことは、ほとんどなかった。未夢が怖くて見られないというのもよく分からない。とりあえず、実際に見てみるしかなさそうだ。

僕は未夢にすぐに戻ると言って部屋を出ると、リビングに向かった。母親は頭にタオルを巻いた風呂上がりの格好でソファーに腰掛け、お気に入りの刑事ドラマを観ているところだった。いつも何かと走っている若い刑事が、今日は宅配便のトラックを追いかけて走っている。

「友達に宿題教えてほしいって頼まれてたから、スマホちょっと持っていく」

約一日ぶりに母親に声をかけると、「友達って誰?」と振り返る。丸い顔は化粧水を塗ったばかりなのか、てかてかと光っていた。

「烏丸さん」と答えると、母親はつまらなそうな顔になった。

「いつまでも小学校の同級生とばかり付き合ってないで、新しい友達を作りなさいよ。もう一学期も終わるのに。水泳部の子とは遊ばないの?」

「練習中はあまり話さないし、僕だけ別メニューでトレーニングしてたりするから」

母親に強く言われて水泳部に入部したものの、うちの中学には僕と同じ競技をやっている部員は一人もいなかった。

幼稚園からスイミングスクールに通っていた僕は、小学校高学年になって、コーチの勧めでオープンウォータースイミングのジュニアクラスに登録した。通称ＯＷＳと呼ばれるオープンウォータースイミングは、海や湖などの自然の水の中を泳ぐ長距離水泳競技で、リレーのように仲間と協力して泳ぐことも、他の個人種目のように隣のレーンの選手と速さを競い合って泳ぐこともない。黙々と自分のペースで泳ぐことが好きな僕には合っていて、六年生の時は中学生に交じって湘南の海の三キロのコースを泳ぎ切った。秋に開催される中学生大会で上位の成績を残すことを目標に、今もトレーニングを続けている。

僕のすることにあまり関心のなさそうな父に、この競技をやることに決めたと話した時は、珍しく嬉しそうな顔をしていた。四国の離島出身の父は、息子の僕に海斗と名づけるほど、海が好きだったからだ。

一応、中体連の大会では男子一五〇〇メートル自由形にエントリーしているけれど、ＯＷＳの練習会で部活を休むことのある僕は、水泳部内の同級生の輪から浮いていた。でもそういうことを母親に話せば、自分からみんなに挨拶しなさいとか、もっと大きな声でしゃべりなさいとか、あれこれと指図を受けるのは目に見えている。僕は「今は大会も近いから」と曖昧に答えて、スマホを手にリビングを出た。

二階への階段を上りながらＬＩＮＥをチェックする。僕と未夢と太市の三人のグループＬＩＮＥに、太市から二件のメッセージが届いていた。一つは動画のファイルで、もう一つは太市にしては長い文章が書かれている。

《この動画、WoNで知り合った人にもらったんだけど、海斗と未夢にも見てほしい。本物だったらやばいから、今日はWoNはやめとく》

確かに未夢が言ったとおり、様子が変だった。本物だったらやばいというのは、どういう意味だろう。動画のファイルのサムネイルは真っ黒で、いったい何が映っているのか、まるで判断がつかなかった。

自分の部屋に戻ると、ボイスチャットのイヤホンをつける。未夢のアバターである戦士はさっきと同じ場所に立っていた。

「スマホ取ってきた。動画、一緒に見よう」

チャットをオンにして声をかけると、少し遅れて未夢が答える。

「ごめん。今、太市にLINEしてた。どうしたのって聞いても既読にならなくて」

不安そうな声だった。僕もなんだか緊張して息苦しくなってくる。

「何が映ってるのか、これだと全然分からないな。せーので再生しよう。いい？」

うん、と小さく返事があったので、スマホを横向きにすると「せーの」と声をかけ、動画ファイルをタップした。

最初、画面は黒いままだった。けど少しして、スマホのディスプレイいっぱいに、薄暗い、ホテルの一室のような洋室が映し出された。高級そうな絨毯と凝った柄の壁紙。右手に暖炉のようなものが見えている。他に調度品はなく、人の姿もなかった。こんなところに泊まったことはないはずだけれど、この絨毯や壁の感じは、なぜだか見覚えがあるように思えた。

動きのない画面を見守っていると、画面の左手で、何かがちらちらと動いているのに気づいた。目を凝らすと、それは絨毯の床に落ちた影だった。はっきりとは見えないが、早送りしているのかと思うような激しい動きだ。

「左の方に誰かいるね」と未夢に話しかけるが、動画に見入っているのか返事はない。そこでふと気づいてスマホの音量を上げる。最大にしても、なんの音もしなかった。ということは、この動画には音声が入っていないのかもしれない。

床の影は相変わらず激しく動いている。人間だとは思うのだが、何をしているのかまったく分からない。一度再生を止めてよく見ようとした時、「あっ」と未夢が声を上げた。

こちらは特に状況に変化はない。きっと未夢の方が少し再生するのが早くて、先を見ているのだろう。息を詰めて画面を睨んでいると、影が動いていた画面の左側から、赤いものが飛び込んできた。

心構えをしていたので、僕は声を上げなかった。それはノースリーブの真紅のワンピースを着た、若い女の人だった。その人は左手から現れると、そのまま床にうつ伏せに倒れた。緩くカールしたショートヘアの後頭部が映っているが、顔は腕の陰になっていて見えない。

女の人はどうにか床に肘をつき、起き上がろうとしているようだ。「やめて!」と未夢が鋭く叫んだ。その直後、黒い影が画面をよぎった。

うつ伏せの女の人の後頭部に、黒くて細い、けれど重たそうな棒のようなものが打ちつけられた。画面左手から現れた棒を握る人物は、黒い手袋をしていて、体形が分かりにくい黒のレインコートらしきものを着ていた。フードをすっぽりと被っていて、男か女かも分からない。

女の人は身を守ろうとするように横向きになって体を丸め、頭を抱えた。その彼女の両手ごと打ち砕くように、女の人の頭に、何度も棒が振り下ろされた。やがて女の人の手が床に落ちる。血まみれの手の甲に、白っぽい骨のようなものが覗いていた。僕は声も出せず、画面から目を逸らせずにいた。未夢は何か言おうとして、言葉にならなかったのか、細い声でうめいた。

やがてレインコートを着た人物は動きを止めると、足元に倒れた女の人をじっと観察するように見下ろした。女の人はぴくりとも動かなかった。絨毯の一部は黒っぽく染みになっていた。

イヤホンから、ひゅっと未夢が息を呑んだような音がした。次の瞬間、レインコートの人物がこちらへ向かって歩いてきた。黒い手袋をはめた右手が真正面から伸びる。画面がぐらりと揺れ、そして映像は途切れた。

スマホを手にしたまま、しばらく動けなかった。テレビのゲーム画面がスリープモードになって我に返る。

「――未夢、大丈夫？」

こんな時に、何を言ったらいいのか分からなかったけれど、とにかく声をかけた。未夢は答えなかった。ショックで言葉が出ないのだろうか。少し待ってから、もう一度名前を呼ぶと、「海斗、気づいたよね？」と未夢が確かめるように言った。なんのこと、と尋ねると、未夢は苛立たしげに尖った声を上げた。

「今の部屋、ハピネスランドの《恐怖の館》だよ。あのお化け屋敷の」

その言葉で、アルバムに貼られた昔の写真を思い出した。《恐怖の館》の前で僕を抱いている父親の向こうに、特徴的な壁紙のエントランスの内装が写り込んでいたのだ。

館の中がどんなふうだったかまではよく覚えていないけれど、ハピネスランドにしょっちゅう行っていた未夢は、絶対に間違いないと断言した。

「なんなの、この動画。太市、なんでこんなの送ってきたの？」

「きっと僕らのことを怖がらせようとして送ったんだよ。こんなの、フェイク動画に決まってるって」

泣きそうな声の未夢に、強い調子で言って聞かせながらも、心臓が苦しいくらい脈打っていた。本当にフェイクだったら、あんなふうに身体が傷つくだろうか。あんなふうに血が流れるだろうか。

押し潰されそうな思いで固まっていたその時、僕ら二人に同時にＬＩＮＥメッセージが届いて、驚いた未夢が小さく叫んだ。

太市からのメッセージだった。短い文面が三つ。

《動画見た？》《このことで話したい》《明日学校終わったらうち来て》

三

翌日の放課後、僕と未夢は学校近くのコンビニに集合した。未夢は袖がふんわり膨らんだ白のブラウスにデニムのスカートという格好で、普段は後ろで一本に結っている髪を下ろし、どことなくお洒落しているみたいに見えた。リップクリームを塗っているのか、ちょっと尖ったような形の唇がいつになくつやつやしている。

僕はポロシャツにジーンズという格好だったが、出がけに姉の茜に「それで行くの？」と注意されなければ、危うく学校のジャージ姿で来るところだった。

「じゃあ行こうか。海斗、こっち持って」

長い前髪の下から丸い大きな目で僕を見上げると、コンビニで買ったペットボトルのジュースが詰まったエコバッグを差し出す。反対の手には茶色の紙袋を提げていた。

荷物を持つと未夢と連れ立って歩き出し、そこから十分くらいの距離にある太市の家に向かった。太市が住んでいるのは、バス通りを右に折れて坂を上った先にある市営住宅の四階だった。

去年の改修工事で設置されたばかりのエレベーターで四階へと昇る。四〇一号室のインターホンを押すと、すぐに鍵を外す音がして淡い水色の金属製のドアが開いた。

「よう、久しぶり。母親、今日は仕事だから、上がって」

前に会った時より少し髪が伸びた、でも元気そうな様子の太市が顔を出す。でもまっすぐな眉の下の黒い瞳は、少し緊張しているように揺らいで見えた。カーキ色のTシャツに学校の短パンというくつろいだ姿の太市は、僕らを促すと廊下の先の居間に続くドアを開けた。薄いベージュのカーペットが敷かれた部屋の真ん中に、正方形の小さなローテーブルが置かれている。

太市が五歳の時に両親は離婚していて、太市は介護士として働く母親と、この市営住宅で二人暮らしをしていた。

「飲み物、海斗と適当に買ってきた。あとお母さんが太市のところに行くって言ったら、これ持っていきなさいって」

僕がジュースのペットボトルをテーブルに置くと、未夢が母親に持たされたという紙袋を太市に手渡す。紙袋の中を覗いた太市は、「リオーネのごまチーズパンだ。サンキュ」と嬉しそうな顔になった。

未夢の母親は小学校のＰＴＡで太市の母親と一緒にベルマーク委員をやったことがあって、今も時々やり取りがあるらしい。リオーネは未夢の母親がパートをしている、惣菜パンが人気のパン屋だった。

テーブルを囲んで座り、未夢が持ってきたパンをそれぞれ一つずつ取って齧りながら、しばらくはなんとなく遠慮がちに、小学校の元同級生や先生の噂話をしていた。そのうち、先に食べ終えた未夢が、「昨日の動画だけど」と低い声で切り出した。

「太市、あれ、誰にもらったの？　WoNで知り合った人って言ってたけど、どういう人？」

未夢は太市を正面から見据えて尋ねた。下唇を噛んだ太市は言いにくそうに黙っていたけれど、少ししてテーブルの上に目線を落とし、口を開いた。

「ちょっと前に、一緒にクエストやって仲良くなった人なんだ。多分、大学生とかだと思う。その人に、見てほしい動画があるって言われて」

太市は最初のうちは母親との約束を守って僕らとしかチャットをしていなかったが、いつからか時々、クエストやイベントで一緒になった相手とチャットで話すようになっていた。僕は知らない人とのチャットが苦手なのでそこに加わることはなかったけれど、太市がたまにこんな話をしたなどと教えてくれるので、そのこと自体は把握していた。

「でもWoNのシステムだと、個別にメッセージ送るとかできないでしょ」

「メアド交換したんだよ。向こうから教えてくれて」

あっさりと答えた太市に、未夢が目を剝いた。

「知らない人とメールのやり取りしないようにって、学校でも言われてるでしょ。その大学生ってどこの人？　ていうか、あの動画はなんのために送ってきたの？」

凄い剣幕で追及された太市は、困ったようにうつむいた。

「それが、あの動画を送ってきてすぐに、向こうがアカウント消したみたいなんだ。メールしても全部エラーになって。だからもう調べようがないし、話も聞けない」

あまりに手がかりのない情報を聞かされ、未夢は何か言いたそうな様子だったが、その間を与えず太市は「それで二人に相談したかったんだ」と続けた。顔を上げた太市が、真剣な表情で僕たちに向き直る。

「あの動画、俺は本物だと思う。だってフェイクにしてはリアルすぎじゃね？　何回も見直したけど、編集したようなポイントがなかったし」

確かに、その点は太市の言うとおりだった。僕もあれから、フェイク動画の見分け方を調べてみたのだが、何度スローにして注意して見ても、加工されたような不自然な箇所がなかった。もしもあれが作り物だったとしたら、相当な技術を持った人間たちが、それなりの手間とお金をかけて作ったとしか考えられない。

「なんであんな動画、撮ったのかな。最後にあのレインコートの犯人がカメラを止めたってことは、自分がやることを記録してたってことだよね」

動画の最後のシーンを思い出したのか、青ざめた未夢が眉根を寄せる。

「分かんないけど、例えば犯人は誰かに依頼されて女の人を襲って、依頼人に証拠を見せるために撮ったとか」

太市が述べたその推測は、僕も考えていた。他にももう一つ、猟奇的な犯人が残酷な映像をあとで自分で見返すため、という理由を思いついたけれど、未夢をさらに怖がらせそうなので、ここでは言わずにおいた。

「——で、どうするつもり？　本物だったら、放っておけないよね」

未夢がおずおずと尋ねる。太市はすぐには答えず、話すのを迷うように口をつぐんでいた。やがて探るような目で僕らを見ると、ようやく切り出した。

「未夢をこの件に関わらせるつもりはないけど、海斗に、頼みがあるんだ」

そう前置きをして、僕の方へ体を向けて告げた。

「ハピネスランドに、あの動画が本物か確かめに行くから、ついてきてくんない？」

予想外の言葉に、呆気に取られて太市を見つめた。

僕はてっきり、太市の代わりに、誰か大人にあの動画のことを伝えてほしいと頼まれるのだと思っていた。太市は本来、ゲーム内での他人とのチャットのやり取りを禁じられている。母親に動画のことを話すわけにいかないから、代わりに僕に言ってほしいという話だと考えていたのだ。

「馬鹿じゃないの、太市。今のハピネスランドに、入れるわけないじゃん」

僕が何か言うより先に、未夢が鋭い声で撥ねつけた。

「五年前に閉鎖されたあと、ハピネスランドの敷地は元々あったフェンスの上に有刺鉄線が張られて、部外者が入り込めないようになってるの。三箇所ある入口は全部封鎖されていて監視カメラまでついてるし、フェンスには振動に反応するセンサーもついてるって聞いたことがある」

ハピネスランドフリークの未夢は、閉園となったあとのハピネスランドについても詳しかった。でもそのセンサーの話は、前にニュースになったので僕も知っていた。ハピネスランドが閉鎖されて間もない頃、地元の不良たちが敷地内に侵入して騒ぎを起こす事件があり、それから警備が厳重になったのだ。

「だけどああして動画が撮影されてるってことは、ハピネスランドが閉鎖されてから、《恐怖の館》に入った奴がいるってことだろ？」

「そんなの分からないでしょ。閉鎖される前に撮られたものかもしれないんだし」

太市の主張に未夢が即座に反論する。すると太市は「それは違う」とスマホを手に取り、保存されていた動画のファイルをタップした。

「ＬＩＮＥと違って、メールで送られてきた動画はある程度情報が分かるようになってんだ。プロパティを見ると、この動画ファイルが作成されたのは今年の一月なんだよ」

太市がこちらに見せたファイル情報には、確かに《2023/1/22》とある。ということは、あの動画は今から半年ほど前に撮影されたものなのだろうか。

続けて太市は地図アプリを起動すると、ハピネスランドの区画を表示させ、衛星写真モードに切り替えた。テーブルに置いたスマホをこちらに向けて、指を差しつつ説明する。

「確かに振動センサーがついてるらしいけど、多分それって一部だけなんだよ。昨日、調べてきたんだ。この敷地の北側って、農道になっててあまり人が通んないじゃん。試しにそっち側のフェンスに何箇所か、バスケのボールをぶつけてみたけど何も起きなかった。で、その北側のフェンスに、壊れてるっぽいところがあるんだ」

言いながら、太市が画面の上に指を滑らせると、昼間に撮ったものらしい画像が表示された。ハピネスランドの高さ二メートルほどのフェンスが、幅数メートルにわたってブルーシートで覆われている。その中央部分は、周囲より少し低くなっているように見えた。

「正面から撮ったから分かりにくいと思うけど、真ん中の辺りが凹んで内側に傾いてんだ。多分事故か何かで、車とかがぶつかったんじゃね？　ブルーシートの中を覗いたら、フェンスが枠から外れて、三〇センチくらいの隙間が空いてた」

そこで言葉を切ると、太市は僕の方を向き、張り詰めた顔で懇願する。

「中に入るのが嫌だったら、俺が入る時に人が来ないか見張っててくれるだけでもいいし。

来週から夏休みだろ？　海斗に予定合わせるから、部活とか塾のない日に半日だけ、付き合ってくんない？」

その頼みに応じるかどうか以前に、太市に確かめなければならないことがいくつかあった。友達を追い詰めるようなことをするのは気が進まなかったけれど、僕はまず、一番疑問に感じていることを尋ねた。

「太市は、どうして動画が本物かどうか、自分で調べに行こうなんて思ったの？」

あの動画が、単に知らない人から送りつけられたものだったとすれば、太市がそんなことをする理由はどこにもないはずだ。

「本物だったとしたら、あんなことをする人間が出入りしている場所に立ち入るのは危ないって分かるよね。太市も、危険だと思うから、僕に一緒に来てほしいんだ。そうまでして、大人に知らせずに調べようとするのは、どうしてなの？」

この当然の問いかけに、太市は黙り込んでしまった。やっぱり言えないのだ。それが分かった上で、僕はもう一つ確かめなければいけないことを問いかける。

「あの動画を送ってきたのは、誰だか分からない大学生なんかじゃないんだろ。本当は太市の知ってる人で、心配だけど騒ぎにしたくないから、自分で調べようとしてるんだ」

僕は太市の口元をじっと見守った。けれど太市の唇が動く前に、未夢が「海斗、もうやめなよ」と割って入った。

「なんで太市が嘘ついてるって決めつけるの？　怖いんだけど。そんなふうに一方的に疑って、責めるような言い方しないでよ」

長い前髪を透かすようにして、未夢は僕を睨んでいた。太市は僕たちから目を逸らし、顔を伏せた。

子供の頃から嘘つきな母親の言動に振り回され、だんだんとその環境に適応してきた僕にとって、太市の嘘を見抜くのは簡単だった。太市は嘘をついたり、隠し事をしたりする時、唇を噛んだり、目線を合わせなくなったりといった仕草を見せる。

そして未夢も多分、太市の嘘に気づいている。自分が本当のことを聞きたくないから、僕が問い詰めるのを遮ったのだ。

目のふちを赤くした未夢に、ごめんと謝って太市の方を向いた。そして「分かった。一緒に行くよ」と答えた。僕は二人の仲間だから、彼らに困ってほしくないし、助けたかった。

はっとした顔でこちらを見た太市は、肩の力が抜けたように息を吐いた。ありがとう、と小さくつぶやいた太市の、いつになく気弱な表情を見て、僕は最後にするはずだった質問を飲み込んだ。

できることなら、この場できちんと太市に確かめておきたかった。

「あの動画、冬美真璃さんからもらったんじゃないの」と——。

四

夏休みに入って最初の金曜日。塾も部活もないその日、僕は図書館で宿題をやると母親に告げて、午前九時に自転車で家を出た。お昼ご飯代や麦茶入りの水筒を持たされたり、帽子を被れと注意されたりと世話を焼かれたのは嫌だったけれど、珍しく僕の方が母親に嘘をついたことは、なんだか普段の仕返しのような気がして胸がすっとした。

「こんな時間に起きたの、すげぇ久しぶりかも」

藤沢駅で待ち合わせた太市は、黒のTシャツに迷彩柄のハーフパンツ姿でボディバッグを背負い、照りつける真夏の太陽を眩しそうに見上げた。

二人で駅近くの駐輪場に自転車を駐めると、バスターミナルへと向かう。ハピネスランド行きの直通バスはもちろん閉園とともになくなっていたが、その区画に近いバスの停留所を調べてあった。ちょうど来たバスに乗り込み、駅から二十分ほど郊外へ行ったところで、目当ての停留所に着いたので降りる。

まず僕たちはハピネスランドの正面の入口へ向かった。北側に行くのには、そこを通る必要があったからだ。閉園から五年経っても、ハピネスランドの施設はほぼ解体されることなく残っている。運営会社が負債を抱えた状態で事業から撤退したことで、解体するための費用が残らなかったからだという。今のところ、売却先も決まっておらず、解体工事が始まる目処は立っていないとのことだった。

ハピネスランドのマスコットキャラクターの黄色いイルカが描かれた、大きなアーチを見上げる。家族や同級生たちとあの日くぐった、カラフルなアーチを掲げた正面の入園口は、今は閉ざされている。柵には太い鎖が何重にも巻かれていた。僕と太市はどちらともなく立ち止まり、中を覗き込んだ。

入園口の奥には、水色の屋根のチケット売場が見えた。その横に、一人ずつ金属のバーを回して入るタイプの入園ゲートが六列並んでいる。チケット売場の手前にピンク色のベンチと黄緑のくずかごが置いてあって、太市と顔を見合わせて笑った。

「海斗が最後にハピネスランドに来たのって、小一の遠足？」

僕がそうだとうなずくと、太市は「俺はそのあとに、もう一回だけ来たんだ。閉園する一週間前に、母親が連れてきてくれてさ」と懐かしそうに言った。

「閉園直前だったから、めっちゃ混んでて。ジェットコースター乗るのも一時間待ちで、ほとんど遊べなくて、ひたすら疲れて帰ったんだよな」

フェンスの向こうに覗く観覧車や回転ブランコの鉄塔を横目に見ながら、太市と連れ立って敷地の北側を目指す。ようやく農道へと折れる角に差し掛かった時、歩道の先に佇む人影が目に入った。

思わず足を止め、陰から様子を窺う。太市が「嘘だろ」とつぶやいた。ブルーシートで覆われた、例のフェンスが壊れた箇所の前に立っていたその人物は、こちらに気づくと、少し気まずそうに手を振った。

「ごめん、黙って来ちゃった。言えば駄目だって止められると思って」

薄手の半袖パーカーに紺色の短パンという格好の未夢は、長い髪を後ろに束ね、顔を隠すように黒いキャップを被っていた。背中には小さなリュックサックを背負っている。

「なんで来たんだよ。未夢のことは、関わらせないようにするって言っただろ」

駆け寄った太市が問い質《ただ》す。その剣幕に、未夢は少しだけ申しわけなさそうになったが、僕らを見返すと熱のこもった口調で言い立てた。

「あれからもう一度考えたんだ。あの動画は誰が、なんのために撮ったのか。太市は女の人を襲った犯人が、自分がやった証拠として撮影したんじゃないかって言ったでしょう。でも私、別の理由を思いついたの。その考えが合っているか、確かめたくて」

「なんだよ、別の理由って——」

困惑した顔で尋ねた太市に、未夢はにっこりと微笑んで答える。

「私のことも連れていってくれるなら、《恐怖の館》に着くまでの道で教えてあげる」

大胆不敵な物言いに、僕と太市はどうするべきかと黙り込んだ。

本当なら、未夢を危ないかもしれない場所に連れていきたくはなかった。だけど未夢が考えついた別の理由とやらは、凄く気になる。

「きっと二人とも、絶対に思いつかないような理由だよ。だってこの中では、私しか知らない話だと思うし。それに私が考えた理由が正解だったら、中に入って調べても危険はないはずなの」

そう信じているから、未夢はこんなにも余裕たっぷりの態度でいるのだと納得した。太市と視線を交わす。あの動画が撮られた目的。未夢の推測が当たっているかどうかは分からない。でも僕らの考えが合っているという自信もなかった。だったらここは——。

「分かった。一緒に行こう」

太市が観念したように言った。「未夢が一緒なら、迷子になることもないし」と太市が付け加えると、「まかせて。最短ルートで案内するから」と未夢が親指を立てる。そしてフェンスの向こうの複雑にうねったレールを見上げた。

「ジェットコースターがこっちにあるってことは、中に入って左に進むのが近道だよ。ちょうど売店とかレストランの建物が目隠しになるから、通りから見られる心配もない」

早くも頼もしいナビゲーション能力を発揮してみせる未夢に呆れたように笑ったあと、太市は真顔になって周囲を見回す。

「人が来ないうちに入っちゃおうぜ。俺が最初に行くから、誰か来たら、フェンスを叩いて合図してくれ」

そう言うと、太市は素早い動作でブルーシートをめくり、小柄な体を滑り込ませた。僕と未夢とで左右を見張る。ブルーシートの内側で、金属が軋む音がした。シートの中を覗くと、太市は外れたフェンスを片手で押さえながら、枠との隙間を通り抜けているところだった。ボディバッグは先に投げ入れたのか、敷地の内側に転がっている。太市は無事に侵入を果たすとフェンスを摑んだまま、こっちに手招きした。

「未夢、行って。僕が最後になる」

未夢は緊張した顔でうなずくと、太市にならってブルーシートに潜り込んだ。僕はそれを自分の体で隠すようにしながら、辺りに目を配った。再び金属が軋む音、そしてアスファルトを擦る靴音がしたあと、「海斗、来て」と未夢がささやく声がした。

周囲を確認しつつブルーシートに手をかけた時、右の車道から、軽トラックがこちらに曲がってきたのが見えた。とっさにスマホを取り出し、画面を見ながら歩き出す。歩きスマホは良くないけれど、こうしていたら単なる通行人に見えるだろう。うつむいていれば、顔を見られることもない。

軽トラックはそもそも歩道の中学生など気にしていなかったのか、スピードを落とすこともなく通り過ぎていった。もう一度左右を見たあと、ブルーシートをめくり上げる。フェンスの向こうで、太市と未夢が早く早くというように手を上下しているが、僕はあいにく二人よりも体が大きい。水筒やなんかを入れてきたリュックを放り込んだあと、苦労して外れたフェンスを押し開けて、どうにかジェットコースターの真下に出ることができた。

「今はブルーシートが目隠しになってるけど、物陰に入らないと道路から丸見えだよ」

未夢は左手に見える大きなテントのようなものを指差すと、「あそこまで走ろう」と言うが早いか駆け出した。足の遅い未夢を追い抜かないように、僕と太市はスピードを加減しながらあとへと続く。

テントと見えたのは、コインゲームがいくつか置かれた遊技スペースだった。小さい子供が乗って喜ぶような、百円玉を入れると音楽を奏でながら動き回るパンダやうさぎなどの乗り物が、ひっそりと隅の方に並んでいる。そこを過ぎると、右手にコーヒーカップが見えてきた。円形の柵の外側に、《安全第一》と書かれた黄色と黒の縞々の囲いが置かれている。野ざらしにされたカップの中には、落ち葉や枯れ枝が溜まっていた。

コーヒーカップの前の道を進み、園内にいくつかある水色屋根のチケット売場の前を通る。ガラスの小窓の内側のカーテンは閉じられ、元は白かっただろう布地が黄色く変色していた。頭上を横切るスカイサイクルのレールを見上げると、カーブの内側のところにカラスの巣らしきものが作られていた。その上に、ぷかぷかと綿雲を浮かべた真っ青な夏空が広がっている。

未夢の後ろについて歩きながら、僕ら以外に動くもののない遊園地の光景を眺めた。もっとしんとしているかと思ったが、園内に緑が多いせいか、セミの声がそこかしこから降ってくるし、バイパスを走る車の音も結構うるさい。なので僕らがおしゃべりをするのに支障はなかった。

「未夢、早く教えろよ。動画が撮影された、別の理由って？」

太市が未夢の背中に問いかける。五年越しで入園が叶ったハピネスランドを感慨深そうに見渡していた未夢は、こちらを振り向くと、唐突にある言葉を告げた。

「太市と海斗は、聞いたことあるかな。『幸せの国殺人事件』──二、三年前に、結構話題になってたんだけど」

未夢が口にした事件に、僕はまったく心当たりがなかった。大体《幸せの国》という語句のイメージに、殺人事件なんてあまりに不似合いだった。隣を見ると、太市は何かを思い出すように視線を上に向けている。

「それって、いつ起きた事件？」

僕が尋ねると、未夢は「やっぱ海斗は知らないか」と苦笑する。

「現実に起きた事件じゃないの。『幸せの国殺人事件』はインディーズのノベルゲームのタイトル。ミステリーなんだけどシナリオが秀逸で、凄く出来がいいって、ゲーム関連のコミュニティで評判だったんだよ」

未夢の説明に、太市が「ああ、あれか」と声を上げた。

「どっかで聞いたことあると思った。俺はやってないけど、あのゲームって遊園地が舞台なんだろ？　しかも確か、WoNとも何か関わりがあるんじゃなかったっけ」

未夢は「そう、よく知ってたね」と感心したようにうなずくと、さらに詳細について解説してくれた。

そのゲームはインディーゲーム――ゲームソフトメーカーではなく個人やサークルによって制作されたいわゆる同人ゲームで、遊園地で起きた殺人事件をめぐる謎を解くノベルゲームなのだという。プレイヤーは小説を読むような感覚でゲームを進めながら、場面の分岐点で提示される選択肢のどれかを選んでいく。そこでの選択によってその後の展開が変わり、事件を解決できるかどうかといった結末も変わっていくのだそうだ。

「そのゲームが、どうWoNと関わってるの？」

説明の途中だけれど、思わず口を挟む。僕だって三年もWoNをやっているのに、僕だけ知らないというのはなんだか悔しかった。

「『幸せの国殺人事件』が話題になってた時に、WoNの掲示板にそのゲームの制作者だっていう人が書き込みをして、投稿者の質問に答えてたの。結構突っ込んだ話もしてたし、それを否定する公式のコメントも出なかったから、本人だったって結論になって。だから『幸せの国殺人事件』の制作者は、WoNのプレイヤーだろうって言われてるんだ」

未夢のその話も、僕は初耳だった。攻略情報を探してWoNの掲示板を覗くことはたまにあるけれど、プレイヤー同士の雑談のようなものには目を通していなかった。

その掲示板の書き込みによると、制作者は関東在住の大学生なのだという。そしてタイトルにある《幸せの国》は、ゲーム内に登場する《ファミリーパーク幸せの国》という架空の遊園地の名前に由来しているらしい。さらに遊園地に水を使った特徴的なアトラクションがあったことから推察して、ハピネスランドがゲームの舞台のモデルとなっているのではという説が出回っているのだそうだ。その点を制作者に尋ねた人もいたそうだが、その時ははぐらかされたとのことだった。

「でも多分、ゲームに出てくる遊園地のモデルは、ハピネスランドで間違いないと思う。だからあの動画は、『幸せの国殺人事件』の熱狂的なファンが《聖地》に入り込んで作った、よくできたフェイクなんだよ」

そう未夢は断言した。ゲームの中で起きる殺人事件の被害者は、若い女性らしい。よってあの動画は、事件の場面を再現したものではないかというのだ。

「そのゲーム、ダウンロード販売はしてなくて、市場に出たソフトの本数も少なかったから、幻のゲームみたいになってるんだ。凄く評価されてるのに手に入らなくて、私も実際にプレイはできてないの」

未夢は残念そうにため息をついた。ということは、ゲームの中の事件のシーンとあの動画が似ているかどうかは分からないわけだ。

「だけど、そんな理由で撮ったにしてはクオリティが高すぎないかな。ゲームのシーンの再現だとしたら、あんなにリアルにする必要はないんじゃない？」

「あのゲームには、かなりコアなファンがついてるんだってば。制作者はＡＡってハンドルネームの謎の人物で性別は不明。そもそもプロフィールを公開してないから、掲示板の書き込み以外は何も情報がなくて――」

僕の投げかけた疑問に、未夢がむきになって反論しようとした時だった。

「着いたぞ――《恐怖の館》」

太市が前方を指差す。手入れされることのなくなった、鬱蒼と茂る立ち木。その向こうに、二体の不気味な泥人形を門番に従えた、石造りの館を模した建物が姿を現した。

五

館の鉄製の門は閉じられ、南京錠が掛かっていたけれど、門の高さは僕らの身長ほどしかないので、よじ登って乗り越えることができた。

エントランス部分には動画にあった部屋と同じ凝った柄の壁紙が貼られていて、料金表や《泥酔している方、心臓の悪い方の入館はご遠慮ください》といった注意書きのボードが残されていた。中央に受付カウンターが据えられ、後ろの棚には石仮面や骸骨といったホラーな置物が飾られている。そのカウンターの左右にそれぞれ黒いカーテンの掛かった出入口があり、左が入口、右が出口となっていた。

「動画が撮られた部屋は、《恐怖の館》のコースだと終わりの方にあったから、出口側から入るのが早いと思う」

未夢の的確な指示に従い、僕らはそれぞれ持ってきた懐中電灯をリュックやバッグから取り出すと、右の出口のカーテンに向かった。

「一本道だし迷うことはないと思うけど、暗いから足元に気をつけてね。壊れてるところもあるかもしれないし――」

言いながら、勇敢にも未夢は先頭になってカーテンをめくった。そして大股で通路に踏み出した直後、ひゃあっと情けない声を上げた。何が起きたのかと、太市が慌てて未夢のいる場所を懐中電灯で照らす。未夢の右足が、通路の床に足首の辺りまで埋もれていた。

「出口から入るなんてしたことないから、うっかりしてた。出口の直前に、床がスポンジになってる落とし穴が仕掛けてあるんだった」

未夢は恨めしそうな顔でスポンジの床から足を引き抜くと、肩を落とした。

「一本道なら誰が先頭でも同じだし、俺が先に行くよ。俺、お化け屋敷とか全然平気な方だから」

太市が優しいところを見せて未夢と先頭を替わる。そんな二人のやり取りを、僕は無言で見守っていた。僕だって替わってあげられるものなら替わってやりたいが、とてもそんなことはできなかった。僕の恐怖耐性は、アルバムの写真の中で半べそで父に抱きついていた頃と、ほぼ変わっていない。さっきは未夢の悲鳴を聞いて、自分まで叫びそうになるのを必死でこらえたほどだったのだ。

太市の次に未夢が、最後に僕が続く陣形で、暗くて狭い通路を進んでいく。通気が悪いせいか、梅雨時の図書室のような埃っぽい、湿っぽい臭いがした。しばらく行くと、壁の左手に鉄格子が見えてきた。牢屋のような小部屋の中央に、西洋風の棺桶が一つ置かれている。

太市は通路の床を照らすと、少し出っぱっている板を、どん、と踏みつけた。

「この板を踏むと、棺桶が開いてゾンビが飛び出す仕掛けだったんだけどな。やっぱ電気が通ってないと無理か」

残念そうにつぶやく太市の背中に（余計なことすんなよ！）と心の中で毒づいた。動かないと分かっていても恐ろしくて、板を踏まないように、棺桶の方を見ないようにして通り過ぎる。

次の小部屋にあるのは鎖に繋がれた狼男の蠟人形だったが、これも電気が通っていないおかげで吠えたり動いたりしないので助かった。ビニール製の蜘蛛の巣が切れて垂れ下がっている箇所を、首をすくめてくぐり抜けた先に、ついに見覚えのある暖炉のある部屋が現れた。太市が部屋の中へ懐中電灯を向け、「あ――」と驚いた声を上げる。

部屋の入口に立ち尽くす太市の後ろから、未夢が室内を覗き込む。そして一点を凝視したまま足を止めた。いったい二人は何を見たのだろうと恐怖しながらも、そこに何があるのかという興味の方が勝《まさ》った。ゆっくりとそちらへ近づく。

これまで見た中では一番広い、うちのリビングくらいはありそうな部屋の中央に、ロッキングチェアがこちらに背を向けて置かれていた。そこに誰かが座っているのが見えて、思わず息を吞んだ。背筋がぞくりと冷たくなる。

肘掛けに置かれた腕の滑らかな質感で、人形だということはすぐに分かった。けれどその人形から、僕は目を逸らせなかった。栗色の髪を肩に垂らした人形は、ノースリーブの真紅のドレスを着ていた。

「この人形、動画には映ってなかったけど、前からこの部屋にあったやつだよ。人が近づくと、椅子が揺れるの。そういえば、赤いドレスを着てたんだった」

未夢が人形を見つめたまま、震える声で言った。僕も子供の頃に父と見たはずだが、この人形のことはすっかり忘れていた。

太市は部屋の隅々に懐中電灯の光を走らせ、誰もいないことを確認すると中へと踏み込んだ。僕と未夢も太市のあとに続く。太市はまず人形に近づき、懐中電灯を向けた。無表情な白い顔が照らし出され、心臓が縮み上がる。

「あの動画で女の人が赤いワンピースを着てたのは、この人形と関係あんのかな。だとしたら、犯人が着せたのか――」

険しい表情で人形を見下ろしていた太市が、何かに気づいたように腰をかがめた。懐中電灯の向きを変え、肘掛けの辺りを熱心に調べている。やがて顔を上げると、「海斗、これ見ろ」と僕を呼んだ。近づいて太市が指す箇所に目を凝らす。肘掛けの一部のニスが、幅一センチほどの太さで線状に剝がれていた。

「これ、ロープか何かが擦れた跡じゃね？　反対側にも、脚の方にも、同じような跡がついてる。合計四箇所」

太市は言葉を切ると、口元に手を当てて顔をしかめた。それが何を意味するか、想像したのだろう。未夢は顔を強張らせ、人形の座る椅子から目を背けた。

「誰かが、縛られていたかもしれないってこと？　でもだからって、その人が酷い目に遭ったとは限らないよ。あのフェイク動画を撮った人たちが、同じように演出でそういうシーンを撮ったのかも」

そう言うと未夢は懐中電灯の向きを変え、床の絨毯を照らし始めた。まんべんなく一面を調べ終えると、ほっとした顔になる。

「ほらやっぱり、絨毯に血の跡なんてついてない。きっとあの動画は、血が流れたみたいに加工したものだったんだよ」

確かに未夢の言うとおり、絨毯にそれらしき痕跡は残っていなかった。血の汚れは取れにくいはずだし、ここまで綺麗に洗い落とせたとは思えない。

未夢はあくまで、あの動画はゲームファンが撮影したフェイク動画だと信じたいようだった。僕にも未夢の気持ちは分かった。そうでなければ、僕らは今、あの動画の中で女の人が痛めつけられていた、まさにその場所に立っていることになる。

血の気の引く思いで自分の足元を見つめていた時、太市が不意に椅子の背に手をかけた。そして腕に力を込めると、人形ごと椅子を引きずり始める。「何してるの」と大声を上げた未夢に、太市は平然とした調子で答えた。

「ここに椅子があったら、絨毯めくれないし。ちゃんと調べて下の床にも何も跡が残ってなかったら、あの動画は未夢の言うとおりフェイクだったたってことで帰ろうぜ」

僕も太市を手伝って、人形が座るロッキングチェアを部屋の隅まで運んだ。そして端の方から、三人がかりで絨毯をくるくると巻き上げる。半分ほど板張りの床が見えたところで、真ん中の位置にいた太市が動きを止めた。

「見ろよ、これ」

絨毯を押さえながら、太市が僕に目配せした。立ち上がり、太市のいる辺りを懐中電灯で照らす。未夢も恐る恐るといったようにそちらに顔を向けた。

床板に、いくら擦っても落とせなかったらしい、黒い染みが薄く残っていた。その周りには、何か硬いものが当たったと見える凹みがいくつもあった。

僕らは顔を見合わせた。太市は少し怒っているような顔で、未夢は泣きそうな顔をしている。僕はどんな顔をしていたか分からないけれど、ただ（どうしよう）と思っていた。

「どうする？」

僕の心を読んだように、太市がぼそりと言った。

それから三人で話し合った。でも、すぐには結論は出なかった。

＊

そのあと、僕たちは絨毯と人形とロッキングチェアを元の位置に戻し、侵入した形跡を残さないように注意してハピネスランドを出た。時刻は昼を過ぎていたけれど、誰もお腹が空いていなかった。三人で一緒に昼ご飯を食べることもなく、藤沢駅で別れてそれぞれ家に帰った。

話し合いで一つだけ決まったのは、「これからどうするかを来週の月曜に話し合おう」ということだった。僕は明日から部活と塾があり、未夢も塾の夏期講習があるので、三人で集まって話せるのは、最短でも次の月曜だったのだ。

部活も塾もない太市はやや不満げに「WoN のチャットで話せばいいんじゃね？」と提案したけれど、このことは顔を合わせて話したいと、僕は譲らなかった。

話し合いの日まで、僕は落ち着かない気持ちで、県内で行方不明になった女の人がいないか、誰かに危害を加えられて大怪我を負った女の人がいないか、ネットで情報を探した。でも僕が見つけたここ一年くらいのニュースには、被害者の詳しい情報なんかは載っていなくて、あの動画に映っていた真っ赤なワンピースの女の人は誰なのか、彼女があのあとどうなったのか、手がかりは摑めなかった。

そして月曜の朝を迎えた。僕が八時に起きてリビングに下りると、母親が「朝早くから何回も海斗のスマホが鳴っててうるさかったよ」と不機嫌そうに言った。見ると太市からの着信が、朝の六時過ぎから十件近く入っている。

スマホから充電ケーブルを引っこ抜くと、廊下に向かいながら太市にかけた。太市は二回目のコール音ですぐに出た。

「海斗、ニュース見た?」

緊迫した声が耳を打つ。「見てない。なんかあったの?」と聞き返し、テレビの方を振り向いた。

いつもの朝の情報番組では、ヘリコプターから撮影したらしい上空からの映像が流れている。観覧車。ジェットコースター。回転ブランコ。夏休みのレジャー特集かと思ったけれど、やがてそうではないと分かった。あのカラフルなアーチは——。

「ハピネスランドで、女の人の遺体が見つかったって。頭部に損傷があって、他殺と思われるって言ってて」

太市の言葉を聞きながら、テレビの前に立ち尽くす。深刻な表情でニュースを読むアナウンサーが、僕の顔をまっすぐに見て告げた。

《発見された遺体は白骨化しており、死後数年が経過しているものと思われます》

第二話

＊

　かつて火竜の住処となっていた広い洞窟には、橙色に輝くマグマが、あたかも地底湖のように満ちていた。洞窟の岩肌の上方にぽっかりと空いた横穴から、黒いローブをまとった隠者が顔を覗かせる。隠者は誰かを待っているように、その場に腰を下ろした。

　どれくらいそうしていただろうか。やがて洞窟の天井から垂れ下がる鍾乳石を縫うようにして、黒い大きな影がこちらへと近づいてきた。翼を広げ、悠々と飛翔する、光る鱗に覆われた黒竜。その背にまたがるのは、竜の角から作られた漆黒の鎧と槍を装備した竜騎士だった。黒竜は竜騎士を横穴へと降ろすと、もと来た方角へと飛び去っていく。

「あいつ、まだ来てないの？」

　竜騎士が問うと、隠者が横穴の奥の暗闇を振り返った。

「悪い。帰り際に、社長から面倒な案件振られちまって」

　言いわけしながら走り出てきたのは、黒い覆面で顔を隠した盗賊だった。腰には建物に侵入する際にロープ代わりとしても使える鞭を提げている。

「集合時間は守ってよね」と竜騎士が小言をぶつける。その竜騎士も、たった今着いたばかりだったが、隠者は黙っていた。

「お前らお気楽な大学生と違って、こっちは働いてるんだよ」

盗賊は開き直ると、「それより、来る途中で面白い奴らを見つけた」と笑いを含んだ声で言った。

「面白い奴らって?」と不思議そうに尋ねた竜騎士に、盗賊は告げる。

「そいつら、WoNのフィールドに《ハピネスランド》を再現しようとしているみたいなんだ」

一

ハピネスランドの敷地内で、女性の遺体が発見されたというニュースが流れたその日。僕と未夢と太市はグループLINEで相談した上で、当初の約束どおり太市の家に集まることは断念した。

僕ら三人は三日前に、そのハピネスランドに侵入したばかりだ。充分注意したつもりだったが、何か痕跡を残したり、誰かに目撃されたりといった可能性がある以上、今、怪しい動きをすることは危険だと考えた。それで代わりに、その晩にWoNのチャットで話すことになった。

　いつもならゲームの前に済ませてしまう宿題も今日は手につかず、僕は約束の時間の三十分前にログインした。待ち合わせ場所の広場で、落ち着かない気分で町の方角を眺めていると、ほどなくして大柄な人影がこちらに向かって駆けてくるのが見えた。その後ろから、腰の辺りまである長い金髪をなびかせた小柄な影がついてくる。

「酒場で太市と会えたから、一緒に来たの」

　岩のような巨体の戦士を操作する未夢が、そう言って戦闘モードを解除すると、装備していた大剣を鞘に納めた。

「川を越えたところで、岩亀の群れに囲まれちゃってさ。未夢がいたからなんとかなったけど、俺一人だったらやばかったよ」

　緑色のマントにミニスカート姿のエルフが構えていた弓を下ろす。太市は小学生の頃から、なぜかこの金髪のエルフを自分のアバターとして使っていた。

「遺体が発見された場所、《恐怖の館》じゃなくて良かったよな。俺たち、池の方には行かなかったし」

　前置きなく太市が今日の本題を切り出した。女性の遺体が見つかったのは、僕らが侵入した《恐怖の館》とは反対の西側にある、《探検わくわく島》の島の一つだった。

　太市が「池」と呼んだ《探検わくわく島》は、人工池に造られた三つの島をボートでめぐるというアトラクションだ。人工池と言っても、大きさは学校のグラウンドの半分ほどもあり、鯉やメダカも棲んでいる。見た目はほとんど自然の池にしか見えなかった。島は浮島ではなく土を盛ったもので、どれも直径五メートル程度だったと記憶している。

自然豊かな土地に造られた遊園地であるハピネスランドのすぐそばには、藤沢市を縦断する引地川の支流が流れている。その水源が近くにあったので、こうした水を必要とするアトラクションをいくつも作ることが可能だったのだ。

「ブルーシートが掛かってたの、池の北側の端にある島だよね。スカイサイクルのレールが近くに映ってたし。島の地面はだいぶ雑草が伸びてたから、遺体があったとしても、岸からじゃ見えなかったんだと思う」

ヘリコプターから撮影されたニュース映像を思い出しながらといった様子で未夢が言った。僕には島の位置までは分からなかったが、未夢が言うなら間違いないだろう。

遺体は半分土に埋まったような状態で見つかったらしく、雨で盛り土が流れるなどして地表に露出したのかもしれない。着ていた衣服以外に所持品はなかったそうで、別の場所で亡くなったのを、見つからないような場所を選んで遺棄したのではないかと考えられた。

それが今になって突然発見されることになったのは、ニュースによれば匿名の通報があったからだという。

「きっと面白半分で閉鎖された遊園地に入り込んだ何者かが遺体を見つけたものの、自分が建造物侵入で逮捕されることを恐れて、匿名で知らせたんでしょう」

コメンテーターの元捜査一課の刑事は、そんなふうに推理していた。その匿名の通報者についても、警察は捜査中とのことだった。

「遺体は十代から三十代の女性のもので、頭部に外傷があったってニュースでは言ってたけど、死後数年が経過してるなら、あの動画とは関係ないよな。だって、撮影されたのは今年の一月なんだから」

太市はわざとそうしているふうに気楽な口調で言うと、エルフを操作してピンクのベンチに座らせた。「そうとは限らないよ」と返しながら、僕はゴブリンをエルフの向かいへと移動させる。

「あの日付は、ファイルが作成された日付だろ？　撮影したのはもっと前で、動画を編集してあのファイルにまとめたのが一月だったのかもしれない」

この間、未夢と動画の撮影時期について議論になった時に、太市はファイルの日付を根拠にそれが今年になって撮られたものだと主張していた。だけどあのあと自分でも調べてみたら、動画ファイルの日付というのは、撮影された日とは限らないということが分かった。

太市はそのことを知っていたのだろうか。その上で、何かを隠そうとしたのだろうか。

本当なら、面と向かって尋ねたかったことだけれど、そうも言っていられない。僕はイヤホンから聞こえる音に意識を集中させると、強い口調で太市に問い質した。

「大事なことだから、ちゃんと答えてほしい。あの動画は、本当は誰にもらったの？」

ふうっと小さく息を吐く音。かりかりと体のどこかを掻くような音。沈黙――。やがて聞こえた、低く唸るような声のあと、太市は「ごめん」と言った。

「嘘ついて悪かった。もらったんじゃなく、見つけたんだ。知り合いのパソコンに保存されてた」

「知り合いっていうのは、冬美真璃さん？」

本当のことを話し始めた太市を逃すまいと、間を空けずに質問を継いだ。僕の問いかけに、「違う」と太市は即答した。

「真璃の兄貴の、真崇《まさたか》のパソコンだよ。使わなくなったからってもらったんだ」

太市が明かした事実に、僕も未夢も、何も言えず黙り込んでしまった。

冬美真崇――真璃の五歳上の兄は、現在二十一歳。専門学校を卒業したあと、横浜にある会社で働いているということだけは聞いていた。

なぜ真崇とまるで接点のない僕がそんなことを知っているかというと、真崇の一学年下の姉の茜が話していたからだ。真崇は高校時代に川崎から遠征してきた暴走族グループをたった一人で蹴散らしたという伝説まである、地元では有名な不良だった。

「真崇とはここしばらく会ってないけど、真璃の家に遊びに行った時にいつも飯作ってくれたりとか、結構良くしてもらってたんだ」

「じゃあ太市は今まで、真崇さんを庇って本当のことが言えなかったの？　あの動画で女の人に乱暴してたのが、真崇さんだと思ったから」

それまで無言だった未夢が、確かめるように聞いた。エルフが不意に立ち上がって、すぐにまたベンチに座る。何か動揺することでもあったのか、操作を間違えたようだ。

「そうじゃない。だって真崇が今働いてる会社って、ライバー事務所だぜ？」

慌てたような言い方で答える。「ライバー事務所って？」と僕が聞くと、太市は簡単に説明してくれた。ライバー事務所はライブ配信事務所とも呼ばれていて、YouTubeなどでライブ配信を行う人たちのマネジメントをする会社なのだそうだ。要はライブ配信者たちを束ねる芸能事務所のようなものらしい。

「ライバーのサポートをするだけじゃなく、会社の方でどんな動画を配信するか、企画を立てたりもするらしいんだ。真崇の会社には怪談チャンネルとか心霊スポット探検とか、ホラー系のライバーなんかもいるから、あれはきっと企画のために撮ったんだと思ってた。でも、あんまりあの動画がリアルだったから、真崇が変なことに巻き込まれたんじゃないかって心配になって」

それでハピネスランドに、何か痕跡がないか調べに行こうと考えたのだという。

真崇は、今は真面目に働いているのかもしれないし、太市に対しては優しく振る舞っているのかもしれないが、僕は決して近づきたくないような人物だった。そんな真崇のことを心配して、ハピネスランドに侵入するといった危ないことまでした太市が、僕には痛々しく思えた。

太市が真崇を慕っているのは、多分、仲の良い真璃の兄だからというだけではない。きっと未夢も同じことを考えているのではないだろうか。未夢の操る戦士はグラフィックの夜空を見上げるように、じっと顔を上に向けていた。

「《恐怖の館》の床には、確かに血の跡みたいなのが残ってたよね。そこに加えて、敷地内で本物の遺体が見つかった」

言い聞かせるように告げて、僕は画面の中のエルフを見据えた。そして太市に確かめる。

「遺体の頭部には損傷があった。もしかしたら、あの動画の女の人かもしれない。ここまでのことが分かった上で、太市はどうしようと思ってるの？」

僕だったら、すぐに両親に打ち明けて、警察に通報してもらうだろう。自分と近しい人物が関わっているかもしれないとしても、人が殺されているのだ。知っていて黙っているなんて、とてもできない。

太市はすぐには答えなかった。エルフは金髪を風になびかせながら、どこか遠くを見ているように静かにベンチに掛けている。

「――三日だけ、待ってくんない？」

長い沈黙のあと、太市は絞り出すように言った。

「正直、考えがまとまんないんだ。このことは、真崇ときちんと話してから、どうするか決めたい。けど何回メッセージ送っても、返事が来なくて」

それはきっと、真崇の方に話したくない理由があるのだろう。僕は太市が真崇とこの件について話すこと自体、危険ではないかと思っていた。けれどそれを言い出す前に、太市があとを続けた。

「だからもう三日経っても真崇と連絡が取れなかったら、諦めて母親に相談するよ。それまでは、海斗も未夢も、あの動画を見たってことは黙っててくんないかな。その方が二人にも迷惑が掛からないと思うし」

弱々しい声で、太市は僕らに訴える。戦士の方を見るが、さっきと同じ姿勢のまま、動く様子はない。

「いいよ、それで」

ややあって、先に返事をしたのは未夢だった。僕も続けて「分かった」と答える。太市はほっとしたように息を吐くと、「ありがとな」と言った。

「母親に話すにしても、ハピネスランドに入り込んだことは隠しとく。ただ、変な動画を見つけたってだけ言うよ」

太市は僕らにそう説明した。母親には、真崇からもらったパソコンの中に動画を見つけたこと、フェイク動画だと思っていたが、ハピネスランドで遺体が発見されたというニュースを聞いて不安になったとだけ伝えるとのことだった。確かにそれだったら、僕らや太市が叱られるということはなさそうだ。

こうして今後の方針が決まったところで、いくらか気持ちは落ち着いた。けれど、今日はゲームをプレイする気分にはなれなかった。最初に未夢が、次に太市がログアウトすると、僕はゲームの電源を切って部屋を出た。

「お姉ちゃん、ちょっと聞きたいことがあるんだけど」

隣の姉の部屋をノックすると、「はーい」と機嫌のいい返事が聞こえた。ドアを開けると、姉はベッドに寝転んで、スマホでお気に入りの育成ゲームをしているところだった。一日に二回引けるガチャで、目当てのキャラクターが出たらしい。

「冬美真崇って人が働いてる会社のこと知らない？　横浜にあるライブ配信事務所らしいんだけど」

「え？　なんで海斗、冬美先輩のことなんか調べてるの？」

姉の茜は怪訝な顔になった。地味で真面目なだけが取り柄の弟が、地元でも有名な伝説の不良に興味を持ったことを意外に思ったのだろう。

「太市が、その真崇って人の会社で配信してるゲーム実況動画が面白いって教えてくれたんだけど、番組のタイトル忘れちゃったんだ。会社のホームページとか見れば、載ってるんじゃないかと思って」

僕以上に母親の嘘に騙されがちな姉は、その嘘に気づく様子もなくベッドから起き上がると、「ちょっと待ってね」と机の上のノートパソコンを開いた。そして《横浜》《ライブ配信事務所》でワード検索すると、出てきたいくつかのリンクのうちの一つをクリックする。アルファベットの社名のロゴの横に、よく日焼けしたTシャツ姿の社長らしき若い男性が笑顔で写っている《ドリームライブカンパニー》という会社のホームページが表示された。

「前に自分でも配信やってる友達から聞いたんだ。ここが冬美先輩が勤めてる会社だけど、登録してる配信者とか番組名はどこに載ってるのかな」

言いながら、姉が『会社紹介』のタブをクリックする。すると社内の様子やスタッフの写真とともに、事業内容を説明するページが現れた。スーツを着ている人はおらず、みんな社長と同じようなラフな格好だ。そのうちの黒い長袖Tシャツ姿の男を姉は指差した。

「この人が冬美先輩。専門学校時代は金髪だったけど、社会人になってさすがに染めたみたいだね」

名前は何度も聞いたことがあったが、ちゃんと顔を見たのはこれが初めてだった。黒の短髪をつんつんと立てた髪型の冬美真崇は、カメラに向かってぎこちない笑顔を作り、隣の彼より少し背の低い同年代の若者の肩に手を置いている。

真崇の目は、三白眼と呼ぶのだろうか。黒目が小さくつり目気味で、この目で睨まれたら相当怖そうだ。隣の青年はTシャツに緑色のチェックのシャツを羽織り、四角いフレームの眼鏡をかけている。眼鏡の奥の小さな目で正面からカメラを見たまま、直立不動の姿勢でいる様子は、かなり生真面目な印象だった。

「あ、梶《かじ》先輩だ。今も冬美先輩と仲いいんだ」

そんな声を上げた姉に「この眼鏡の人のこと？」と確認する。

「そう。梶謙弥《けんや》先輩。冬美先輩と中学で同じクラスだったんだけど、梶先輩は図書委員で、いつも本を読んでいるような人だったの。冬美先輩とは全然タイプが違うのに、よく一緒にいたんだよね。友達って言うよりは、子分って感じ？　今は大学生のはずだけど、冬美先輩の会社でバイトしてるのかな」

姉はそう言ってスタッフ紹介のページを開いた。そして「ああ、やっぱり」とつぶやく。

『アルバイトスタッフ　梶謙弥　鎌倉芸術大学三年生　映像研究会所属』って書いてある。

「私の高校の先輩も、ここの大学に通ってるの。オープンキャンパスがあるせいで、夏休みも大学に行かなきゃいけないってSNSで愚痴ってたよ」

「オープンキャンパスって何？」

耳慣れない言葉に、思わず聞き返すと、姉が説明してくれた。

「その大学を志望する高校生に向けて、大学の施設を公開して、自由に見て回れるようにしてるの。講義室で模擬授業を受けたり、サークルがそれぞれ展示や発表してるのを見学できたりもするんだ。私も高校生の時、色んな大学を見に行ったよ」

冬美真崇と同じ会社でアルバイトをしている大学生で、映像研究サークルに所属する梶謙弥。彼は中学時代、真崇の子分のような存在だったという。もしかしたらあの動画に関して、何か知っているのではないだろうか。

その梶謙弥の在籍する大学では、夏休みに高校生が自由に構内を見学できるイベントをやっていて、サークルの展示もあるらしい。

僕はパソコンを操作する姉の茜を横目で見た。僕より背が低いこの姉が、オープンキャンパスに入れたのなら、僕が行っても怪しまれないのではないか。

「ありがとう、お姉ちゃん。じゃあ実況動画のことは、自分で調べるから」

姉がベッドに寝転んでゲームを再開したところで、僕はパソコンを操作して検索画面に戻ると、鎌倉芸術大学のホームページを探し始めた。

二

翌日、午前中に水泳部の練習を終えた僕は、家には帰らず藤沢駅に向かった。

母親には、夕方くらいまで塾の自習室で宿題をすると言ってあった。駅のトイレで、中学のジャージからリュックに詰めてきたTシャツとジーンズに着替える。それから江ノ島電鉄線で、鎌倉芸術大学の最寄駅である鎌倉駅へと向かった。

三十分ほどで古風な造りの鎌倉駅に着き、すぐ目の前のロータリーから、昨日姉のパソコンで調べておいた路線のバスに乗る。街のあちこちにやたらとお寺が建っているのを眺めながら、六国見山の方角へ十五分ほど登ったところで、目的の鎌倉芸術大学前のバス停に到着した。

バスを降りた通りの向こうが大学の正門だった。一緒に降りた大学生や高校生らしい一団とともに、信号が青になるのを待つ。高校生たちは制服を着た生徒もいれば私服の生徒もいて、そして親と一緒に来ている子もいれば、友達同士で来ているような子や、一人の子もいた。僕が一人で入っても、特に怪しまれることはなさそうだった。

横断歩道を渡ると、高校生たちに交じって門を抜ける。事前の申し込みなどは必要なかったけれど、入ってすぐのところに受付の机が置かれていて、そこで女子学生からオープンキャンパスのパンフレットを手渡された。裏表紙の一面が大学の案内図になっていて、どの建物でどんな授業や展示をしているかが親切に記されている。地図を確認すると、僕はまず門のすぐ右手にある学生会館に向かった。

学生会館の中には、学生食堂があると案内に書かれていた。部活のあとに何も食べずにここまで来てしまったので、物凄くお腹が空いていた。お昼ご飯時をとっくに過ぎていたからか、広いカフェテリアはそれほど混んでいなかった。

母親から昼食代にと持たされた五百円玉を握り締め、食券の販売機の前に立つ。『学生一番人気』のシールが貼られたデミグラスオムライスを、自分の財布から百円足して大盛りサイズにした。

出てきた券を周りの人の真似をしてカウンターに置き、その脇の棚に重ねてあったトレイにスプーンや水を並べて待つ。少しして「デミオム大盛りの方ー」と呼ばれて前に進むと、きのこたっぷりのデミグラスソースの海に、こんもりと巨大な半熟オムライスの島が浮かぶ、魅惑の一皿が出てきた。

ひっくり返さないよう慎重にトレイを運び、テーブルに着いた。隣の椅子にリュックを降ろし、紙おしぼりで手を拭いてスプーンを取ると、まずはソースのついていない部分をすくって口に運ぶ。ウスターソースと胡椒《こしょう》が効いた少し辛めのチキンライスに、バターの香りがする甘くとろっとした卵が合わさって、とにかくめちゃくちゃ美味《おい》しい。

続けてデミグラスソースの掛かったところも食べてみる。ソースが熱々で、火傷《やけど》するかと思った。見た目は母親が作るハヤシライスに似ているけど、それとは段違いの、いつだったかレストランで食べたビーフシチューみたいな味がした。

高校生のふりをして大学に潜り込み、さらには一人で外食なんてほぼしたことがないのに学食に入ったことに、実はかなり緊張していた。けれどこの食べたこともないオムライスを前に、そんなものは吹っ飛んでしまった。今はもう美味しいということしか考えられず、僕は一心にスプーンを動かし続けた。

そうして絶品のオムライスを夢中で頬張っていた時だった。僕と通路を挟んだ隣のテーブルに、誰かがトレイを置いた。椅子を引くその人物に、見るとはなしに目を向けた。そして僕はスプーンを取り落としそうになった。

テーブルに着いたのは、白のシャツに丈の短いジーンズを穿いた、ふんわりとカールしたショートヘアの女の人だった。大きな切れ長の目で辺りを見回し、長いまつ毛をまたたかせると、頬杖をつく。抜けるように肌が白く、透明感のあるその顔立ちは、あの動画に映っていた女の人にそっくりに見えた。

トレイの上にはチョコレートクリームのロールケーキとコーヒーが載っているが、手をつけようとしない。誰かと待ち合わせをしているようだ。この大学の学生らしく、椅子の足元にカメラの三脚らしきものがはみ出した大きなトートバッグを置いている。退屈そうに腕時計に目をやる、悠々としたその態度は、過去に誰かに暴行を受けたことがあるようには見えなかった。

しばし呆然としたあと、我に返ってリュックのポケットからスマホを取り出した。そして半分ほど食べてしまったオムライスを写真に収めた。パシャリとシャッター音がしたけれど、隣のテーブルの女性がこちらを気にしている素振りはない。それを確認してから、別の角度でオムライスを撮るふりをしながら、こっそりスマホのカメラを彼女の方に向けた。息を詰めてシャッターボタンを押す。なんとか顔が写るように撮れていることを確かめると、スマホを伏せてテーブルに置いた。

完全に肖像権の侵害にあたる行為に罪悪感を覚えつつも、他に方法はないのだからと心の中で言いわけする。そして不自然に思われないように、オムライスの続きに取り掛かった。せっかくの美味しいオムライスだったが、動揺のあまり、味わうどころではなかった。

太市から送られてきた動画は《恐怖の館》の薄暗い室内で撮影されていて、被害者の女性の顔は、そこまではっきりとは見えなかった。体形もごく標準的だということしか分からず、特徴と言えば真紅のワンピースと、カールしたショートヘアの髪型だけだ。

この隣のテーブルの女の人が、あの動画の人物だと言い切ることはできない。だけど僕には、この人の佇まいや雰囲気までもが、あの動画の女の人に似ていると感じられた。

オムライスを食べ終わり、いつまでもそこにいると怪しまれそうなので、席を立った。椅子に置いていたリュックを背負い、トレイを持つと食器の返却カウンターへと足を向ける。

その時、「安堂《あんどう》先輩!」と、女性の高い声が響いた。

思わず声のした方を振り返ると、学生らしい女の人の二人組が、ショートヘアの女の人の方へ通路をまっすぐに向かってくるところだった。それぞれカップとケーキのお皿の載ったトレイをテーブルに置くと、二人のうちの背の高い方が「篤子《あつこ》、内定出たんだって?」と話しかけた。もう一人が「あそこの映像制作会社って、業界でもかなり大手ですよね。凄いです、安堂先輩」と尊敬の眼差しを向ける。

あのショートヘアの女の人は、安堂篤子という名前のようだ。そして就職活動をしているらしい会話の内容からすると、四年生なのだろう。安堂篤子はコーヒーのカップに口をつけながら「まだ入社するか、決めてないけどね」と、のんびりした調子で言った。

そこで立ち止まるわけにもいかず、食器の載ったトレイをカウンターに返した僕は、安堂篤子の方をそれとなく窺いながら、彼女たちのテーブルのそばを通ってカフェテリアの出口に向かった。

「確かに篤子だったら、他の会社でもすぐ内定もらえそうだよね。あれだけの実績があるわけだし」

「でも私、まだ就職するかどうかも決めてないんだ」

「安堂先輩、フリーランスでも充分やっていけそうですもんね」

三人の女子大生たちはそれぞれケーキを口に運びながら、そんな会話をしている。

安堂篤子という人は、なんの分野を専攻しているのか分からないが、ずいぶん優秀な学生のようだ。そうして二人に持ち上げられながらも、彼女はどこかつまらなそうな顔で、フォークの先でチョコロールケーキを切り分けている。

安堂篤子のことは気になったが、いつまでも聞き耳を立てていることはできない。カフェテリアを出ると、まずはさっき撮影した彼女の画像を未夢にLINEで送信した。三人のグループＬＩＮＥに送ることも考えたが、昨日のWoNでのやり取りがあったので、真崇のことで思い悩んでいる太市を巻き込むのは悪い気がした。太市は三日で結論を出すと言ったのだから、そのあとに教えるのでもいいだろう。

余計な先入観を持たせたくなかったので、未夢に送った画像には《他の人には見せないで》という拡散防止の注意書き以外、メッセージはつけなかった。すぐに既読にならないところを見ると、何かの用事で出かけているのかもしれない。スマホをリュックに仕舞い、代わりに取り出したパンフレットの案内図を見る。

オープンキャンパスでは高校生に向けて、絵を描いたり、彫刻を作ったりといった様々なワークショップが開かれているようだ。木材を使って小物を手作りできるクラフトワークショップが少しだけ気になったけれど、今日の目的はそんなことではない。案内図の下に並んだサークル展示の一覧を確認する。《映像研究会》の展示は、共通科目棟というところにあるようだ。

学生会館を出ると、丸い池を囲うように花壇やベンチが配置された中庭を突っ切って敷地の北側に向かう。炎天下だというのに、ベンチではカップルらしい男女が二組、ペットボトルの飲み物を手におしゃべりしていた。そういう課題があるのか、片方がモデルになってポーズを取り、もう一人が写真を撮っている学生たちもいた。中庭を抜けた左手の方にグラウンドと、体育館と思われるかまぼこ型の屋根が見えた。芸術大学でも、体育の授業があるのだろうか。

体育館の反対側にそれらしき建物を見つけ、入口の横のプレートに目をやる。《共通科目棟》と彫られているのを確認して中に入った。中学校と違って下駄箱などはなく、土足で歩いて大丈夫なようだ。もう一度パンフレットを見る。《映像研究会》は二〇二号研究室で展示をしているとあるので、廊下の案内板に従って、サークルのポスターや学生新聞などが貼られた階段を上った。

二階の長い廊下の、奥から二つ目の教室が目的の二〇二号研究室だった。開け放たれた教室のドアには《映像研究会》とマジックで手書きされた色画用紙が画鋲《がびょう》で留められている。昼の校内放送で何度か耳にしたことのある、流行《はや》りの音楽が聞こえていた。

中を覗くと、暗幕で窓を覆った室内の中央に白い大きなスクリーンが下がっている。そこに音楽に合わせて綺麗に揃ったダンスをする、二人組の女の人の動画が、プロジェクターで投影されていた。画面が縦長なので、スマホで撮影したものらしい。

スクリーンの横に長机が一台置かれていて、そちらにはノートパソコンが開いた状態で置いてあった。パソコン画面には人のいない海辺の風景が表示されている。なんとなく見たことのある場所のような気がして、思わず近寄って画面を覗き込んだ。海に浮かぶ平らな島から突き出た、ろうそくのような形の展望台。間違いない。江の島だ。

「君、もしかして中学生？」

突然、近い位置から男の人の声がして、僕は飛び上がりそうになった。リュックの肩紐を摑み締めたまま、薄暗い教室に目を凝らす。よく見るとノートパソコンの向こうのパイプ椅子に、眼鏡をかけた男子学生が座っていた。その顔を見て、もう一度息を吞む。

そこにいたのは昨日、冬美真崇の会社のホームページで見たばかりの、この鎌倉芸術大学の三年生——梶謙弥だった。

「あの、すみません。僕——」

思わず謝ってしまった。もう高校生だと嘘をつくことはできない。どうして僕が中学生だとばれたのだろう。服装が子供っぽかったのだろうか、などと考えながら、どう言いわけしようかと言葉を探していたその時——。

パソコンのモニターを見つめたまま、僕はその場に固まってしまった。

そこには気だるげに砂浜を歩く、ノースリーブの真紅のワンピースを着た安堂篤子が映し出されていた。

三

「そんなこと、気にしなくて良かったのに。オープンキャンパスって基本、誰でも来て大丈夫だから。受験生の妹さんや弟さんとか、家族も一緒に来てたりするし、うちの大学なんかは普段から、色んな人が出入りしてるからね」

中学生だけど工作に昔から興味があって——と必死で弁解を始めた僕に、梶謙弥は笑ってそう言うと、「だったらクラフトデザインの学科に行ってみたらいいよ。工房を公開してるから」と親切に教えてくれた。

「芸術大学って、みんな油絵を描いてるようなイメージがあるみたいだけど、学科によって全然違うからね。昔よりも分野も広くなってるし」

「ここは《映像研究会》なんですよね。映像制作を学べる学科もあるんですか」

僕のあまりに無知な質問に、梶は「もちろん」とうなずいた。

「うちのサークルのメンバーは、全員ではないけど、大体が映像学科だね。俺は一応映画専攻で、映画の撮影技術や、映像表現なんかを勉強してるんだ」

暗闇から突然声をかけられ、中学生なのにオープンキャンパスにやってきたことを叱られるのではないかと狼狽《ろうばい》したが、梶謙弥は何を聞いても丁寧に答えてくれた。冬美真崇の会社のホームページの写真を見て、生真面目そうでとっつきにくい印象を持っていたけれど、こうして話してみると、気さくなお兄さんといった感じだ。

この雰囲気なら教えてもらえるのではないかと、僕はパソコンで再生されていた映像を指差す。

「これって映画ですか？　僕、藤沢から来たんですけど、ここ、江の島の近くですよね」

僕の質問に、梶は「うん。確か鵠沼海岸で、朝早くに撮ったんじゃなかったかな」とうなずいた。鵠沼海岸は小田急江ノ島線だと、片瀬江ノ島の隣の駅だ。

「何年か前に、学園祭で上映するために撮ったショートフィルムだよ」

「そうして映画を撮る時って、どういう人に出演を頼むんですか？　さっき映ってた赤いワンピースの女の人、女優さんとかじゃないですよね」

思い切って尋ねた途端、梶の表情が硬くなった。

「ああ、その人は安堂さんっていって、うちのサークルの先輩だよ。俺と同じ映画専攻だけど、四年生だから就活が忙しくて、もう大学には来ていないんだ」

梶は目を泳がせ、早口で言った。太市と同じく、ずいぶん嘘が分かりやすいタイプのようだ。しかし、なぜ安堂篤子が大学に来ないなんて嘘をつく必要があるのだろう。しかも見ず知らずであるはずの、ただの中学生を相手に。

不審に思いながらも、これ以上、安堂篤子について踏み込んだ質問をするのは不自然だった。彼女の正体が分かっただけでも、今日のところは充分かもしれない。

あれこれ説明してもらったお礼を言って、サークル紹介のリーフレットをもらった帰り際、少しだけ気になっていたことを尋ねた。

「そういえば、どうして僕が中学生だって分かったんですか」

その質問に、梶は思い出したように「ああ、そのことを話すの忘れてた」と頭を掻いた。

「君、去年OWS――オープンウォータースイミングの大会に、小学生で一人だけ出場してたでしょ。イベント会社に就職したうちのOBの伝手で、あそこで会場整備のバイトしてたんだよ。やたら色が白くて背が高い子だったから、印象に残ってたんだよね。俺も小学校の途中までスイミングやってたから、懐かしくてさ」

梶謙弥はそう明かすと、眼鏡の奥の目を細めた。僕はなんだか気恥ずかしくなって、ありがとうございました、と、もう一度頭を下げて研究室を出た。

共通科目棟を出たあと、また学食に行ってみようかとも思ったけれど、安堂篤子がまだいるか分からないし、あまり何度も顔を合わせると変に思われるかもしれないので、そのまま正門に向かった。

しばらくしてバス停にやってきた鎌倉駅行きのバスに乗ったところで、未夢にLINEを送ったことを思い出す。見ると既読はついていたが、メッセージの返信はなかった。ということは、未夢は安堂篤子の写真を見ても、特に何も思わなかったのだろうか。

カフェテリアで彼女を見た時はまだ確信が持てなかったけれど、映像研究会の展示で流れていた映画の真っ赤なワンピース姿の安堂篤子を見て、やっぱりあの動画で襲われていた女の人は、彼女に間違いないと思えた。

そしてそれならば、ハピネスランドで見つかった女性の遺体は、冬美真崇のパソコンに残されていた動画とは無関係ということになる。どんな目的であの動画が撮影されたのかはまだ分からないけれど、安堂篤子はああして生きているのだから。

今日になっても、遺体の身元が分かったというニュースは出ていない。ハピネスランドで見つかった遺体は、いったい誰のものなのか。十代から三十代の女性というだけでは、警察だって調べようがないのではないか。

遺体の正体についてああだこうだと考えているうちに、バスが鎌倉駅に到着した。ロータリーから駅に向かいながら、ふと顔を上げると、駅前の雑踏の中にこちらへ大きく手を振る、小さな体格の人物がいた。見覚えのある薄手の半袖パーカーを羽織っているが、今日はキャップは被っていない。

「海斗、遅いよ。行き違いにならないようにこっちで待ってたのに」

責めるような口調で言いながら近づいてきたのは、先ほど、僕のＬＩＮＥを既読無視した烏丸未夢だった。

「すぐそっちに行くってメッセージ送ったのに、見てなかったの?」

「いや、届いてないけど」

口を尖らせた未夢に、もう一度スマホを確認してから答えると、未夢は不思議そうに自分のスマホを取り出した。次の瞬間、「嘘、お母さんに送ってた」と青い顔になる。

未夢が母親にさっきのは誤送信だったとメッセージを送るのを待つ間、僕の頭の中はどうして未夢がここにいるのかという疑問でいっぱいだった。僕が今日、鎌倉芸術大学に行くということは、未夢や太市はもちろん、母親にすら話していない。

ようやく落ち着いた様子の未夢に、なんでここに来たのと尋ねると、「だって、写真送ってきたじゃない」と要領を得ない答えが返ってきた。

「僕が送ったのは、女の人が写った、この画像一枚だけだよ」

「だから、鎌倉芸術大学のカフェテリアで、あの動画の女の人を見つけたって教えたかったんでしょう」

未夢はそう言うと、僕の手の中のスマホに表示された画像の、ある一点を指差した。それはテーブルの上の、食べかけのオムライスだった。

「デミグラスオムライスは、神奈川県内の美味しい学食メニューの三位にランクインしたこともある人気メニューなの。知らなかったの?」

あっさりと種明かしをされて、僕は絶句した。食べかけのオムライスが写り込んだ写真一つで、そんなふうに撮影した場所を特定されてしまうとは思わなかった。

学校の先生や親が口を酸っぱくして「むやみにSNSに写真をアップするな」と注意する理由が分かった気がした。いや、もしかしたらそんなことのできる未夢が、普通ではないのかもしれないけれど。

「とりあえず、暑いからどこか涼しいところに入って話そうよ。駅から歩いて三分のところに、神奈川県内の美味しいかき氷の七位にランクインしているカフェがあるから」

やっぱり未夢が普通じゃないのだと確信しながら、僕は先に立って歩く小さな背中を追いかけた。

未夢に案内されたカフェは和風の外観で、寺の多い鎌倉の街並みに似合っていた。かき氷一杯が千円近くもするのに驚いたが、未夢は平気で注文していた。僕はそんなにおこづかいが残っていないので、抹茶アイスだけにする。

「それで、あの写真に写ってたのは、鎌倉芸術大学の学生なんだよね」

巨大ないちごミルクのかき氷が運ばれてきたところで、スプーンで氷の山を崩しながら未夢が尋ねた。

「うん。映像学科の四年生だって。安堂篤子っていう人だった」

そう答えた途端、未夢が目を丸くして聞き返してきた。

「安堂篤子さん!? あの『箱庭を見つけて』の?」

未夢が口にした言葉にまったく聞き覚えがなかったので、素直に「それ何?」と聞いた。

未夢は「なんで知らないの?」と眉を吊り上げてスマホを操作する。そしてこちらに画面を向けた。そこには観覧車のゴンドラに向かい合って座る高校生らしい男女の画像の横に『箱庭を見つけて』と柔らかな字体のタイトルが並んだ、映画のポスターのようなものが映し出されていた。

『箱庭を見つけて』は、何年か前にテレビ局が主催のシナリオコンクールで優秀賞を獲った作品で、それを書いたのが当時高校三年生だった安堂篤子さんなの。新聞とかにも載ったけど、その時は安堂さん、髪も長かったし化粧もしてなかったし、あの動画の人だなんて全然気づかなかった。歴代最年少での受賞で、次の年にはそのシナリオが衛星放送でドラマ化までされたんだよ」

未夢は頬を赤くして早口でまくし立てる。

「恋愛ドラマにミステリーを絡めたお話で、凄く面白かったんだから。緻密なプロットに加えて伏線回収も見事で、女子高生が書いたお話とは思えないって絶賛されたの。しかも安堂さんは、藤沢市出身なんだよ。藤沢南高校で、文芸部に入ってたって。私、高校は藤沢南に行こうって決めてるんだ。それで一年生から塾に通ってるの。あそこ、結構偏差値高いし」

確かに、その高校は偏差値が六〇以上はあるはずだった。

あまりに未夢が熱く、滔々《とうとう》と語るので、僕は言葉を挟む隙がなかった。かき氷の存在を思い出した未夢が、練乳のかかった大きないちごを口に運んだところで、ようやく言おうとしたことを伝える。

「うちのお姉ちゃん、藤沢南高校の卒業生だよ。今大学二年だから、安堂さんって人が三年生の時に入学してると思う。あと文芸部にも入ってたから、多分その人のこと、よく知ってるんじゃないかな」

長い前髪の下の未夢の目が、さっきよりも大きく見開かれた。胸の辺りを握り拳で叩きながらいちごを飲み込むと、「それ早く言ってよ！」と怒ったような声を上げる。

父親が偏差値六〇未満の高校には行かせないと言っているという母親の嘘を信じ、必死で努力した姉は、藤沢市でも三本の指に入る進学校に無事合格したのだ。姉が昨晩話していた、オープンキャンパスがあるせいで夏休みも大学に行かなければいけないと愚痴っていた高校の先輩というのは、安堂篤子のことかもしれない。

安堂篤子が高校生にしてシナリオコンクールで入賞し、さらにはその作品がドラマ化されるという活躍をしているのなら、今日学食で聞いた話にも納得がいった。梶謙弥と同じく映画専攻で映像研究会に所属しているということで、大学では映画の脚本を書いているのかもしれない。

「じゃあ太市が真璃さんのお兄さんのパソコンから見つけたっていうあの動画は、安堂さんが脚本を書いて、自分も被害者役で出演したミステリー映画か何かなのかもね。見る人が見ればハピネスランドの《恐怖の館》で撮ったって分かるから、きっと表には出せないんだよ。てっきり『幸せの国殺人事件』のゲームのファンが撮ったものだと思ったけど――」

話す合間に器用に素早くスプーンを動かし、かき氷を半分近くまで減らした未夢は、そこで不意に言葉を止めた。何もない宙を見つめ、ぽかんと口を開けたあと、「待って待って、嘘でしょ――」と意味不明なことをつぶやく。

やがてその目が僕に焦点を結ぶと、未夢は上擦った声で、思いがけないことを告げた。

「『幸せの国殺人事件』の制作者の大学生――AAって、もしかして安堂篤子さんじゃない？」

四

太市と三人でハピネスランドに侵入した時に、未夢から教わったインディーゲーム『幸せの国殺人事件』は、関東の大学に通う学生だということ以外、性別も年齢も一切公表していないAAというハンドルネームの人物が制作したものだった。

遊園地が舞台のノベルゲームで、園内で起きた殺人事件の謎を解くといった内容だということは知られているが、市場に出た本数がわずかで、ダウンロード販売はしていない。そのため、幻のゲームとされているらしい。シナリオが秀逸だと評判になったそうだが実際にプレイした人は少なく、どんなゲームなのか、詳しいことは分かっていない。未夢も未だ手に入らないままなのだという。

「ゲームと映像作品の違いはあるけど、ミステリーなのは一緒だし、何よりAAって、まんま安堂篤子さんのイニシャルじゃん――ていうか、あの動画って、ゲームの中に出てくるムービーだったのかも。ノベルゲームでも、事件のシーンなんかでムービーに切り替わることって結構あるし」

僕はノベルゲームはあまりやったことがなかったが、ゲームに詳しい未夢が言うなら、そうなのかもしれない。あんなにリアルな暴行シーンを撮影できたのは、芸術大学の映画専攻の学生が、技術を駆使して撮ったからだったのだろうか。

僕は未夢に、冬美真崇と同じ会社でアルバイトをしている梶謙弥という学生が、安堂篤子の後輩なのだということを話した。

「その梶さんって人、真崇さんとは中学の同級生で、ずっと付き合いがあるみたいなんだ。鎌倉芸術大学の映像研究会に所属してるって会社のホームページで見て、あの動画のことを何か知ってるんじゃないかと思ったから、オープンキャンパスに行ってみたんだよ」

それで学食で偶然、安堂篤子を目撃したのだと、改めて彼女の写真をLINEで送った経緯を説明した。

「じゃあきっと、梶さんも撮影を手伝ったんだね。二人だけでは手が足りなくて、真崇さんにも声をかけたってことなのかも。元不良で喧嘩に慣れてるなら、あの犯人役もこなせそうだし」

未夢は納得した様子で大きくうなずいた。ちなみに僕が話している間に、かき氷はすっかり食べ終えていた。

犯人役の人物は体形の分かりにくいレインコートを着ていたから、あれが真崇だったと断言はできないが、未夢の推測には説得力があった。制作に関わっていたのなら、あの動画が真崇のパソコンに残されていても不思議はない。

「そうだ。このこと、早く太市にも教えてあげた方がいいよね」

はっとしたように顔を上げた未夢が、スマホを操作し始める。「それは待って」と、僕は思わず未夢の手を摑んでいた。

「どうして？　だって太市は真崇さんのこと、あんなに心配してたんだよ」

未夢は戸惑った様子でそう訴える。でも僕は、真崇が太市からのメッセージに応答しなかったという点が引っ掛かっていた。

「とりあえず、あの動画がフェイクらしいって分かったってことは、太市にも伝えよう。だけど真崇さんがこの件にどう関わっているのか、まだはっきりしたわけじゃない。それに太市は、真崇さん本人にそのことを確かめたいって言ってた」

僕は言葉を選びながら、未夢を思い留まらせようとした。真崇がどういう理由で太市の連絡を無視しているのか、今の時点では不明だけれど、彼らが撮影のために入り込んだはずのハピネスランドでは、身元不明の女性の遺体が見つかっている。真崇がそれと無関係だと確証が得られるまでは、下手に憶測を伝えるのは良くないのではないか。

そうしてあれこれと理屈を並べてみたものの、未夢は納得がいかないようだ。やっぱり本当の理由を隠したままでは、未夢を説き伏せることはできそうにない。僕は覚悟を決めると、未夢の目をまっすぐに見た。

「太市にこれ以上、真崇さんと関わってほしくないんだ」

未夢がどう思うか分からないが、僕の本心を告げた。

「だって太市が真崇さんをあんなふうに慕っているのは、お父さんのことがあったせいだと思うから。太市はあの人を、お父さんの代わりみたいに感じているんじゃないかな」

未夢は驚いたような顔をしたあと、静かに息を吐いた。しばし無言のまま、水滴のついたグラスに視線を落とす。やがてぽつりと、「そうかもしれない」とつぶやいた。

太市の母親と離婚してから、ずっと会うことがなかったという太市の父親が事故で亡くなったのは、六年生の冬休みのことだった。

「正月早々、栃木の父親の実家とか連れていかれてバタバタでさ。卒業式用に買ったばかりのスーツ、いきなり葬式で着るとか、タイミング悪すぎじゃね？」

三学期の始業式で、しばらくWoNにログインできなかった理由を明かした太市は、あっけらかんとした調子でそうぼやいた。その頃、僕らはまだスマホを持っていなかった。

両親が離婚したのは太市が五歳の時で、それ以来何年も会っていなかったからか、父親の顔をよく覚えていないのだと太市は言った。

「遺影の写真、俺が生まれるずっと前の、若い頃のしか残ってなかったんだって。事故で状態があれだから、顔は見ない方がいいって、棺桶の窓みたいなやつ、開けさせてもらえなくて。だから父親の顔、思い出せないままなんだ」

それまで見せたことのない、心が空っぽになったような顔で、太市は打ち明けた。僕はどんな言葉をかけたらいいのか分からなかった。未夢は太市の前では涙をこぼさなかったけれど、長い前髪で隠れた目が真っ赤になっていた。

そのことがあってから、あんなに眩しく、そしてくっきりと濃く存在していた太市が、薄暗い影をまとうようになった。話す声が小さくなって、休み時間はいつもバスケ仲間と体育館に直行していたのに、教室で机に伏せて寝ていることが増えた。明け方までゲームをしているから、学校で起きていられないのだという。太市の母親がスクールカウンセラーに相談に行ったらしいと、未夢が自分の母親から聞き込んできて教えてくれた。

中学に上がり、いよいよ学校を休みがちになった太市は、五月になってからは一度も登校していない。バスケチームの練習もずっと休んでいる。WoNで遊ぶ時は、前と同じ明るい太市に戻るけれど、時々、太市は無理にそう演じているんじゃないかと感じたりもした。

このままでいいはずがない。僕は太市に教室にいてほしい。休み時間にバスケをして、大きな声で笑っていてほしかった。

でもそれは僕の勝手な希望で、太市には太市の事情があるのだとも思う。太市にとっては、明け方までゲームをして、家からほとんど出ない今の生活が、必要なことなのかもしれない。だから僕は太市に、学校に来ない理由を聞いたことも、太市が教室にいないのが嫌だと伝えたこともなかった。

未夢と話し合った末、結局太市にはその日の晩のWoNのチャットで、あの動画の被害者にそっくりな人物を偶然見かけたこと、動画は芸術大学の学生がインディーゲームのムービーとして作った可能性があると、分かったことを隠さずに伝えた。太市に嘘はつきたくなかったし、言ってしまった方が、太市は真崇と連絡を取ることを諦めるのではと未夢に意見されたからだ。

実際、未夢の言ったとおりで、芸術大学の学生が真崇と同じ会社でアルバイトをしていることを話すと、太市は「なんだ、そういうことか」とほっとした声になった。

「とにかく、動画がフェイクらしいって分かっただけでもめっちゃ安心した。色々調べてくれて、ありがとな」

言いながら、太市はエルフを操作してツルハシを地面に突き立てる。今日は三人で鉱山までやってきて、鉄鉱石や黒曜石、水晶といった石系の素材を集めていた。金髪のエルフに肉体労働は似合わないが、太市が最近手に入れた《強運のツルハシ》というアイテムは、レアな鉱石や宝石を高い確率で掘り出せるのだ。

「真崇はもしかすると守秘義務かなんかで、動画のことが話せないのかもな。ゲームって権利関係とか契約とか厳しそうだし。あんまうるさく聞かないことにするわ」

それは良い方に考えすぎではないかと思ったが、それで太市が真崇に近づかずに済むなら好都合なので、僕は黙っていた。

「『幸せの国殺人事件』のソフト、私、あれからだいぶ探してるんだけど、オークションとかにもほとんど出てないんだよね。お母さんにフリマアプリで検索してもらったら、一つだけ三万円で出品されてたけど、パッケージの画像が粗いし詐欺だと思う」

未夢は無念そうに言うと、戦士が持つには小さそうな、ごく普通のツルハシを岩に打ち下ろす。岩が砕けると同時に、耐久力が低くて三十回しか使えないツルハシも壊れてしまい、未夢は道具袋から新しいツルハシを出して装備した。

「AAが安堂篤子さんだったら、ますますプレイしてみたいよ。そういえば海斗、お姉さんから安堂さんのこと、何か聞けた？」

姉は今日は友達とカラオケに行くとかで、まだ帰っていなかった。未夢にそのことを伝えると、「今度絶対聞いておいてよ」と念を押された。

「あのゲームが手に入って、動画がゲームのムービーだって確認できたら、ハピネスランドで見つかった遺体は本当に関係ないって分かって安心できるんだけどなあ」

「でも、そうなると結局、あの遺体は誰のものかって問題が残るよね」

未夢のつぶやきに、僕がそう返した時だった。

「そんなの、お前じゃなく警察が考えることじゃね？」

突き放すような冷たい言い方に、コントローラーを操作する指が止まった。ゴブリンはツルハシを振り上げたままのおかしな恰好で、岩場に立ち尽くしている。

「それはそうだけど、遺体が発見される直前に、僕たちはハピネスランドに行ってるんだ。やっぱり気になるよ。あれが誰の遺体なのか。どうしてあんな場所に、遺体が遺棄されたのか——」

「気にしたってどうにもなんねえじゃん。誰だか分かったところで、もう死んでるんだし。死んだらおしまいだって、いい加減諦めろよ」

苛立った声で言い立てたあと、きつい物言いになったことに自分でも気づいたのか、太市は「悪い」と謝った。

「動画のこと、フェイクだって分かっただけで、俺は充分だから。海斗も未夢も部活とか塾とか、忙しいんだろ？　もうこの件は終わりにしようぜ」

取り繕うように明るい調子で言うと、太市はさっさと鉱山を掘る作業に戻った。僕は泣きたいような、怒りたいようなおかしな気分で、それから少しして、明日は練習があって朝が早いからと、太市と未夢より先にログアウトした。

五

次の日、僕は所属するスクールのOWSのトレーニングに参加するために、朝の六時に起きて朝食を済ませると、自転車で藤沢駅に向かった。

母親はその時間には起きていて、練習の合間に食べるおにぎりやバナナを持たせてくれた。でも昨晩遅くに帰った姉はまだぐっすり寝ていて、未夢に頼まれた安堂篤子の話を聞くことはできなかった。

竜宮城のような外観の片瀬江ノ島駅に着き、まだあまり人の姿のない駅前通りを海の方へ向かう。途中のコンビニでスポーツドリンクを買って、国道沿いのビルの一階にある事務所で受付を済ませた。ロングスパッツのウェアに着替えてロッカーに荷物を預けると、一緒に練習する中高生や一般の大人たちと連れ立って集合場所のビーチに移動した。

コーチに挨拶をして、準備運動が始まったのは午前八時頃だった。遅い時間だと海水浴客で混み合ってしまうし、あまり早いとサーフィンをやっている人たちがいるので、これくらいの時間から始めるのがちょうど良いらしい。

ストレッチを終えて海に入る。まだ日が高くないので水は冷たかったが、泳ぎ出してしまうとすぐに慣れた。クロールでしばらく進んだあと、平泳ぎで顔を出し、目印のブイの方向を視認する。海では自然の波でどうしても体が流されてしまうので、こうしてたびたび確認することが大事なのだと教わった。他の練習生たちと離れすぎないようにペースを保ち、リズムとフォームを崩さないように水を掻く。

沖に出ると海の色が濃くなり、海底が見えなくなる。前に練習で一緒になった子は、これが怖いと言っていたけれど、僕は《恐怖の館》みたいなお化け屋敷は怖いくせに、どんな深い場所でも全然平気だった。波を受け、乗り越えながら、自分一人の力で泳いでいく静かな時間が好きだった。

ブイまでの距離を三往復して、二時間のトレーニングが終わった。このあとはまたスクールの事務所に戻り、着替えて帰ることになる。シャワーが混むので少し待ってから出ようと、スポーツドリンクを飲みながら砂浜の先のコンクリートの階段に腰掛けていた時だった。背後から不意に大きな影が差した。

「お前、薗村海斗って奴?」

声のした方を振り向くと、黒の長袖のラッシュガードにハーフパンツを穿いた、背の高い男が立っていた。日焼けした足にビーチサンダルを履いているのは見て取れたが、逆光で顔がよく見えない。目を細め、自分の手を庇みたいにかざして、ようやくそれが知っている人物だと分かった。

「太市と仲いいんだよな。そんで謙弥の大学にも、見学かなんかに行ったらしいじゃん」

黒の短髪を逆立てた三白眼の冬美真崇が、無表情で僕を見下ろしていた。

「今日は社長のお供でさ、水上バイクで遊ぶっていうんで呼び出されたんだ。そしたら水泳帽被った奴らがいて、太市の連れがそういうのやってるって聞いたからさ」

それで声をかけたということなのだろうか。真崇の意図が読めず、僕は飲みかけのペットボトルを手にしたまま、呆然とその仏頂面を見上げていた。

「んで、お前にちょっと聞きたいことあんだけど」

真崇は眩しそうに顔をしかめながら、僕のそばにしゃがみ込んだ。長袖のラッシュガードの袖口から、手首のタトゥーが覗いた。

「真璃がどこにいんのか、太市から聞いてねえか？」

質問の意味が、僕にはまったく分からなかった。

冬美真璃は真崇の妹で、現在高校一年生。太市とは同じバスケチームに所属していて、親しい間柄だとは聞いていた。未夢によれば問題行動が多いとかで、あまり評判が良くないらしい。でも僕は三学年違う真璃の顔を知らないし、多分会ったこともなかった。そして太市から、真璃に関する話を聞いたこともない。

やっとのことで「知らないです」と答えると、真崇は「あっそ。じゃあいいや」とだけ言って立ち上がった。思わず腰を上げ、背中を向けようとする真崇に呼びかける。

「真璃さんが、家に帰ってないってことですか」

僕の問いかけに、真崇は面倒そうに振り返った。

「ああ、もう何か月になるかな。高校にも全然行ってないってよ。俺も仕事で家を空けることが多かったから、いつからいなくなったのかはっきりしねえけど」

「警察とかに、届けたんですか?」

真崇は険のある声で「あ? そんなんお前の知ったことかよ」と言い捨てると、「聞きたかったのはそんだけだから」と再び背を向け、大股で歩いていった。黒い長身は海水浴客の雑踏にまぎれ、やがて見えなくなった。


それからどうやって事務所まで帰ったのか、よく覚えていない。他の練習生よりだいぶ遅れて戻ってくると、スタッフの人に熱中症にでもなったのかと心配された。

着替えて荷物を持ってビルを出て、炎天下の海沿いの国道を歩いて駅に向かった。改札を抜け、すぐに来た藤沢行きの電車に乗り込む。

ドア横の手すりに寄り掛かり、前に抱いたリュックからスマホを出すと、ある事象について、いくつかの例を調べた。そしてそれらを比較検討した上で、未夢に会って話したいとLINEを送った。未夢は午後なら出られるとのことで、学校近くの公園で待ち合わせた。

ハピネスランドで見つかった遺体は、冬美真璃のものかもしれない。

公園の外れにある東屋《あずまや》で僕の考えを話すと、未夢は「そんなわけないじゃん!」と笑い飛ばした。

「だって、ニュースで言ってたでしょ。死後数年が経過してるって。何か月か前にいなくなった人なのに、そんな鑑定結果が出たらホラーだよ。いや、ＳＦかな。《探検わくわく島》の時空が歪んでたとか」

未夢はそう言うと、公園の自販機で買った冷たいカフェオレに口をつけた。あくまでも冗談として受け流すつもりの未夢に、僕は先ほど調べたページを表示したスマホを見せる。それは法医学の専門家による、遺体が白骨化するまでの所要時間についての解説だった。

「遺体が白骨化するのに必要な期間は、その遺体が置かれた状況によって、かなり開きがあるんだ。たとえば土に埋められていた場合、白骨化するまでに数年は掛かる。でも地上に放置されていた場合、夏場なら三、四か月で白骨化することもあるんだ」

僕の説明を聞きながら画面を見ていた未夢は、「こんなに違うんだ……」と、唖然とした表情になる。

「虫や野生動物がいる環境だと、さらに早くなるらしい。ハピネスランドの園内は自然が多いし、カラスもいた。遺体が地上に放置されていた場合、白骨化しやすい状況だと言えると思う。だからあの遺体が真璃さんのものだって可能性は、なくはない」

未夢は眉をひそめながら黙って聞いていたが、やがて何かに気づいたように「待って」と声を上げた。

「それじゃおかしいよ。遺体は半分土に埋まった状態で見つかったって、ニュースで言ってたもの。だから警察は、死後数年が経過しているって発表したんでしょ？」

当然の疑問をぶつけてきた未夢に、あまり気分のいい話ではないけれど、と前置きをして、ここへ来るまでに考えてきた推測を述べる。

「犯人はきっと、遺体を地上に放置して白骨化するまで待ったあと、島の地面に穴を掘って埋めたんじゃないかな。その上で、匿名で通報した。埋めてからあんまり時間が経ってしまうと、死亡時期を偽装した意味がなくなる。犯人は亡くなった被害者が、数年前に行方不明になった人物だと見せかけたかったんだと思う」

もしも遺体が雑草の生えた島の地面に半分埋まったような状態だったとすれば、岸からは到底見えなかっただろう。情報番組のコメンテーターの元刑事が言っていたように、面白半分にハピネスランドに入り込んだ誰かが偶然それを見つけるなんてことはあり得ない。きっとその通報をした人物が犯人なのだ。

ここまでの僕の主張に、未夢は考え込むように顎に指を添えてうつむいた。東屋の脇を、虫捕り網を手にプラスチックの虫かごを提げた小学生の一団が、笑い声を上げながら木立の方へと走り抜けていく。やがてゆっくりと顔を上げた未夢が、こちらを向いた。僕を見据えると、硬い表情で口を開く。

「海斗は、真璃さんの良くない噂って、聞いたことある？」

唐突な質問に、「お兄さんの真崇さんが不良だって話？」と返す。未夢は「ううん。そのことじゃなくて」と首を横に振った。膝の上に置いた手を心細げに組み合わせ、しばらくためらっていたが、ようやく決心がついた様子で話し始める。

「小学生の頃に中学生のお姉ちゃんがいる友達から聞いた話なんだけど、真璃さん、中一の時にSNSでトラブルを起こして、学校でも結構騒ぎになったらしいの」

真璃が中一ということは三年前——僕らが小四の頃だ。僕は噂話のようなことには疎いので、そのトラブルとやらはまったく知らなかった。

「なんか色々悩んでたみたいで、SNSにしょっちゅう『死にたい』って投稿してたんだって。フォローしてる真璃さんの友達が、『そんなこと言わないで』とか『元気出しなよ』みたいに励ますと、大体は落ち着くんだけど、すぐにまた『もう消えたい』とか書き込むのね。だんだん友達も離れていって、そのうち変なフォロワーがついちゃって、真璃さんが『飛び降りようかな』って投稿すると、『飛べば？』とか『明日のニュースが楽しみ♪』とか煽るようになったんだって」

未夢は不快そうに口元を歪めると、「真璃さん、自分の写真をアイコンにしてたみたいで、童顔で大人しそうだから、標的になっちゃったんだと思う」と言い添えた。

「ある時、真璃さんの『リスカしたい』って投稿に、『切れよ』『やれ』ってコメントがたくさんついた。そうしたら少しして、リスカした手首の写真がアップされたの。気づいた同級生の子が親に言って警察に通報して、大騒ぎになったんだって。もちろん学校にも連絡がいって——傷は浅くて大したことにはならなかったらしいんだけど、それから中学校でSNSへの書き込みが禁止になったみたい」

胃の辺りに重いものを感じながら、「それからどうなったの？」と尋ねる。未夢は深々とため息をついてから続けた。

「そういうことがあったら、普通はSNSやめるじゃん。だけど真璃さんは別のアカウントを作って、そのあとも同じような投稿を続けてたみたい。友達からは完全に愛想を尽かされちゃって、学校にも来なくなったらしいよ」

未夢は話し終えると、「だから私、太市には、真璃さんと付き合ってほしくなかった」と沈痛な顔で打ち明けた。

「太市、お父さんが事故で亡くなって、そうは見せないようにしてたけど、凄くショックを受けてたはずだよ。そんな太市の前で、死にたいなんて言われたくない。海斗も、そう思うでしょ？」

未夢の真剣なまなざしを受け止めながら、僕は考えていた。

もしも太市が、親しくしていた真璃に死にたいと訴えられたり、自傷行為をした姿を見せられたりしたら、どう感じただろう。腹が立っただろうか。悲しみ、傷ついただろうか。

昨晩、WoNのチャットで、太市からぶつけられた言葉。

死んだらおしまいだって、いい加減諦めろよ。
僕にはそれが、太市の悲鳴みたいに聞こえた。

公園で未夢と別れたあと、僕は家の方角とは反対の、中学校の方へ歩き出した。野球部とソフトテニス部がスペースを分けて練習しているグラウンドを眺めながら、バス通りを進む。午後になって湧き出した灰色の雲が太陽を隠し、いくらか風が出ていた。先日未夢と待ち合わせをしたコンビニの手前の横断歩道を渡り、そこから細い道へ曲がって坂を登った。

団地の四階まで階段を上り、インターホンを押した。前もって連絡をしなかったけれど、幸いにして太市は家にいた。バスケチームのロゴの入ったTシャツ姿の太市に、話したいことがあると告げると、今日は部屋が散らかっているからと、団地の前の自転車置き場で話すことになった。

「昨日、海斗がログアウトしたあと、凄いの掘れたんだぜ。素材集めんの大変だったけど、やっぱ《強運のツルハシ》作って良かったわ」

ハーフパンツのポケットに両手を突っ込んだ太市が、言いながら自転車置き場の端のフェンスに寄り掛かる。太市は団地から続く坂の下に顔を振り向けると、家々の屋根の向こうに見える中学校の校舎の方へ目をやった。

トタン屋根と金属のフェンスで囲われた自転車置き場には、数台の自転車がスペースを空けて並んでいた。僕は太市の向かい側に立つ。屋根とフェンスの間から覗く空は、雲の色が一段と濃くなってきていた。いつの間にか辺りが暗くなっているのに気づく。

「練習の方はどうだったんだよ。江の島、夏休みだと混んでただろ。ていうかそのトレーニングって女子もいんの?」

問いかけながら、太市は僕の方を見ようとしない。ただ沈黙を埋めようとするように、べらべらとしゃべり続ける。

「真崇さんに会ったんだ。妹の真璃さんのことを聞かれた」

口にした瞬間、言ってしまった、と思った。もうあと戻りはできない。心臓がどくどくして苦しくて、息継ぎをするように息を吸った、その時。

ばらばらっと自転車置き場の屋根が鳴った。ざあああっと空から一斉に矢が飛んできたみたいに、雨が線となって地面を打つ。その場の光景は水煙に覆われ、坂の下の住宅の屋根も、中学校の校舎も、もう見えない。

「うっわ、何このタイミング。神じゃね?」

太市は僕を振り返ると、口元だけで笑った。真っ黒な瞳は、怯えたように揺れていた。その太市の目を見据えて尋ねた。

「真璃さんは、いつからいなくなったの?」

僕の視線から逃げるように、太市は雨を落とす黒い空へと顔を仰向けた。そして平坦な声で答える。

「多分、春くらい？　そんなしょっちゅう会ってたわけじゃねえし、あんま覚えてない」

「なんでそのこと、僕や未夢に言わなかったの？」

太市は言葉に詰まったように黙ったあと、ポケットから手を出し、拳を握り込んだ。

「真璃のことは、お前らに関係ねえから。言ってもしょうがねえだろ」

これ以上、この会話を続けることを、僕は恐れてもいた。ここから先は、言ったら取り返しのつかないことになるかもしれないと。

でも、もう戻れないということも分かっていた。本当はもっと前から、僕らはとっくに戻れなくなっていたのだ。半年前、太市の父親が死んだその日から。

「真璃さんは、太市にも『死にたい』って言ったの？　太市はそれを聞いた時、どう思った？」

胸の中の熱い塊が、喉を通り、声となって吐き出される。言葉にしたあとも、口の中や唇に熱が残っているように感じた。

こんなことを聞きたいんじゃない。僕が太市に聞きたかったのは、どうして学校に来ないのか。お父さんが死んで、悲しかったんじゃないのか。いつになったら、前みたいに教室にいて、大きな声で笑ってくれるのか。

本当に聞かなきゃいけないことが他にあるのに、なんで僕はこんなことを、太市に尋ねようとしているんだろう。

「太市、僕の方を見て。一つだけ答えてほしい」

何も答えない太市に、強い声で告げた。太市は、ゆっくりとこちらへ体を向けた。

「真璃さんが、今、どこにいるか知ってる?」

吹き込んだ雨で濡れた腕をシャツの裾で拭うと、太市はまっすぐに僕の顔を見た。そして下唇を噛む。太市が嘘をつく時の仕草。

「――知らね」

それだけ言うと、太市は土砂降りの中へと走り出て、団地の階段を上がっていった。


その日の晩はゲームをする気にはなれなくて、宿題を終わらせたあと、なんとなくリビングに下りて、母と姉が観ている旅番組を眺めていた。

「あれ? どっかで電話鳴ってない?」

不意に壁際のキャビネットを振り返った姉の言葉で、充電ケーブルに繋いだ僕のスマホが振動しているのに気づく。手に取ると未夢からの着信だった。もう九時半を過ぎていて、こんな時間に未夢から電話がかかってきたのは初めてだった。

廊下の方へ向かいながら応答ボタンをタップする。

「海斗、今日WoNにログインした?」

前置きもなくそう聞かれた。今夜はゲームはしないつもりだと伝えようとした時、未夢は張り詰めた口調で「太市のアカウントがない」と言った。

スマホを摑む手から、力が抜けそうになる。どういうこと、と、膝が震え出すのをこらえて尋ねた。未夢が半分泣いているような声で告げる。

「フレンドのリストから、太市のアカウントが消えてる。太市、WoNのアカウント削除しちゃったみたい」

第三話

一

太市のアカウントが消えていることに気づいた未夢は、最初は何かデータ上のトラブルが起きたのだと思ったそうだ。それですぐに太市に《WoN のアカウント停止されてない？》とＬＩＮＥでメッセージを送った。しばらくして太市から《自分で消した》とだけ返信があり、驚いて僕に電話をしてきたのだという。

僕は未夢にその日、太市と会ったこと、冬美真璃の居場所を知っているかと尋ねたことを話した。

「太市は、知らないって答えた。でも様子が変だった。多分、嘘をついてたと思う」

そう打ち明けると、未夢は言葉が出ない様子で黙り込んだ。スマホを手にしたまま自分の部屋に向かい、無駄だと分かっていながらも WoN にログインする。未夢の言ったとおり、僕のフレンドのリストに表示されているのは未夢だけだった。

冬美真璃について尋ねたことで、僕は太市を追い詰めてしまったのだろうか。小学生の頃から三人で一緒にプレイしてきた、この WoN のアカウントを削除させるほどに。

だとしたら、太市は彼女の行方に関して、いったいどんな秘密を抱えているのだろう。不安で呼吸が浅くなり、コントローラーを握る手に汗がにじんだ。

「どうしよう。今から太市に電話してみる？　グループ通話で」

「いや、僕は会って話したい。明日、太市の家に行ってくるよ。どうしてアカウントを消したのか、聞いてくる」

おずおずと提案した未夢に、僕はそう主張した。電話だと、太市の仕草や表情が見えない。本当のことを言っているのか分からない。

けれど結局のところ、僕は翌日も、その次の日も、太市に会うことはできなかった。団地のインターホンを押しても応答がなく、会って話したいとＬＩＮＥを送っても、既読にはなったものの返事がなかった。未夢も何度かメッセージを送ったり、電話をかけたりしたけれど、同じように返信はなく、通話も繋がらなかったという。

そして太市のアカウントが消えてから三日後の昼下がり。僕と未夢は二人揃って太市の家を訪ねた。僕らが避けられているのはもう分かっていたので、事前に連絡はせずインターホンを押した。きっとまた無視されるのだと思っていたら、意外にもドアが開いた。

「ごめんね。太市、このところ体調が悪くて寝てるのよ」

太市の母親は、疲れた表情でそう告げた。夜勤明けで休んでいたところだったのか、部屋着姿で長い髪を下ろしている。母親は太市とよく似た色の濃い瞳で眩しそうに僕たちを見ると、「心配してもらって申しわけないんだけど、太市のことは、しばらくそっとしておいてくれる？」と言い添えた。

お邪魔しました、と頭を下げて、重い足取りで階段を下りる。あんなふうに言われてしまっては、もう家に訪ねてくることはできない。ＬＩＮＥの返信もなく、電話も出てもらえないとなると、僕らにはこれ以上打つ手がない。

太市が何を考えているのか、どんな事情があるのか分からないまま、一方的に関係を断たれたことに納得がいかなかった。太市を心配するというよりも、僕は腹を立てていた。何も話さずに逃げ回るなんて、卑怯だと思った。

振り込め詐欺注意の張り紙がされた団地の壁の掲示板を睨みながら、奥歯を噛み締めたその時、前を歩いていた未夢が不意に立ち止まり、こちらを振り返った。

「――海斗。真璃さんの家に行ってみない？」

思い詰めた表情で、そう提案された。長い前髪の下の、決意を固めたような強い眼差しが僕を捉える。

「真璃さんの家がどこか、知ってるの？」

「太市と同じ市営団地にお兄さんと二人で住んでるって、前に聞いたの。二つ隣の棟だって。何号室か分からないけど、郵便受けに名前があるかも」

僕は掲示板の隣に並んだ金属製の集合ポストに目をやった。八つ並んだポストのうち、四つは苗字が書かれていて、二つはイニシャルだけが書かれている。残り二つは空室なのか、差し入れ口の部分が養生テープで塞がれていた。

一番端にあるこの棟が十一号棟なので、冬美真崇と真璃の兄妹の部屋があるのは九号棟のはずだ。名前がイニシャルで表記されていたとしても、判別できる可能性は高い。

「家に行ったからって中に入れるわけじゃないし、何が分かるでもないと思うんだけど、どれくらいの間、留守にしてるのかくらいは、調べられるんじゃないかな。ポストに溜まったチラシの量とかで」

確かに、それだけのことしか分からないかもしれない。けれどこのまま何もせずに帰るよりはと、僕はうなずいた。未夢と連れ立って団地の前の道路を坂の反対方向に進み、九号棟へと向かう。

他の棟と同じく建物の左右に階段がある造りで、僕らはまず右側から見ていった。そこには一〇三号室から四〇四号室までの、八部屋分のポストが並んでいる。そのうち、名前やイニシャルの入っているポストは五つあったが、「冬美」や「H」または「F」の文字はない。

「空き部屋じゃないけど、名前がないポストも一個あるね」

未夢が三〇三号室のポストを指差す。差し入れ口はテープで塞がれていないが、名札が入る部分には何も書かれていない。未夢は手を伸ばすと、無造作にポストの蓋を持ち上げた。金属の擦れる音が大きく響いて、思わず周囲を見回す。

「ここは佐藤《さとう》さんって人が住んでるみたい。だから違うね」

ポストの中にあったダイレクトメールの宛名を確認すると、なんでもない様子で蓋を閉めた。さっさと左手の階段へ向かう未夢のあとを、腰が引けながらも追いかける。今の行為は、何かの罪に問われたりしないのだろうか。

左側の集合ポストにも、名前やイニシャルで冬美家のものと分かるポストはなかった。けれど空室じゃないのに名前のないポストが二箇所ある。未夢がまた郵便物を検《あらた》めるつもりなのか、ポストに手を伸ばした。

その時だった。階段の上の方でドアが開く音がした。鍵を掛ける音に続いて、階段を下りる足音が近づいてくる。

ぽかんとした顔で上階を見上げたまま固まっている未夢の腕を摑み、慌てて入口脇にある自転車置き場の陰まで引っ張っていくと、しゃがんで身を隠した。住人がこっちに来ないように祈りながら、フェンスの隙間からこっそり様子を窺う。やがて姿を見せたのは、チェックのシャツにチノパンという格好の若い男の人だった。

階段を下りてきたその人は、ポストの前でしばらくの間、何かをしていた。こちらに背中を向けているので顔は見えなかったが、やがて彼が道路の方へと歩き出した時に、知っている人だと分かった。思わず立ち上がり、そのあとを追って走り出す。そして名前を呼んだ。

「すみません！　鎌倉芸術大学の梶さんですよね」

振り返ったその男の人は、僕を見て驚いた顔になった。

「ああ、ちょっと前にオープンキャンパスに来てた中学生の子か。急に声をかけられてびっくりしたよ」

鎌倉芸術大学映像学科に在籍する梶謙弥は、そう言って人の良さそうな笑みを浮かべた。

「一度話しただけなのに、よく俺の名前覚えてたね」と感心されて、「記憶力がいい方なので」と誤魔化した。映像研究会のサークル展示を見に行った時、僕は彼が名乗るより以前に姉の茜から教わって名前を知っていたのだから、覚えていて当然だった。

「そういえば、藤沢市から来たって聞いたね。この辺に住んでるの？」

「友達がここの団地に住んでるんです。この間は、色々親切に教えてくれてありがとうございました」

先日のお礼を言って頭を下げると、梶は「じゃあ、俺と同じだね」と九号棟を振り仰ぐ。

「俺も前にここに友達が住んでて、ちょっと彼に頼まれた用事を済ませに来たんだ。そいつ、今は横浜にいるから、なかなかこっちに来られないらしくて」

その友達というのは、ほぼ間違いなく真崇のことだろう。真崇と梶は中学の同級生で、真崇は現在横浜のライブ配信事務所で働いている。鎌倉の大学なら藤沢から電車で通える範囲だから、梶は今も藤沢の実家に住んでいるのだ。

いったい梶は、真崇に何を頼まれたのだろう。なんとか聞き出せないものかと質問の仕方を考えていた時、後ろでか細い声がした。

「――お兄さん、鎌倉芸術大学の人なんですか」

いつの間にか、僕の背後に立っていた未夢が、遠慮がちに梶に尋ねる。突然現れた小さな女の子に、少し戸惑った表情になりながらも、「うん。一応、映画専攻だけど」と梶は答えた。未夢は見開いた大きな目で梶を見上げる。

「シナリオコンクールで入賞した安堂篤子さんも、同じ大学ですよね！　私、安堂さんの作品の大ファンで、安堂さんと同じ藤沢南高校に入りたいんです。できれば大学も、鎌倉芸術大学に行きたいって思ってて」

興奮気味に捲《まく》し立てる未夢を、梶は「ちょっと待って」と硬い声で制した。そして僕に鋭い視線を向ける。

「もしかして君も、安堂先輩のファン？　この間オープンキャンパスに来たのは、安堂先輩に会いたかったからなのか？　確かあの時、先輩が出ている映画のことを色々聞いてきたよね。そういうの困るんだよ。やめてもらえるかな」

「いや、僕は――」

彼女が暴行を受ける動画を見た、なんて話をするわけにはいかない。

しかし、どうして梶は急に、こんなふうに僕たちを警戒し始めたのだろう。思えばサークル展示で安堂篤子のことを聞いた時も、「四年生だから就活が忙しくて大学に来ていない」

と嘘をついていた。彼の態度は明らかに不自然だった。

「僕はその人が有名な人だってことは、友達から聞くまでよく知らなかったんです。安堂さんって名前だというのも、梶さんに教わって知りました」

じっとこちらを見据える梶から目を逸らさず、落ち着いた口調で言い切った。まるで母親みたいに平気で嘘をついている自分に気づいて、ちくりと胸が痛んだ。

「ていうか、なんでファンだったらいけないんですか」

低い声で言いながら、僕を押し退けるようにして、未夢が一歩前へ出た。自分より三〇センチは背の高い梶を、下から睨みつける。

「あなたこそ、安堂さんのなんなんですか。彼氏なの？　なんの権利があって、困るとか言ってるんですか」

未夢の剣幕に、梶は焦った顔で「いや、そういうことじゃなくて」と言いわけするように手を振った。そして僕の方に向き直る。

「ごめん――君らがそうだとは思わないけど、安堂先輩には熱狂的なファンが多いから、気をつけないといけなくて」

言い淀むように言葉を切ったあと、梶は重い口調で打ち明けた。

「安堂先輩は、大学一年生の頃に、ストーカーに襲われたことがあるんだ」

二

「――それで、安堂さんが襲われたって、どういう状況だったんですか?」

梶謙弥がベンチに腰を下ろしたところで、未夢はその向かいに立つと、真剣な面持ちで尋ねた。

団地の中道沿いにある小さな公園に場所を移した僕たちは、安堂篤子の身に三年前、何が起きたのか説明を聞いた。梶は最初、この件について話したくなさそうにしていた。けれど「教えてもらえないなら自分で調べます」と未夢が言い出した途端、「変に騒ぎになると、安堂先輩に迷惑が掛かるから」と、慌てて詳細を教えると了承したのだった。

「初めは、ただのファンだと思ってたんだ。安堂先輩のSNSにコメントをつけて、ドラマの感想を長文で伝えてきたりして。だけどしばらくしてそいつ、実は安堂先輩と同じ高校の出身だって言い出して、急に距離を詰めてきたんだよ。会って話がしたいって」

つまりそのストーカーは、安堂篤子や僕の姉の茜と同じ、藤沢南高校の卒業生ということになる。

「安堂先輩がやんわり拒否すると、そいつは安堂先輩がSNSにアップしたカフェやなんかの料理の写真から、よく通っている店を特定して、そこに現れたんだ」

思わず隣の未夢の顔を見つめる。ついこの間、それと同じようなことを未夢にされて、驚かされたところだった。未夢は淡々と「そんな人がいるんですか。怖いですね」と受け流すと、それからどうなったのかと続きを促した。

「そのストーカーは、安堂先輩にどうやってそんなストーリーを思いついたのか、みたいな質問をしてきたらしい。安堂先輩に憧れて、クリエイターを目指してたのかもな。そうして付きまとって安堂先輩に逃げられたそいつは、アドバイスをもらうのを諦めたのか、今度は安堂先輩の真似をするみたいに、先輩の作品に似た小説を書き始めた。けど、だんだん様子がおかしくなっていった」

梶は膝の上に置いた自身の手元に視線を落とす。心なしか、その横顔が青ざめているように見えた。

「そいつは最初、自分のブログに小説をアップしていたんだ。安堂先輩が書いたシナリオに、そっくりな内容の小説を。だけど、ある時――」

言葉を切ると、梶は自分の左拳を右手で包むようにして握り締めた。そして苦しげな声で告げた。

「そのストーカーは作家志望者が集まるネットの掲示板に、『安堂篤子は盗作をしている』という投稿をしたんだ」

怪訝な顔になった未夢が、「どういうことですか?」と首を傾げる。

「安堂さんに好意を持って近づいてきたストーカーが、今度は嫌がらせを始めたってことですか？　そんなふうに嘘を書き込んで――」

違う、と彼は否定した。こちらを見る梶の目には、恐れの色が浮かんでいた。

「そのストーカーは、安堂先輩が自分の作品を盗作している、、、、、、って言い出したんだ。安堂篤子は、自分のアイデアを盗んでるって」

ということは、つまり――。

「そいつは、安堂先輩が自分が書いた小説を盗作してるって、本気で思い込んでた。ブログにアップした小説と、安堂先輩の脚本との類似点を箇条書きにして――でも、誰も相手にしなかったよ。確かにストーリーは安堂先輩の『箱庭を見つけて』と似ていたけど、その小説が過去にどこかの小説サイトに投稿されたなんてことはない。要は安堂先輩の脚本が書かれる以前に書いたって証拠がなかったんだ。まあ、そもそも向こうが先輩の真似をして書いたんだから、当然だけどな」

梶が明かした事実に、胃が締めつけられる感覚がした。その人は安堂篤子の作品が好きで、執着するあまり、そんな異常な思い込みをするようになってしまったのだろうか。

『箱庭を見つけて』は、僕は観ていなかったけれど、ドラマ化もされたような有名な作品だ。それを真似て書いた小説をブログに掲載して、根拠もなしに自分が昔書いたものだと主張したところで、誰の賛同も得られるはずがない。逆に炎上してもおかしくないような行為だった。

「安堂先輩はそんなことをされても、ずっとそいつを無視していた。あまり関わらない方がいいって考えたんだろうな。けど、それがストーカーの行動をエスカレートさせてしまった。そいつは大学の帰り道に一人で歩いていた安堂先輩を、無理やり自分の車に押し込んで、拉致したんだ」

未夢は、その先を聞くことを拒むように顔を背けていた。梶は平淡な調子で続ける。

「そいつは安堂先輩を、今は閉鎖されている遊園地——ハピネスランドに連れ込んだ。そして特殊警棒っていう、黒くて細い武器で殴りつけた。安堂先輩はそのせいで怪我をして、しばらく大学を休んだんだ」

驚くべき証言に、思わず未夢の方を見ると、未夢もこちらに視線を向けてうなずいた。あの動画と同じだ。

安堂篤子は例の動画が撮影されたハピネスランドに拉致され、そしておそらく動画と同じ凶器で危害を加えられた。先日の僕らの話し合いでは、ゲームのムービーではないかという結論に落ち着いたが、まさかあれは、安堂篤子が実際に受けた暴行の状況を撮影したものだったのだろうか。

「当然、ストーカーは逮捕されたんですよね」

安堂篤子に心酔する未夢が、悲痛な面持ちでそう確かめる。なぜか射抜くような目で僕たちを見ていた梶は、この質問に静かに首を横に振った。未夢は啞然として眉を上げた。

「そんな——だって、それだけのことをしたんでしょう。安堂さんだって、警察に届けましたよね」

「もちろんそうしようとしたよ。でも、できなかった」

悔しそうに目を伏せた梶に、どうして——と未夢が迫る。梶は大きくため息をつくと、その理由を述べた。

「ストーカーの國友咲良《くにともさくら》って女は、安堂先輩に暴行を加えたあと、姿を消したんだ。それ以来、行方不明になってしまった」

僕は動揺のあまり、声が出なかった。ストーカーは女だった。そしてその人物は今、行方が分からなくなっている。

ここへ来て告げられた事実に、真っ先に思い浮かんだのは、あのハピネスランドで見つかった女性の遺体のことだった。

僕は遺体が冬美真璃のものではないかと考え、そのことについて太市が何か知っているんじゃないかと疑って、問い質すような真似をしてしまった。それがまったくの見当違いだったとしたら——太市はどれだけ傷ついただろう。

強い後悔に駆られ、拳を握り込んだ時、一つ疑念が浮かんだ。

「その國友咲良さんって、どういう人なんですか？　行方不明っていうことは、きっと行方不明者届が出されてますよね。ずっと見つからないなんて、おかしくないですか」

気づけば梶にそう尋ねていた。もしもあの遺体が、過去に安堂篤子にストーカー行為をして行方不明になった國友咲良のものだったとしたら、どうしてすぐに遺体の身元が分からなかったのだろう。三年も前にいなくなったのだとしたら、家族が行方不明者届を出しているので照会されたはずだ。

だがその疑問には、梶の次の返答で説明がついた。

「國友咲良は両親を早くに亡くして、藤沢市内にある実家で一人暮らしをしていたんだ。横浜の大学に通ってて、安堂先輩と同じ一年生だったけど、ほとんど講義には出ていなかった。だから行方が分からなくなったことに、しばらく誰も気づかないままだったらしい。行方不明者届も出されていなかったんだと思うよ」

國友咲良には身寄りがなく、実家に一人で住んでいた。アパートやマンション住まいなら、家賃が支払われていないと気づいた大家が訪ねてくるかもしれないが、実家ならそういうことも起こらない。近所付き合いがなければ、誰も行方不明だとは思わないだろう。

「國友咲良の知り合いだかが何度か連絡を取ろうとしたけど携帯が繋がらなくて、それで分かったんだ。でもその時には居なくなってから、二か月は経ってたと思う。多分、逮捕されることを恐れて逃げたんだろうな」

確かに、状況からすればそう考えるのが自然なのかもしれない。しかし、いまだに行方不明のままなのだとしたら、逃亡期間としては長すぎる。

「加害者の所在も分からない状態だからというので、安堂先輩は被害届を出さなかった。あの事件以来、先輩はだいぶ様子が変わってしまったんだ。明るい人だったのに、あまり話さなくなって、長かった髪も短く切って――なのに安堂先輩が盗作をしたっていう國友咲良のブログは、今もあの時のまま残っている。もうずっと更新が止まってるし、誰も見てないとは思うけどね」

梶は無念そうにため息をつく。事件が起きる前まで、安堂篤子の髪は長かった。その事実を知り、僕は慄然とした。安堂篤子がショートヘアで映っていたあの動画が、実際の暴行の状況を撮影したものだったなら、彼女は殴られるより以前に、髪を切られるという暴行まで受けたのかもしれない。

「そんなことがあったから、安堂先輩のファンだっていう人は、つい警戒しちゃうんだ。嫌な思いをさせて悪かったね」

立ち上がり、そう言って詫びると梶は、これから用事があるからと帰っていった。

時刻は午後四時になろうとしていた。梶が去っていった方向を見つめたまま、その場を動こうとしない未夢に、そろそろ帰ろうと促す。だが未夢は毅然として首を横に振った。

「帰る前に、やらなきゃいけないことがあるでしょ」

なんのことか分からず、ぼんやり突っ立っている僕を置いて、未夢はさっさと団地の方へと歩いていく。そして冬美真璃の部屋があると思われる九号棟——先ほど梶が出てきた棟の前で足を止めた。入口の集合ポストを見渡すと、そのうちの四〇一号室のポストをいきなり無断で開ける。

「何してるんだよ。誰かに見られたら——」

周囲を見回しながら、未夢に駆け寄った。幸い、近くに人はいなかったが、未夢は他人の家のポストの中に平然と手を突っ込んでいる。そして中から何かを取り出した。

「さっき梶さんが、このポストの前で立ち止まって何かしてたでしょう。郵便物を取り出してるのかと思ったけど、手には何も持っていなかった。中を確かめただけにしては、ずいぶん時間が掛かってたんだよね。だからきっと、これを隠してるんだと思ったの」

そう言って未夢は手の中にあるものを見せた。

「内側に、マグネットでくっつけておいたみたい」

未夢がポストから取り出したのは、真璃の部屋のものと思われる鍵だった。

僕がオープンキャンパスに潜り込んだのとはわけが違う。これは不法侵入という犯罪だと、僕はなんとかして未夢を止めようとした。

「不法侵入なら、もうやってるじゃん。ハピネスランドに」

「あそこは閉鎖された遊園地で、こっちは人の家だよ。全然違うだろ」

「ハピネスランドだって、管理している会社の持ち物だよ。犯罪には変わりないでしょ」

犯罪だと分かっていながらそれを実行しようとしているのが、なおさら良くないことなのだが、未夢は平気なようだ。

「梶さんだって入ってたわけだし、ちょっとだけならいいじゃん。何も壊したり、盗んだりしなければ気づかれないと思うし」

そんな恐ろしいことを言いながら、階段を上っていってしまう。僕は未夢のあとについて階段を上りながら、どうにか小声で説得しようとしたが、そうこうしているうちに四〇一号室の前に到着してしまった。

さすがに少しは緊張しているのか、未夢は硬い表情で鍵を鍵穴に差し入れた。回すと思いのほか大きなカシャンという音がして、びくりと肩を震わせる。ドアレバーを下ろして開けると、未夢は素早く体を滑り込ませ、「早く」とささやいた。

もうあとには戻れないと諦め、未夢に続いて中へ入るとドアを閉めた。そしてなるべく音を立てないようにゆっくりと、ドアレバーの上のサムターンキーのつまみを回した。これで誰かが入ってくることはない。

ほっとしたところで、二人で靴を脱いで廊下を進むと、室内を見回した。間取りは太市の家と同じで、玄関を入って右手にトイレと洗面所と浴室。左手にドアが二つあり、それぞれ洋室と居間に繋がっている。居間の隣には台所と、そして反対側に襖で仕切られた和室が一部屋あった。

未夢が一番手前にある洋室のドアを開ける。カーテンが閉じられているが、この時間だと布地越しでもある程度日差しが入るので、明かりを点ける必要はなかった。部屋にはベッドと学習机が置かれ、壁のフックにセーラー服が掛かっていた。どうやらここが真璃の部屋のようだ。

「とりあえず、女の人の部屋だし、私が調べるよ。海斗は居間の方をお願い」

「待ってよ。調べるって、具体的にどんなことを調べればいいの？」

僕はまだ、この家に侵入した理由も聞かされていなかった。

「決まってるでしょ。真璃さんがどこに行ったか分かるようなもの――例えば旅行雑誌とか、新幹線のチケットの領収書とか、行き先のヒントになるものを探して。他にも日記なんかがあれば、姿を消した理由が書いてあるかもしれない」

そんなに都合良く手がかりが残っているものだろうかと首を傾げつつも、とにかくここに長居はしたくなかったので、未夢の指示に従った。

居間はうちよりも面積が狭く、物も少なかったので探し物をするのは楽だった。中央の座卓にはテレビのリモコンと箱ティッシュしか置かれておらず、雑誌の類は見当たらない。

壁際にテレビ台と横置きしたカラーボックスがあったが、テレビ台の下の収納はＤＶＤレコーダーとアニメのＤＶＤが積んであるだけで、特に変わったものはない。カラーボックスには、一番右側にゲーム機、真ん中には真崇のものなのか、重そうなダンベルや腹筋ローラーなどの筋トレグッズが仕舞われている。左側にはカラーボックスにぴったり収まるサイズのかごが入っていて、引き出すとタオルやハンカチ、ポケットティッシュが整頓して収納されていた。

念のため、DVDのケースを出してテレビ台の奥を覗き込んでいると、未夢が居間に入ってきた。

「何か見つかった？　あっちの部屋は教科書とかノート以外だと、ファッション雑誌くらいしかなかったよ。スマホも手帳もなくて、あとクローゼットの中に、洋服が少ししか残ってなかった。それに部屋の中も、凄く綺麗に片づいてる」

「それって、どういうこと？」

「真璃さんがいなくなったのは、自分の意志だと思う。家出したんじゃなかったら、着替えとか持っていかないでしょ」

そう言って未夢は、少しほっとしたような顔をした。真璃の身に何かが起きて、無理やり連れ去られたのではないと分かったからだろう。

「居間の方には、特に何も手がかりらしいものはなかったよ。そっちの和室はまだ見てないけど」

僕の報告を聞いた未夢は、襖の方へと目をやった。

「多分、こっちはお兄さんの真崇さんの部屋だよね。真璃さんのものはないだろうけど、一応、ちょっと見ておこうか」

言いながらそちらへ足を向ける。やや建てつけの悪い襖を両手で引き開けた未夢は、部屋の中を覗き込むと、はっとした顔で、なぜかそのまま固まってしまった。

「どうしたの？　何かあった？」

未夢の頭の上から、僕も和室の様子を確認した。こちらもカーテンが閉まっていて薄暗いが、室内の状況は見て取れた。六帖の広さの畳の部屋に、四角いモザイク柄のラグマットが敷かれ、ガラステーブルと座椅子が置かれている。テーブルの上には灰皿とバイクの雑誌が並んでいた。

部屋の右手には布団が畳んだ状態で積んであり、部屋の奥の窓の脇にはカラーボックスが置かれている。ボックスの中は雑誌やゲームソフトが詰め込まれ、天板の上にはバイクとアメコミのヒーローのフィギュアが並んでいた。左手の壁には半畳サイズの物入れがある。

特におかしなものがあるわけでもない、ごく普通の部屋だった。何が未夢を驚かせたのか、まったく分からない。不思議に思って、もう一度、どうしたのかと尋ねた。未夢は部屋の中へと歩を進め、ラグマットの上に膝をつくと、その表面を撫でた。

「私、この部屋、つい最近見たことがある」

ラグマットを見つめたまま、未夢が不可解なことをつぶやいた。

そんなことはあり得ない。ここに入るのは初めてのはずだ。勘違いじゃないのと僕が言うと、未夢はぶんぶんと首を横に振った。

「間違いないよ。このラグマットの模様、覚えてるもん」

そう主張してマットを指差し、真剣な表情で訴える。

「でもこれ、既製品だろ？　たまたま同じのを敷いてる家を見ただけかも」

「ううん。このガラステーブルも確かあったの。ああ――どこで見たんだっけ」

未夢は苛立った様子でうろうろと部屋の中を歩き回る。真崇の部屋を、いったい何で見る機会があったというのか。まるで見当がつかなかった。特にお洒落なわけでもないこの部屋を、ＳＮＳなどにアップしたとは思えない。

「――分かった。あれだ！」

突如そう叫ぶと、未夢はスマホを取り出し、慌てた様子で操作し始めた。見守っていた僕に、画面を突き出してくる。

「このフリマアプリの商品画像を見て。間違いないでしょ」

表示された画像には、ガラステーブルの上に置かれたＣＤケースが写っていた。ガラステーブルを透かして、モザイク柄のラグマットもはっきり識別できる。確かに画像が撮られたのは、この部屋で間違いないだろう。そしてそのＣＤケースのパッケージには――。

「『幸せの国殺人事件』――三万円の値段がついてたあのゲーム、出品したのは、真崇さんだったんだ」

三

先週、未夢が探していたインディーゲーム『幸せの国殺人事件』が、フリマアプリに出品されていることが分かった。だけどパッケージの画像が粗く、偽物を出品して代金を騙し取る詐欺だろうとその時は考えていた。

ゲームの制作者は、関東の大学に通う学生だということ以外、性別も年齢も一切公表していないAAというハンドルネームの人物。未夢はそれが安堂篤子ではないかと推測していた。安堂篤子は鎌倉芸術大学に在籍する梶謙弥の先輩であり、その梶は真崇と中学の同級生で今も付き合いがある。ということは、出品されていたゲームはもしかすると——。

「偽物じゃなかったんだ」

そう言うが早いか、未夢は壁の物入れに飛びついた。扉を大きく開けると、僕を振り返りもせず「海斗はカラーボックスの中を探して」と鋭い声で指示を出す。僕は慌てて未夢の肩を摑んだ。

「待ってよ、未夢。そのゲームがこの部屋にあったとして、まさか持っていくつもりじゃないよね？」

この時点で、僕らは他人の家に不法侵入しているのだ。そこに罪名をもう一つ乗せるわけにはいかない。未夢は振り向くと、不思議そうに首を傾げる。

「なんで？　駄目なの？」

「駄目に決まってるだろ！　人の物を盗むのは泥棒だよ」

中学一年生に言って聞かせることではないと思いながら、僕は未夢にそう説いた。未夢は我に返ったように「そうか……そうだよね」とつぶやいて、小さくうなずいた。

分かってもらえた――と思いきや、未夢は物入れの方へと向き直り、衣類が入っているらしい収納ケースの引き出しを引っ張り出した。

「じゃあ速攻でクリアして、元のところに返す。それだったら問題ないでしょ。盗むんじゃなく、借りるだけだから」

何も分かっていなかった――。

この部屋から勝手に持ち出すことがすでに犯罪なのだと、未夢に必死で説明したが、未夢はもはや僕の話など聞いていない様子で引き出しを順番に開け、次は段ボール箱を取り出して開け――といった調子で、やけに手際良く物入れの中を物色している。

未夢の頭の中は今、『幸せの国殺人事件』をプレイすることでいっぱいなのだろう。もう何を言っても、空き巣行為をやめさせることは無理のようだ。だったら僕にできるのは、不本意だけれどなるべく早くこの場を立ち去れるように協力することしかない。僕はため息を一つつくと、未夢の指示どおりカラーボックスの捜索を始めた。

あのCDケースさえ見つからなければ、未夢がさらなる犯罪に手を染めずに済んだのだが、残念ながら『幸せの国殺人事件』は、カラーボックスのゲームソフトが並んでいるところに、ごく自然な佇まいで置かれていた。間抜けにも僕が「あ」と声を上げてしまったせいで「あったの?」と未夢が振り向き、手にしていたCDケースは奪い取られた。

「やっぱりこれ、パッケージの印刷が粗いよ。きっと偽物だって」

なんとか未夢に諦めさせようとその点を指摘したが、未夢は頰を上気させて『幸せの国殺人事件』のタイトルロゴと遊園地のイラストがプリントされたジャケットを見つめている。

「違うよ。多分これは市販品じゃなく、最初に作ったテスト版。関係者とかにプレイさせて、バグがないか確認するためのものだったんだと思う」

未夢はケースを開け、真っ白なCD-Rを取り出した。裏返し、傷がないことを確認すると、ケースに入れて自分のリュックに仕舞う。

「これならうちのパソコンでプレイできると思う。早く帰って始めなきゃ」

さっさと玄関に向かおうとするのを引き止めて、二人で荒らした部屋を急いで痕跡が残らないように片づけた。ドアの向こうの様子を窺ってから音を立てないよう慎重に鍵を開け、外へ出る。未夢が持っていた鍵で施錠すると素早く階段を降り、鍵を元どおり集合ポストにマグネットで貼りつけた。

「明日は私、塾がないから、一日中プレイできると思う。海斗は明日、何か用事ある？」

団地の坂道を下りながら、未夢が僕を振り返って尋ねた。午前中に部活があるけれど、午後は空いていると答えると、「だったら、お昼食べたらうちにきて」と命じられた。

「ノベルゲームだからサクサク進むとは思うんだけど、ムービーチェックするのに全部のルート潰さないといけないから、メモ取ったり、私が休む時の交代要員になったり、手伝ってほしいの。さすがにぶっ続けではできないと思うし」

確かに、早くクリアして返さなければ――その間に真崇があの家に戻ってきてゲームソフトがないと気づくようなことがあれば、警察を呼ばれるかもしれない。僕らは手袋なんかしていなかったし、指紋を採取されたらアウトだ。僕は未夢の命令に従うしかなかった。


翌日、部活を終えて帰宅した僕は、母親が昼食に準備してくれていたチャーハンを食べ終えると、自転車で前に未夢と会った公園の方角に向かった。未夢の家に行くのはこれが初めてで、送ってもらった住所を頼りに自転車を押して進む。途中、コンビニがあったので「コンビニ寄るけどほしいものある？」とＬＩＮＥを送った。「ミルクたっぷりカフェオレと甘いもの」と未夢から即座に返事がきて、言われたとおりミルクたっぷりカフェオレとチョコレート菓子、他にもスナック菓子なんかを買った。

そこから地図アプリの案内に従って住宅街へと入り、しばらく行くと、やがて白い壁の三階建ての一軒家の前で「目的地到着」と表示が出た。表札に《烏丸》とあるのを確認してインターホンを押す。

「はーい、待っててね」

未夢の声が応答し、ドアが開く。現れた人物を見て、僕はすぐには未夢だと気づかなかった。きょとんとしている僕を怪訝そうに眺めていた未夢は、はっと気づいたように、玄関の靴箱の扉についている鏡を見る。そしてなんだか恥ずかしそうに下を向いた。

「ゲームする時は、邪魔だから前髪留めてるの」

いつもはしない眼鏡をかけて、長い前髪をヘアピンできっちり横分けにした未夢は、普段と別人みたいに見えて、僕は少し緊張しながら靴を脱いだ。

未夢の母親は今日はパートで居ないとのことで、そのまま二階の未夢の部屋に案内された。六帖の洋室は、ロフトベッドの下に学習机や本棚が置かれていて、僕の部屋よりも広々としている。未夢は机の上のノートパソコンを部屋の中央のローテーブルに移動させると、マウスを動かして画面を表示させた。

メリーゴーランドと、その向こうに観覧車が立つ遊園地のイラストを背景に、女性らしきシルエットが現れる。顎に手を当てた仕草をしたシルエットの下には、白い枠で囲われたテキストが表示されていた。女性のセリフなのだろう。《イベントが始まる前に、少しでも情報を集めなきゃ》とある。

「内容を簡単に説明すると、物語の舞台は《ファミリーパーク幸せの国》――通称《幸せの国》って呼ばれてる遊園地で、そこで人気ミステリー作家が主催した推理イベントが開かれるの。だけどイベント中に本物の殺人事件が起きて、その作家の大ファンだった女の子や、ミステリー作家本人が殺されちゃうんだよね。で、イベントに参加していた女子高生の主人公が、事件の真相を推理するって話なんだ」

そこまで話すと、未夢はいったんゲーム画面を脇に寄せ、デスクトップに保存されている画像ファイルを開く。表示された画像は先ほどの遊園地のイラストと同じテイストで、ゲーム画面のスクリーンショットと思われた。ホテルの一室のような場所で、女性のシルエットがうつ伏せで床に倒れている。

「これはそのミステリー作家の死体が見つかった場面ね。死因は脳挫傷で、被害者は顔が判別できないくらい頭部をめった打ちにされていた。そしてシルエットだと分からないけど、シナリオの上では被害者は、赤いドレスを着ていた」

「え――それって……」

未夢の解説を聞いて頭に浮かんだのは当然、真崇のパソコンに保存されていたという例の動画のことだった。未夢は「多分、無関係じゃないよね」とうなずく。

「やっぱりあの動画は、このゲームのために撮られたんだと思う。でも、今のところ出てきたムービーは全部アニメーションで、実写のムービーはなかったの。もしかしたら一定の条件を満たさないと見られない、特典映像なのかも。そうでなければ、通常のシナリオとは別の、隠しシナリオで使われているとか。実際、それらしいのを見つけたんだよね」

思案顔で未夢が推測を口にする。考えると、確かにあの動画は知っている人が見れば、ハピネスランドの《恐怖の館》で撮影したものだと分かってしまう。それを大っぴらにゲームに使うなんてことはできないはずだ。その線は当たっているかもしれない。

僕が同意すると、未夢は「だったらいっそう、早く進めないとね」と張り切った様子で画像ファイルを閉じ、再びゲーム画面を表示させた。そして続きをプレイし始めると、何気ない調子で告げる。

「これ、実は朝に一回クリアして、今二周目なんだ」

「え？　もうクリアしたの？」

ゲームを手に入れたのは昨日の夕方で、未夢は夜は十一時くらいまでしか起きていられないはずだ。いくらなんでも早すぎる。

「だってこれ、本当に面白いの。今までにやったノベルゲームの中でも最高かも。つい夢中になっちゃって、今朝も四時起きでやってたんだ。評判どおり緻密なプロットで、ミステリーとしての完成度も高かった。犯人が《アユミ》だなんて、全然予想つかなかったもん」

ごく自然なトーンで未夢は本当に面白い、最高のミステリーノベルゲームの真犯人を、思い切りネタばらしした。そして呆然としている僕に構わず、カチカチと凄い速さでボタンをクリックしてセリフを飛ばしながら、ゲームを進めていく。すでに一度読んだことのあるシーンなのか、画面を見てもいない。

僕はノベルゲームには疎いけれど、このゲームは未夢がずっと探していた評判のゲームらしいので、どんなストーリーなのか、結構興味を持っていた。犯人が分かってしまったことにがっかりしながらも、なんとか内容を把握しようと、高速で表示されるテキストを目で追う。けれど未夢に頼まれて選んだルートの結果をメモしたり、選んでいない選択肢をチェックしたりと記録係を務めなければいけないので、それは難しかった。結局、終盤になって真相がよく分からないままに《アユミ》が犯人として名指しされ、あっさりと二周目をクリアされてしまった。

落胆しつつエンディングのムービーを眺めていると、簡潔なスタッフロールが終わりに近づいたところで、未夢が「メリーゴーランド……」と独りごとのようにつぶやいた。確かに画面のアニメーションではメリーゴーランドがアップになっている。

なんでわざわざ、声に出したのだろう。不思議に思って未夢の横顔を見つめていると、未夢は突然、僕が手にしていた鉛筆を奪い取り、テーブルの上のノートに「メリーゴーランド」とメモした。書き留めるほど重要な情報だろうかと困惑している僕に、未夢は「これ、ヒントかも」と興奮気味に告げた。

「最初にクリアした時のエンディングでは、確か最後に観覧車がアップになって終わったんだ。でも今のだと、メリーゴーランドだったよね。さっき話したけど、このゲームにはパスワードを入れるとプレイできる、おまけの隠しシナリオがあるみたいなの。もしかしたらエンディングに出てくるアトラクションが、そのパスワードの手がかりになっているのかも」

未夢が早口で説明してくれたが、それを確かめるには、すべてのルートをクリアしてエンディングを見る必要があるはずだ。いったいどれだけの手間が掛かるのだろうと僕は途方に暮れかけたが、未夢は「まあ、あと二日もあればいけるかな」と、なんでもないことのように言ってスタート画面に戻る。そして淡々と三周目をスタートさせた。

「――あ、そうだ。お姉さんにあのこと聞いてくれた？」

序盤のシナリオを進めながら、不意に未夢が僕の方を向くと、思い出したように尋ねた。昨日の別れ際、未夢から姉の茜に、安堂篤子に加えて國友咲良についても、何か知っていることがないか聞いておいてほしいと頼まれたのだ。

今度こそはストーリーを理解しようと意気込んでいた僕は、テキストを読むのを諦めてそばに置いていたリュックに手を伸ばす。そして姉から預かってきた冊子を取り出し、ローテーブルの上に置いた。

「お姉ちゃん、昨日は帰りが遅くて、今朝はこれからバイトだからってバタバタしてて、ゆっくり話してる時間がなかったんだ。その代わりに、これを貸してもらえた」

「『南風《みなみかぜ》』――何、それ。パンフレット？」

　薄い緑色の冊子の表紙に印刷されたタイトルの文字を読んで、未夢が首を傾げる。僕は冊子を裏返すと、最後の方のページをめくった。

「これ、藤沢南高校の文芸部の部誌なんだ。毎年、その時に在籍してる部員たちで編集したのを文化祭で売ってるんだけど、これは安堂篤子さんが三年生の時の部誌だって」

　マウスを操作する手が止まった。未夢は「嘘、凄いじゃん！」と驚きの声を上げると、食い入るように冊子のページを見つめる。

「しばらく借りてていいって言われたから、中身はあとでゆっくり読んだらいいよ。それより、この最後のページに当時の部員の写真と名前が載ってるんだ。モノクロの写真だし、紙もただのコピー用紙みたいだから、画質は悪いけど」

　そこには文芸部の部員たちが正面を向いて横一列に並んだ写真が掲載されている。僕は列の真ん中に写る、ブレザー姿の女子生徒を指差した。肩より長い髪を二つ分けにして、特徴的な大きな切れ長の目で、まっすぐにカメラを見つめている。

「これ、安堂さんだよね。写真の下に名前がある。多分この名前、写真の並び順になってるんだと思う」

　写っている部員は七名。そして写真の下に、七人の生徒の名前が横並びで表記されている。当時一年生だった僕の姉――「一年　薗村茜」は遠慮がちに右端の方に立っていて、名前も右端にある。僕は真ん中の「三年　安堂篤子」の名前を指し、その指を一番左まで滑らせた。

「ここに『三年　國友咲良』ってあるだろ？　二人は同じ高校の出身ってだけじゃなく、同じ文芸部に在籍してた同級生だったんだ」

写真の左端に写っているのは、安堂篤子より少し背の低い、癖っ毛のショートヘアの女子生徒だった。未夢はページに顔を近づけ、彼女たちの写真をじっと見つめた。そして戸惑っている様子で、僕に確かめる。

「ねえ、この人の顔、似てるよね——髪型も、今の安堂さんにそっくりじゃない？」

そうなのだ。國友咲良と思われるその女子生徒は、安堂篤子と同じく大きな切れ長の目をしていて、瓜二つとは言わないまでも、今の安堂篤子とかなり顔の造形が似ていた。髪型もほとんど同じだった。

そのことに、何か意味があるのかは分からない。単に偶然、顔や髪型が似ていたというだけかもしれない。けれど昨晩、この冊子を姉に見せられた時はずいぶん驚かされた。それで今日会ったら未夢の意見も聞きたかったのだ。

「でも、動画で暴行を受けていたのは、安堂さんで間違いないはずだよ。僕は実際に会っているし、未夢だって写真を見てそう思ったよね」

鎌倉芸術大学のカフェテリアで隠し撮りした安堂篤子の写真を送った時、未夢もそれが動画の女性だと断言していた。

しかし未夢は同意を求める僕に返事もせず、何か考え込んでいるような表情で部誌の巻末に並ぶ生徒たちの写真に見入っている。そしてぽつりと漏らした。

「もしかして、國友咲良は、《アユミ》と同じことをしたのかも」

いったい未夢は、何を言い出したのだろう。《アユミ》というのは、さっきネタばらしされた『幸せの国殺人事件』の真犯人のことだろう。けれどシナリオをきちんと理解していない僕には《アユミ》が犯人であるということしか分からない。未夢の言わんとするところが理解できず「どういう意味？」と尋ねると、未夢がもどかしげに続けた。

「《アユミ》は、ミステリー作家の大ファンだった女の子だよ。つまり最初に殺された、殺人事件の被害者」

「ちょっと待って。《アユミ》って、犯人じゃなかったの？」

僕の認識が間違っていたのだろうか。それとも同じ名前の人物が二人いるのか。混乱しながら未夢の横顔を見つめる。

「そう。《アユミ》は犯人であり、被害者でもあったわけ」

未夢は部誌からようやく顔を上げると、マウスを動かし、画面の右上にある《捜査ファイル》と書かれたアイコンをクリックした。そしてその中の《登場人物》という項目を開く。登場人物はシルエットで描かれており、《アユミ》はポニーテールの女の子だと察せられた。

郵便はがき

おそれいりますが
切手を
お貼りください

102-8519

東京都千代田区麹町4―2―6
株式会社ポプラ社
一般書事業局　行

お名前	フリガナ	
ご住所	〒　　-	
E-mail	@	
電話番号		
ご記入日	西暦　　年　　月　　日	

上記の住所・メールアドレスにポプラ社からの案内の送付は必要ありません。□

※ご記入いただいた個人情報は、刊行物、イベントなどのご案内のほか、お客さまサービスの向上やマーケティングのために個人を特定しない統計情報の形で利用させていただきます。

※ポプラ社の個人情報の取扱いについては、ポプラ社ホームページ（www.poplar.co.jp）内プライバシーポリシーをご確認ください。

ご購入作品名

■この本をどこでお知りになりましたか？
□書店（書店名　　　　　　　　　　　　　　　　）
□新聞広告　□ネット広告　□その他（　　　　　　　）

■年齢　　歳

■性別　　男・女

■ご職業
□学生（大・高・中・小・その他）　□会社員　□公務員
□教員　□会社経営　□自営業　□主婦
□その他（　　　　　　　）

ご意見、ご感想などありましたらぜひお聞かせください。

ご感想を広告等、書籍のPRに使わせていただいてもよろしいですか？
□実名で可　□匿名で可　□不可

一般書共通

ご協力ありがとうございました。

名前の下には「大学二年生・ミステリー研究会所属」と簡単に属性が添えられている。

その《アユミ》の隣には、髪型や体形が分からないように輪郭をぼかした、謎の人物のようなシルエットが描かれていた。シルエットの下には《サエコ》と名前があり、属性は「ミステリー作家」となっている。

「人気ミステリー作家の《サエコ》は、顔や本名を一切表に出していない覆面作家だったの。《アユミ》はその状況を利用して、自分が死んだように見せかけて《サエコ》を殺し、《サエコ》に成り代わっていた。最初に見せた、女の人が殺されているシルエットの画像があったでしょ。あれはシナリオの序盤では《アユミ》の死体だってことになってるの。顔が判別できないくらい損傷していたのは、身元を隠すためだったんだよ」

ややこしい話だが、なんとか理解が追いついた。赤いドレスを着て倒れていた女性の死体は、当初は《アユミ》のものだとされていたが、その後、ミステリー作家の《サエコ》の死体だったと判明する、というストーリーなのだ。

「殺人の動機は、ファンとしての度を越した作家への執着だった。《アユミ》は《サエコ》の作品を愛するあまり、自分が《サエコ》だと思い込むようになっていたの」

未夢はそこで言葉を切ると、真剣な面持ちで僕を見据える。

「梶さんから聞いた話だと、國友咲良は安堂さんが自分の作品を盗作したって言ってたんだよね。安堂さんが書いたものを、自分の作品だと思い込んでいた。そして安堂さんは覆面作家ではないけれど、國友咲良と外見がよく似ていた」

　確かに、このゲームのシナリオと状況は近いのかもしれない。しかしそんな《真相》は、現実にはあり得ない。

　でも未夢は、荒唐無稽なその《真相》を、きっぱりと口にした。

「國友咲良は三年前、安堂さんを襲って、本当に殺してしまったんじゃないのかな。つまり太市の、あの動画は本物だった。國友咲良はきっと自分が行方不明になったように見せかけて、安堂さんに成り代わっていいいいいいいいいいいいるんだよ」

四

「そんなこと、できるわけないだろ」

　僕は冷静に未夢の主張を否定した。昨日からミステリーノベルゲームを延々プレイしていたせいで、現実とフィクションの境界が曖昧になっているのかもしれない。

「すぐに周りが気づくに決まってるよ。家族とか、大学の友達とか」

　安堂篤子は藤沢市の出身で、大学は鎌倉だ。その距離ならおそらく、今も実家に住んでいるだろう。それに、似ていると言っても、まったく同じ顔ではない。鼻や唇の形は、明らかに違っている。

「そうだね。友達は違和感に気づくかもしれない」

未夢は僕の言葉を半分だけ肯定しながら、自分のスマホを取り出した。そして主に写真を投稿するタイプのSNSのアプリを開く。

「でも、安堂さんの家族はどうかな」

言いながら、未夢は画面をこちらに向けた。そこにはどこかの家の室内の様子が映っていた。床から天井まである大きな本棚と、ノートパソコンが置かれたテーブル。その画像に、「両親が海外赴任してるから、夜更かしして原稿書いても叱られない」というコメントの一文が添えられている。

「これ、安堂さんのアカウントの三年前の投稿。安堂さんが大学に通い始めると同時に、ご両親は海外赴任して、安堂さんは一人暮らししてるの」

僕はスマホの画像を睨んだまま黙り込んだ。確かに家族と住んでいないのなら気づかれないかもしれないが、四年生になるまで両親が一度も日本に帰国していないなんてことがあるだろうか。それに友達の方はどうなるのか。

その疑問をぶつけようとした時、先回りするように未夢が口を開いた。

「安堂さんが襲われたのは大学一年生の時だった。まだそんなに親しい付き合いをする友達はいなかったのかもしれない。だったら美容整形でそっくりになるように手術すれば、ごまかせるんじゃないかな。梶さんが言ってたじゃない。安堂さんは襲われて怪我をして、しばらく大学を休んでたって」

「つまり、その間に美容整形手術を受けたっていうこと？」

「きっとそうだと思う。梶さんの話では、事件のあと安堂さんは、かなり様子が変わったってことだったよね。明るい人だったのに話さなくなって、髪を短く切ったって。顔は整形できるけど、髪は伸ばせないから、切ったことにしたんだよ」

ということは、安堂篤子が暴行前に髪を切られたのは、國友咲良が事前に彼女と自分を似せておくためにしたことなのか。そんなことをぼんやり考えていた時、未夢がさらにもう一つ、驚くべきことを告げた。

「実は昨日、安堂さんにこのSNSでダイレクトメッセージを送ったの。例の動画のスクショを添付して、《この動画の件で話したいことがあります》って」

「なんでそんなことしたの？」と、思わず大声を上げる。未夢の推測がもしも当たっていたなら、その《安堂さん》は安堂篤子を殺し、彼女になりすました國友咲良なのだ。

「直接聞いて動画を撮った目的を教えてもらえたら、それが一番早いと思って」と答えた未夢に、返信はあったの、と恐る恐る尋ねる。未夢は硬い表情で、こくりとうなずいた。

「夕方には出先から戻るから、家にきてほしいって、住所が送られてきた。ねえ海斗、一緒に行ってくれるよね？」

未夢はその後も『幸せの国殺人事件』の三周目のプレイを続け、僕は記録係としてサポートを続けた。そうこうしているうちに時刻は午後四時を過ぎ、そろそろ出発しようということになった。未夢の母親がパートから帰ってくるのはいつも五時頃とのことで、顔を合わせなくて済んで少しほっとした。

安堂篤子から送られてきた住所は、藤沢駅から小田急江ノ島線で二駅離れた善行駅が最寄駅だった。未夢の家からだと距離にして四キロ程度でそう遠くないので、僕らは自転車で向かうことにした。出かける前に未夢は眼鏡を外し、いつもどおり前髪を下ろした。

途中、何度か停まって地図アプリを確認しながら、二十分ほどで目的地に到着した。安堂篤子の自宅はバス通り沿いに建つ、グレーのタイル張りの六階建てマンションだった。敷地の中に駐輪スペースがあったので、自転車はそこに停めた。

広くて落ち着いた雰囲気のエントランスを抜け、自動ドアの手前にあるパネルで住所にあった四〇五の部屋番号を入力してインターホンを鳴らす。少しして「はい」と聞き覚えのある気だるげな声が応答した。

「昨日、メッセージを送った者です」と未夢がパネルのマイク部分に向かって告げると、「今ロック開けたから、上がってきて」という気安い返事と同時に自動ドアが開いた。

エレベーターで四階に昇り、四〇五号室のドアの前に立つ。未夢に頼まれて、緊張しながらドアの横にあるインターホンを押した。

「あれ？　さっきの声、女の子だと思ったけど」

ドアが開いた瞬間、未夢がさっと僕の後ろに隠れてしまったため、安堂篤子は意外そうな顔になった。そして僕をあの切れ長の目でじっと見つめると、「君、どこかで会ったことない？」と言った。僕は姉とは似ていないので、文芸部の後輩の弟だとは気づかないはずだ。オープンキャンパスの時に、僕が近くにいたのを覚えていたのだろうか。

「まあいいや」と視線を外した安堂篤子は、大学のカフェテリアで見かけた時と同じような白いシャツにジーンズ姿で、「どうぞ、上がって」と中へ入るように僕らを促した。身長は僕とそう変わらないけれど大人っぽい印象で、その落ち着いた態度も、少し面倒そうな話し方も、誰かを殺してその人になりすましているようには全然見えなかった。

それでも一応警戒しながら、彼女に続いて廊下を進む。玄関を入ってすぐ右側と、奥にもう一つドアがあった。家族で住んでいたそうなので、ファミリータイプの物件なのだろう。突き当たりのガラスドアの向こうが広いリビングになっていて、対面キッチンの向かいにダイニングテーブル、バルコニーから街の景色を望む掃き出し窓の手前には、ソファーセットが据えられている。ソファーの対面に五〇インチはありそうな大きな薄型テレビ、右手には例のSNSの画像に写っていた、天井までの高さの大きな本棚があった。

「そこ座って。麦茶でいいよね」

安堂篤子は至極平然とした様子で、僕らにダイニングテーブルに着くよう指示した。僕と未夢は顔を見合わせた。どこに座ればいいか、分からなかったのだ。

四人掛けのダイニングテーブルの椅子には、それぞれにシャツやタオルが掛けてあったり、バッグやリュック、衣類が入ったかごなどが置いてあったりで、座れる状態のものは一つもなかった。テーブルの上にはレポート用紙やテキストや参考書、ルーズリーフのファイルが積み重なっている。

ソファーの方はと見れば、食べかけのスナック菓子、飲みかけのペットボトル、ゲームのコントローラーとゲームソフトのケースの山に加えて大きなクッションが陣取っていて、こちらも座れそうにない。さらに言えば床の上も洋服や雑誌、何が入っているか分からない口を縛ったビニール袋などが点々と落ちていて、こちらにもあまり座りたくなかった。

台所からペットボトルの麦茶と紙コップを手に戻ってきた安堂篤子は、テーブルのそばで立ち尽くしている僕らに気づくと、「ああ、ごめん。ちょっと散らかってて。椅子の上のもの、適当にその辺に寄せていいから」と事もなげに告げた。

才能あふれる芸術大学の女子学生というイメージとはうらはらに、安堂篤子はとんでもない汚部屋の住人だった。クリエイター気質の人は、片づけが苦手な傾向があるのだろうか。だとしてもこれは酷すぎる。とても落ち着いて話ができる状況ではなかった。

僕と未夢は、遠慮がちにバッグや衣類を床に降ろし、席に着いた。その間に、安堂篤子が麦茶を注いでくれる。僕の左側に未夢が、未夢の正面に安堂篤子が腰掛けて、三人で向かい合った。

「――それで、君たちはあの動画、どこで手に入れたの？」

口をつけた紙コップを、かろうじて空いているスペースに置いた安堂篤子が、まずはそう切り出した。僕と未夢はどちらも答えなかった。僕らを交互に見た安堂篤子は、諦めたようにため息をつく。

「どうせ冬美君が流出させたんでしょう。彼、そういう迂闊《うかつ》なところがあるし」

僕は反応せずに黙っていたが、未夢は彼女の言葉に、びくりと肩を震わせた。安堂篤子は、その様子を見て薄く笑った。

「別にそこは答えなくていいよ。でも、忠告しておくね。もしも冬美君と何か繋がりがあるなら、距離を置いた方がいいよ」

真面目な顔になると、諭すように告げる。

「彼、色んなややこしい人たちと関わっているみたいだし、お金に困ってやばいことをしてるって噂もあるの。未成年が付き合うような相手じゃないよ」

そういう話は、太市からも聞いたことがなかった。もしかしたら僕らを心配させないように、言わずにいたのかもしれない。だから真崇は『幸せの国殺人事件』のソフトをあんな高い値段で出品していたのか……などと考えていると、「それより、話したいことがあるんだったよね」と、安堂篤子が未夢に水を向けた。未夢は緊張した顔で僕にうなずいてみせると、口を開いた。

「私、あの動画には、秘密があると思うんです」

未夢がそんな言い回しで本題に入る。安堂篤子はなぜだか嬉しそうに目を細めた。何かを期待するような声音で、「うん。どんな秘密？」と先を促す。

「動画の被害者の女性――安堂篤子さんは、本当はもう亡くなっているんですよね。あなたは安堂さんになりすました、別人なんじゃないですか」

まさか未夢が、ここまでストレートに切り込むとは考えていなかった。驚いて隣を見ると、未夢は安堂篤子にまっすぐな視線を向けながらも、その表情にはやや不安の色がにじんでいた。おそらく未夢も、自分の説に半信半疑になっているのだろう。

面食らったように眉を持ち上げた安堂篤子は、しばし無言になったあと、柔らかそうな髪を掻き上げた。

「――ごめん、そんな話だとは思わなくて、びっくりしちゃった。もしかして君たちは、あの動画が本物だと信じてるのかな」

心配そうに顔を曇らせ、探るような言い方で尋ねる。僕と未夢が黙っていると、安堂篤子は大きく息を吐いた。

「悪いけどそれ、勘違いだから。あれは私が、自分の作品のために撮ったものなの」

言い切ると、安堂篤子はテーブルの上で細い指を組み合わせた。僕は彼女の顔をじっと見つめた。安堂篤子は表情を動かさず、僕を見つめ返す。嘘かどうかは分からなかった。

「そう言われても、信じられません」

絞り出すように言うと、未夢は身を乗り出して訴えた。

「だって、本物にしか見えなかった。殴られて、血が出て、手なんか酷い大怪我をしてたじゃないですか。あの動画が作り物だって言うなら、証拠を見せてください」

「いいよ。確かまだ、机の中に残っていたと思う」

あっさりと了承すると、安堂篤子は立ち上がってリビングを出ていった。やがて戻ってくると、手にしていた紙袋の中から透明なケースを取り出してテーブルに置く。その中身を目にした未夢は、怯えた顔で身を引いた。それは赤く裂けた傷口の中に白い骨が覗いた、皮膚の断片のように見えた。

「これ、ハロウィンの仮装グッズとして売られているものなんだ。ゾンビの格好をする人とかが、体に貼って使うんじゃないかな。私はただ貼っただけじゃなく血糊も使ったし、リアルに見えたんだと思う。でも、あの動画はこうして特殊メイクをして、演出して作ったものなの。なんなら今、見比べてもらってもいいよ」

見比べるまでもなく、あの動画で見た手の甲の傷口と、目の前の偽物の傷は、同じものだと思えた。《恐怖の館》の絨毯をめくって見つけた床の染みはきっと、血糊がこぼれた跡だったのだ。未夢はうつむいたまま、声もなくその不気味な小道具を見つめていた。

「さっきの質問だけど、私は安堂篤子に間違いないし、別人が成り代わってるなんてことはないよ。そっちの方は、どう証明したらいいのか分からないけど」

安堂篤子は、未夢にそう言って聞かせると、困ったように苦笑した。証明するまでもなく、僕には彼女が安堂篤子本人だと思えていたが、そこで未夢が意外な提案をした。

「だったら、あなたが安堂さんかどうか確かめるのに、いくつか質問をさせてください」

未夢は真剣な顔でテーブルに両手を置くと、強い口調で尋ねた。

「コンクールで入賞してドラマ化された『箱庭を見つけて』は、遊園地が舞台ですよね。あの遊園地は、ハピネスランドがモデルなんですか」

なぜ突然そんなことを聞くのかというように、安堂篤子は不思議そうにしていたが、僕には未夢の意図が分かった。おそらく作者本人にしか分からない質問をして、あのシナリオを書いたのが目の前にいる安堂篤子に間違いないか、見定めようとしているのだ。

「はっきりとモデルにしたつもりはないけど、似ちゃってるかもね。だって藤沢生まれなら、あそこが一番通ってた遊園地でしょう。子供の頃から、何回も行ってたし」

安堂篤子は迷う様子もなく答えると、懐かしそうな笑みを浮かべた。その受け答えに、まったく不自然なところはない。

「じゃあ、ストーリーのクライマックスで、ヒロインが同級生の男の子から『これからは僕がずっとそばにいて、君を守る』って告白されるシーン——あの場面、凄く感動したんですけど、安堂さんの実体験に基づいてたりするんですか?」

質問の内容に違和感を覚え、隣に目をやると、未夢は頬を赤くして目を輝かせ、安堂篤子の一ファンとして作品について尋ねる様相となっている。そのことに気づいていないのか、安堂篤子は「ああ、あのシーンね」と、思い出すように視線を上に向けた。

「確かに、だいぶ昔に、そんなやり取りをしたことがあったね。相手は同級生の男の子ではなかったけど。言われてみれば、そのことが頭にあったのかも」

返答を聞いて、「その相手って誰なんですか?」とさらに掘り下げた質問をしようとする未夢を押しとどめ、「僕からも質問させてください」と割って入った。「どうぞ」と彼女の了承が得られたところで、僕はこの機会にと、思い切って尋ねた。

「安堂さんは、國友咲良さんとは最近、会っていないんですか?」

安堂篤子の表情に、一瞬緊張が走ったのが分かった。取り繕うように笑みを浮かべると、「なんで君、彼女のことを知っているの?」と逆に質問してくる。僕は答えずに、静かに彼女の顔を見据えた。

「――会ってないよ。だって、もうずっと連絡がつかないし。どこで何をしてるのか、分からないんだから」

「安堂さんから見て、國友咲良さんは、どんな人でしたか」

重ねた問いに、安堂篤子はしばらく黙り込んでいた。感情をなくしたような、空虚な表情だった。やがて我に返ったように、白い手を握り込むと、静かに口を開く。

「本が好きな、大人しい子だった。寂しがり屋で、いつも私と一緒にいたがって、なんでも真似してきたんだ。読む本も、書くお話も。でもあの子は――」

彼女の答えに、少し引っ掛かるところがあった。けれど語り終える前に、リビングの壁に取りつけられたインターホンが鳴った。立ち上がった安堂篤子が、モニターのボタンを押す。遠目にははっきりとは見えないが、どこか見覚えのある男性の輪郭が映っていた。

はい、と彼女が応答すると、訪問者は「ああ、俺」とぞんざいな口調で言った。その声を聞いて、やっぱり間違いないと、僕は未夢と顔を見合わせた。

「ごめん、ちょっとだけ待ってくれる？」と頼んだ安堂篤子に、「片づけなんてしなくていいって。散らかってるのはいつものことだろ」と返す。

「今、親から電話がきてて、話し中なの。終わったらLINEするから」

安堂篤子はさほど焦った様子も見せずに、嘘の言いわけをして男性を待たせると、僕らの方を振り向いた。

「話の途中だけど、誤解は解けたと思うし、今日のところはこれで帰ってもらえる？　君たちを家に入れたって知ったら、彼が心配すると思うから、鉢合わせしないように、エレベーターじゃなく階段を使ってね」

彼女が先ほど語ったこと、そして國友咲良について何を言いかけたのかは気になったが、拒否できるはずもなく、僕らは大人しく椅子から立ち上がった。安堂篤子はテーブルの上の紙コップを手早く片づけながら、大切なことを思い出したといったように付け加えた。

「あの動画に秘密があるっていうのは、本当なの」

なぜか切実さを含んだ声でそう告げると、安堂篤子は「もし答えが分かったら、聞かせてね」と、強い眼差しで僕らを見つめた。


僕らは慌ただしく帰り支度をすると、会ってもらったお礼を言って安堂篤子の部屋を出た。注意されたとおりエレベーターとは反対側にある階段で一階まで降り、駐輪スペースへと向かう。自転車の鍵を外しながら、未夢は自分が目にしたものが信じられないという様子で僕に確かめた。

「さっきの男の人、い、い、い、い、梶さんだったよね。安堂さんの後輩の——どういうこと？　あの二人、付き合ってたの？」

そう聞かれても、僕にだって分かるはずがない。でも先ほど訪ねてきた男性は、間違いなく梶謙弥だった。

「なんか、色々よく分かんなくなってきたから、整理しよう」

車通りのない路地に入り、並んで自転車を押しながら、未夢は自分を落ち着けようとするように大きく息をついた。

「まず海斗は、さっき会った安堂さんは、本物の安堂さんだと思う？」

ややこしい問いかけに、僕は「そう思う」と答える。僕は安堂篤子を昔から知っているわけではないから、単なる心証の話になってしまうけれど、彼女が他人になりすましてあのマンションに住んでいる、というような不自然さは一切なかった。加えて、ああして間近に彼女の顔を見て話をしたことで、あの文芸部の部誌の写真の真ん中に写っていた女子生徒に間違いないと思えた。

「私も、彼女が安堂さん本人だと思う。美容整形をしたんじゃないかって疑ってたけど、整形であそこまで同じ顔にならないよね。もっと聞きたいことあったのになあ。また会ってもらえるといいんだけど」

未夢は自身の推測は外れたものの、憧れの安堂篤子本人と話せたことに感激しているふうだった。

「安堂さんはあの動画は、自分で撮ったものだって認めてたけど、それについては未夢はどう思った？」

今度は僕の方から質問する。未夢は少し考え込むように黙ったあと、「安堂さんが言うなら、そうなんだろうけど」と自信なさそうな顔になる。

「自分の作品のためにって言ってたけど、それって『幸せの国殺人事件』のことだよね。最後に言ってた、動画には秘密があるっていう話は、多分あのゲームに関することなんだと思う。でも、だとしたら、なんであんなシナリオにしたのか分かんなくない？」

不可解そうに眉をひそめ、同意を求める。

「だって梶さんが言ってたことが本当なら、安堂さんは自分が過去に実際に受けた暴行と同じシチュエーションをゲームの中に登場させて、その上、自分が被害者役になって、その場面の動画を撮影したってことになるよ。何かの作品のためだったとしても、私なら絶対にそんなことできない」

未夢はそう力説すると、足を止めて僕を見上げた。僕も未夢と同じ見解だった。そしてもう一つ、彼女と会って話して確信したことがあった。

「僕が初めて安堂さんを大学のカフェテリアで見かけた時、あの動画の女の人とそっくりだって思うと同時に、過去に誰かから、あの動画みたいな酷い暴力を受けたようには見えないって感じたんだ。その時はただの印象だったけど、彼女は今日、初対面の僕たちを平気で自分しかいない家に招き入れた。僕は中学生だけど男だし、それなりに身長もある。過去にストーカーに拉致されて暴行された人が、そんな行動を取るとは思えない」

未夢はその場に棒立ちとなったまま、僕が何を言い出したのか分からないという表情でこちらを見ていた。

「どういうこと？　だって安堂さんは國友咲良にハピネスランドに連れ込まれて、特殊警棒で殴られたって――梶さんがそんな嘘つく理由なんかないじゃん」

理由はある、と僕は答えた。梶謙弥は、安堂篤子が國友咲良に襲われたという話をしたあと、なぜか僕らを観察するような鋭い目で見ていた。あれはきっと――。

「梶さんはあの話をすることで、僕らが安堂さんの例の動画を見たのか、確かめようとしたんだと思う」

五

未夢は自転車のハンドルを握り締めたまま、呆気に取られた顔で固まった。ややあって「嘘でしょ。なんのために……」と、心許なげな声でつぶやく。

「梶さんがそんなことをした目的は分からない。でもあの時、僕らは梶さんの話を聞いてあの動画のことを思い浮かべて、ちょっと不自然な反応をしてしまった。多分気づかれていると思うよ」

「じゃあ安堂さんがストーカー被害に遭ったっていうのも、嘘だったの？」

「國友咲良が、安堂さんの作品を自分の盗作だって主張してたのは本当だよ。梶さんが言ってたブログっていうのも、ちゃんと残ってた」

それは昨日のうちに確認してあった。《安堂篤子》《盗作》で検索しただけで、該当のブログが見つかった。『ＲＵＳＫ』――ラスクと読むらしいタイトルが付けられたそのブログは、梶が言っていたとおり、三年前の日付で更新が止まっていた。

「考えられるとしたら、安堂さんが國友咲良に付きまとわれて中傷されたのをきっかけに、彼女に近づく人間を警戒するようになったとかかな。僕がオープンキャンパスに行った時も、梶さんは、安堂さんはもう大学には来ていないって嘘をついてた」

「でもそれだけだと、あの動画がどう関係しているのか分からないよね。安堂さんは真崇さんが流出させたんじゃないか、なんて言ってたけど――」

それだ、と僕は思い当たった。

「真崇さんは、僕が太市の友達だってことも、オープンキャンパスで梶さんと話したってことも知ってたんだ。もしかしたら梶さんは真崇さんに言われて、僕たちのことを探っていたのかもしれない」

太市はあの動画の件で、冬美真崇から話を聞こうと何度もメッセージを送ったけれど返事がなかったと言っていた。真崇にはあの動画について語りたくない事情があるのだ。もちろん、それが広まることも恐れているだろう。だから梶に頼んで、太市が友達である僕らに動画を見せたか確かめさせたのだ。

「僕らが動画を見たってことは、梶さんから真崇さんに伝わってしまっていると思う。そうなると太市が危ないかもしれない。真崇さんに、何かされるかも――」

僕はスマホを取り出すと、その場で太市に電話をかけた。けれど呼び出し音が鳴るばかりで繋がらなかった。不安そうに見守っていた未夢に、無言で首を横に振る。通話を切り、少し考えて、「とりあえず、今日はもう帰ろう」と言った。

午後五時を過ぎて、空はまだ明るいが、太陽はすでにだいぶ低い位置にある。未夢の母親は家に帰っているだろう。あまり遅くなると心配されてしまう。僕らは自転車に乗ると、少し急いで来た道を戻った。

未夢を家の前まで送り、別れ際に短くこれからのことを打ち合わせた。

「私からも、太市に状況をＬＩＮＥしておく。海斗に電話してって言っておくから」

未夢は今晩も『幸せの国殺人事件』をプレイして別ルートのシナリオをクリアし、パスワードのヒントを集めるつもりだという。僕も引き続き太市に連絡するつもりだと伝え、その場をあとにした。

未夢と別れた僕は、まっすぐに家には帰らず、少し寄り道をしていくことにした。

今日、未夢に預けてきた藤沢南高校文芸部の部誌である『南風』――実はそれ以外にも、姉の茜から貸してもらったものがあった。今朝、姉とゆっくり話す時間はなかったけれど、一つ、重要な情報を得ることができたのだ。それは國友咲良の家族に関することだった。

國友咲良は小学生の頃に母親を白血病で亡くし、父親と二人暮らしをしていたらしい。そしてその父親も、彼女が高校三年生の秋に胃がんで亡くなった。姉もその際には部活の後輩として、部員たちで葬儀に参列したのだそうだ。参列者には後日、挨拶状が郵送されてきたとのことで、『南風』と一緒に、その挨拶状を借りることができた。挨拶状には、差出人である國友咲良の住所が記載されていた。

そこは未夢の家から自転車で十五分ほどの距離にある住宅街の一画で、周辺にはかなり昔からあるような古い戸建てが多く見られた。ちょうど帰宅の時間帯なのか、自転車の小学生たちが連れ立って走っていく。他にも犬の散歩をしている女性がいたりと人通りがあるので、不審者だと思われないよう、自転車を押しながらそれとなく表札の名前を確認した。そして三軒先の門柱に《國友》と苗字が彫られてあるのを見つけた。

大きな二軒の家の間に挟まれるように建っているその二階建ての住宅は、オレンジの外壁にレンガ調の装飾が施された明るい雰囲気の外観だった。だけどよく見ると壁のあちこちにカビのような黒い汚れがあり、レンガには緑色の苔が生えている。

閉じられた門扉の向こうに、金属製の黒いドアが覗いている。玄関の周りは雑草が伸び放題となっていて、誰も手入れをしていないようだ。二階の正面に窓があるが、雨戸が閉じられていて中の様子は見えない。でもこの状態では人が住んでいるとは思えなかった。

やはり國友咲良は、この家には戻っていないのだろう。わざわざ現地を訪ねても、何も収穫はないと予想はしていたが、そのことが確認できただけでも良かった。そう自分を納得させながら赤い洋瓦の屋根をぼんやりと見上げていると、通りの向こうから誰かがこちらへ歩いてくるのに気づいた。怪しまれないよう、慌てて自転車を押して歩き出す。

すれ違ったその人物は、おそらく若い女の人だった。おそらく、というのは、彼女がつばの広い帽子を被り、サングラスをして、さらには大きなマスクをつけているのでよく顔が見えなかったからだ。でもどこかのバンドのロゴがプリントされた派手なTシャツと、膝上丈のデニムスカートを身につけていたので、十代か二十代だろうと思った。身長は僕よりやや低く、髪は肩につくかつかないかくらいの長さで、大きなトートバッグを提げている。

僕以上に怪しげなその女の人がなんだか気になって、すれ違ったあと、少ししてから振り返った。彼女はゆったりした足取りで、ある一軒の家の前へと歩を進めた。そうして彼女がその家の門扉に手を掛けた瞬間、僕は「すみません！」とつい大声で呼びかけ、自転車を急ターンさせて走り出していた。

「あの、この家の人ですか」

どうにか息を整えながら彼女に尋ねる。《國友》宅の門扉を開けたサングラスにマスクの女性は、驚いたようにアーチ型の眉を持ち上げたまま、僕の方を見ている。「國友さんですか」と僕はもう一度聞いた。

「――ええ、私は國友咲良ですけど」

戸惑っているような口調で、でもはっきりと彼女は答えた。驚きのあまり、声を出せずにいる僕に「君は、近所の子？」と、逆に尋ねてくる。一瞬、どう答えるか迷ったけれど「そうです」と答えた。

「最近越してきたんですけど、この家、誰も住んでいないのかと思ってたので」

流れるように嘘を口にしている自分が、ちょっと怖くなる。でも今は、そんな内省に浸っている場合じゃない。

「しばらく事情があって留守にしてたんだけど、今はこっちに帰ってきてるの。うち、家族がいなくて私一人だけなんだ。よろしくね」

女の人は怪しい外見ながらも、ごく親しげにそう告げて会釈をした。そして自然な物腰でトートバッグから玄関のものらしいキーホルダーのついた鍵を取り出す。

これ以上、しつこく話しかけるのも変に思われそうなので、僕は「よろしくお願いします」と頭を下げて彼女に背を向けた。その時、「あ」と後ろで驚いたような声がした。

振り向くと、彼女が僕のリュックを指差していた。

「君もそのゲームやってるの？」

そんなふうに尋ねられ、背負っているリュックに目をやる。ファスナーの持ち手のところに、昔はスイミングバッグにつけていたWoNのノベルティタグが提がっていた。

「実は私も最近始めたの。面白いよね」

見ると彼女が手にしているキーホルダーと思われたそれは、僕が持っているのと同じノベルティタグだった。

「一応戦士なんだけど、まだ全然装備が弱くて、モンスター倒しに行くのは怖いから、酒場で簡単なクエストばかり受けてるんだ」

打ち明けると、恥ずかしそうにうつむいてみせる。三年前の発売当初から人気のないゲームだったのに、最近になって始めた人がいたなんて——と、ずっとこのゲームをプレイしてきた僕としては、こんな時だが嬉しかった。サングラスとマスク姿の彼女に親近感さえ覚えつつ、「じゃあ、またね」と手を振って家の中へと入っていくのを見送った。

自転車にまたがり家路を急ぎながら、僕はこの事実を未夢にどう話そうかと考えていた。行方不明になったと思われていた國友咲良は、自宅に戻っていた。ああやってサングラスやマスクで顔を隠しているのは、安堂篤子へのストーカー行為など、後ろめたいことをして逃亡していたからなのか。でも初対面の立場で、どういう事情で長く留守にしていたのかを尋ねることはできなかった。

けれど彼女はWoNのプレイヤーだ。次に会う時にゲームの話で仲良くなれたら、安堂篤子との関係を含め、國友咲良自身のことを聞き出せるかもしれない。未夢も連れていけば、女子同士だし僕なんかより話がしやすいはずだ。

そうして作戦を練っていた時、背中に微かな振動を感じた。リュックの中でスマホが鳴っているのだと気づき、慌てて道の端に寄って自転車を停める。スマホを取り出すと、画面もよく見ずに緑色に光る通話ボタンを押した。

「海斗？　俺だけど——」

耳を打ったのは、何日かぶりに聞く太市の声だった。

「未夢からＬＩＮＥもらったんだけど、俺がお前らに動画見せたこと、真崇にばれたんだって？」

「あ、うん。ごめん——」

僕は反射的に謝っていた。太市の声が、やけに平坦で、低かったからだ。まるで怒りを抑えているみたいに。

「いいよ、そのことは。それよりさ、動画のことはもう調べなくていいって、俺言ったよな。真崇の知り合いに近づいたり、お前ら、やってることおかしくね？」

「梶さんのことなら、偶然会って話しただけだよ。太市の家に行った時に、たまたま向こうも真崇さんの家に行ってたみたいで」

言いわけしながら、そんなことよりも太市に聞かなければいけないことがあるのを思い出した。

「太市、WoNのアカウント、本当に削除しちゃったの？　どうしてそんなことしたんだよ。真璃さんのこと、聞かれたのが嫌だったのなら悪かった。あれは全部、僕が勘違いしてただけなんだ。ちゃんと謝るから——」

「真璃のことは関係ない」

硬く冷えた声で、太市は断言した。眼前に光る刃物を突きつけられたみたいに、背筋が震えた。ふうっと息を吐く音。嫌になったんだ、と、太市はうんざりしたように吐き捨てた。

「海斗、お前、中途半端なんだよ。そういうところが、ずっと嫌だった。母親が嘘つきだって悪口言っといて、母親にべったり世話してもらって、塾とか部活とか、全部母親の言いなりじゃん。しかもお前も、嘘つきだし。WoNにハピネスランドを作ろうとしてるっていうの、最初から、本気じゃなかったんだろ。俺や未夢の気を引こうとしただけだ」

落ち着いた、ゆっくりとした口調。動揺は感じられない。嘘じゃない太市の言葉。

何か言おうとすると、涙声になってしまいそうで、僕は唇を固く閉じ、鼻で深く呼吸した。そうして少しでも気持ちを鎮めてから口を開く。

「本気だよ。本気で作ろうとしてる」

声を上擦らせながらも、それだけは分かってほしくて訴えた。でも太市は、嘘だ、と断じた。

「じゃあお前、《池》はどうするつもりだった?」

太市に問われていることが、すぐには読み取れず、僕は黙っていた。さっきより大きなため息の音のあと、太市は尖った声で言い立てた。

「WoNって地形を作り変えたりはできない仕様だろ。お前が買った土地には、池も川もない。わざわざ作ったあのボート、どこに浮かべるんだよ。あんな場所にハピネスランドなんか作れるわけねえじゃん。本気だなんて嘘つくなよ！」

太市の言うとおりだった。ハピネスランドを作ろうとしたのは、思いつきで始めたことだった。池をどうやって作るのかなんて、あとで考えればいいくらいに思っていた。僕は全然本気じゃなかった。
ハ、ピ、ネ、ス、ラ、ン、ド、は、絶、対、に、完、成、し、な、い。そんなことにはもう付き合えない。
最後に太市が突き刺した言葉が、僕の胸に大きな穴を開け、そこからあらゆるものが流れ出ていってしまったみたいに、僕は空っぽになった。

その晩、僕は食事もとらず、お風呂にも入らずにベッドに潜り込んだ。どこか具合が悪いのかと母親はいつものように世話を焼こうとしたけれど、返事をしないでいたらそのうちに諦めたみたいだった。

色々なことが頭の中をぐるぐると駆けめぐり、涙が止まらなくて、やっと眠れたのは明け方だった。昼頃に目を覚ましたら、家には誰もいなかった。

リビングに降りると、昨晩ソファーに放り出したままだったスマホを拾い上げた。未夢からLINEメッセージが二件届いていた。

《予定より早く『幸せの国殺人事件』全ルートクリアできた。ヒントも全部集めた》

画面をスクロールして二つ目のメッセージを読む。

《でもこのソフト、テスト版だからバグがあったみたい。パスワード入れても何も起きなか

った》

僕はスマホをソファーの座面に叩きつけると、わあっと大きな声を上げて、床の上のクッションを蹴飛ばした。

第四話

＊

「こないだの奴ら、もうハピネスランド作んの諦めたのかな。ここに来る途中に覗いてきたけど、あれから全然進んでねえし」

盗賊はそうぼやくと、洞窟の天井から垂れ下がる鍾乳石に鞭を打ちつけた。鍾乳石を鞭で壊すことはできないし、そこに鞭を巻きつけてぶら下がることもできない。つまり盗賊がしているのは、特に意味のない手持ち無沙汰のアクションだった。

「さあね。ていうか放っとけば？　私たちに関係ないし」

竜騎士は面倒そうな声で言うと、増え過ぎた道具袋のアイテムの整理を続ける。それを横目に隠者は、魔法攻撃の威力が最も高くなるようにステータスを確認しながら、武器やアクセサリーの装備を入れ替えていた。

かつて火竜の住処だったこの洞窟には、現在では滅多に他のプレイヤーが訪れることはない。アイテムは取り尽くされ、洞窟の主であった炎竜王と数十体にもおよぶ火竜の群れを彼らがすべて倒してしまったため、モンスターが出現しないからだ。

「ま、別にいいんだけどさ。ところで――」

盗賊は鞭を振るのを止めずに尋ねる。

「お前ら二人、最近同じ時間にログインしてくるよな。もしかして付き合ってんの？」

一瞬の沈黙のあと、竜騎士が「そんなわけないじゃん」と否定する。

「それより、私たちの過去のことを調べてる奴がいるって話、本当なの？」

話を変えようとするように、竜騎士は少し早口になる。

「ああ。まだ俺たちがやったことに辿り着いてはいないと思うけど、周りの人間に色々聞いたり、嗅ぎ回ってるみたいだな」

「それ、なんとかやめさせられないかな。守秘義務があるからまだ詳しいことは言えないんだけど、私、ある映像企画に関して原作のオファーをもらってて、このチャンスは逃したくないの」

「学生のうちからそんな話が来るのかよ。さすがだな」

感心したように盗賊が返したところで、それまで一言も発することのなかった隠者が「ちょっと動いてみる」と告げて立ち上がった。

「そいつらの素性は分かってる？」

「ああ、まあな。今からメッセージで送るわ」

盗賊が隠者の問いかけに答える。二人はしばし動きを止めた。メッセージのやり取りをしているようだ。

内容を確認したらしい隠者は、竜騎士に向かって大丈夫だというふうにうなずいた。

「じゃあ、結果はまた報告する。明日は一コマ目から講義があるから、これでログアウトするよ」

隠者は二人にそう言い残し、洞窟の出口に向かって横穴の奥へと歩いていった。

一

冬美真崇の部屋で見つけた『幸せの国殺人事件』のソフトには、バグがあるようだ。

未夢からそのＬＩＮＥメッセージをもらった翌日の午後、僕は再び未夢の家を訪ねていた。ゲーム画面を見ながらでないと説明しづらいとのことで、家に来てほしいと頼まれたのだ。未夢の母親は僕と入れ違いでパートに出ていくところで、玄関先で緊張しながら挨拶をした。「お構いもできなくてごめんね」と謝られたが、台所には未夢の母親が働いているパン屋のリオーネのパウンドケーキが用意されていた。

正直、一昨日の太市との電話のやり取りがあってから、僕は『幸せの国殺人事件』のゲームのことも、ハピネスランドで見つかった身元不明の女性の遺体のことも、どうでもよくなっていた。

「中途半端」「嘘つき」「ハピネスランドは、絶対に完成しない」――太市が突き刺した言葉は、その刃に毒が塗られていたみたいに、僕を動けなくした。体に力が入らなくて、何かを考えることもできなくて、今日は部活がないのをいいことに昼まで寝ていたのに、まだ眠いくらいだった。

けれど、すべてのルートをクリアして、ゲームの謎を解くために頑張ってくれた未夢を放っておくこともできなくて、ここまでやってきたのだった。

「それで、バグがあったって、どういうこと？」

未夢がパウンドケーキの皿と冷たい牛乳の入ったグラスを自室のローテーブルに置いたところで、あくびを噛み殺して尋ねる。さっそく一口目を頬張った未夢は、飲み込んでから切り出した。

「『幸せの国殺人事件』は、クリアしたルートによって、エンディングのアニメーションに登場するアトラクションが変わってるって話したよね。覚えてる？」

前回、ゲームのサポート役として手伝いに来た時に未夢が説明してくれた。最初にクリアした時のエンディングではラストで観覧車がアップになって終わったが、二回目に別のルートでクリアした時には、それがメリーゴーランドになっていたという。

「だから全部のルートをクリアして、アトラクションの全種類が分かれば、それが隠しシナリオをプレイするパスワードの鍵になると思ってたの」

未夢はテーブルの上のノートパソコンを僕の方へ向けた。そこには『幸せの国殺人事件』のスタート画面が表示されている。黒一色の背景に、《はじめから》《つづきから》《オプション設定》といった項目の遊園地のチケットを模したアイコンが並んでいた。

未夢がそれらの一番下にある《シナリオ選択》をクリックすると、《第一章》から《最終章》までの五つのシナリオを選択するページに切り替わる。「これ見て」と言いながら未夢は、タッチパッドの上で指を滑らせ、黒い画面をスクロールさせた。すると《最終章》から少し離れた下の方に、《おまけ》と書かれたアイコンが現れた。

「これ、一つ目のルートをクリアした時に気づいたの。わざわざスクロールしないと見えないところに隠してあったんだけど、最初はこんなのなかったから、多分一つでもルートをクリアするのが、シナリオ出現の条件になってるんだと思う。で、これをプレイするにはもう一つハードルがあって――」

そう言って未夢は《おまけ》のシナリオを選択した。ぽん、と軽やかな音とともに《パスワード入力》と書かれたウインドウが開いた。「※残り5つのひらがなを全角で入力」というメッセージの下に、白い横長のボックスがある。そこには「か」と一文字だけが、あらかじめ入力されている。

未夢は「か」の文字の隣にカーソルを置くと、何度も打ち込んでいるのか、何も見ずに素早くキーボードを叩いた。「かめぜすこわ」という意味不明の文字が並ぶ。

「パスワードはこれで間違いないはずなのに、入力しても、何も起きなかったんだ」

落胆した顔でエンターキーを押す。再び、ぽん、と音が鳴ったが、しばらく待っても画面に変化はなかった。

「今のパスワードは、どうやって分かったの？」

エンターキーを押すと同時に「か」以外の文字が消えてしまった白いボックスを指して僕は尋ねた。

「さっき言った、エンディングに出てくるアトラクションの名前の最初の文字を順番に並べただけ。クリアした時に、『ルート1をクリアしました』って番号を知らせるメッセージが出るのね。ルート1で出てきたアトラクションは観覧車で『か』だったから、ルート2からルート6の順で最初の文字を並べたのが『めぜすこわ』ってわけ」

未夢の説明を聞いて、パスワード入力画面に最初から「か」と表示されていたことについて、ずいぶん親切なヒントを出すものだと思った。けれどよく考えたら、すべてのルートをクリアすること自体、かなりの知力と根気が要ることで、なおかつ《おまけ》のシナリオは、画面をスクロールさせないと見えない領域に隠されていた。ここまでが充分困難な道のりなのだから、これでバランスが取れているのかもしれない。

だが、このパスワードを入力しても何も起きないということは、やはりソフトにバグがあるのか。それともパスワードが別のものである可能性があるのか。未夢のプレイを見ていた時に出てきたアトラクションを思い浮かべながら、回らない頭で一生懸命考える。

「――もしかして、アトラクションの名前が間違ってるんじゃないの？　遊園地によって、別の呼び名が付いていたりすることあるじゃん」

僕の指摘に、未夢は食べかけのパウンドケーキの皿を寄せると、一枚のルーズリーフを示した。そこには「1・観覧車」「2・メリーゴーランド」「3・絶叫の館」「4・スカイサイクル」「5・コーヒーカップ」……というふうに、遊園地のアトラクションの名前が順番に六つ並んでいた。それらの一番下の「6・わくわく探検ボート」が、二重丸で囲んである。

「ゲームの中に遊園地のマップも出てくるから、正式な名前はこれで間違いないよ。最後にクリアしたルート6が、この『わくわく探検ボート』――犠牲者を一人も出さずにクリアしたから、一番難易度が高いルートだと思う」

未夢は少し誇らしげな表情で、ルーズリーフを僕の方へ滑らせる。

「これって、ハピネスランドの《探検わくわく島》がモデルなのかな」

そういえば、未夢が『幸せの国殺人事件』をプレイするのを見ていた時に、遊園地の中に大きな池があった。

「うん、多分そうじゃないかな。池に浮かぶ島をボートで回るっていうのも同じだし。《絶叫の館》のモデルは《恐怖の館》だね。外観もかなり似てたよ」

やはり以前に未夢が話していたとおり、『幸せの国殺人事件』の舞台である遊園地は、ハピネスランドをモデルにしているのだ。

「ルート1は観覧車の一文字目の『か』、ルート2はメリーゴーランドの二文字目の『り』って感じで『かりきさかん』も試してみたけど、そっちも駄目だった」

報告しながら、やけ食いのような勢いで厚く切ったパウンドケーキを口に運ぶ。そんな変則的なパターンまで試しても駄目だったのだとすると、いよいよ打つ手はなさそうだ。

「元々、ほとんど流通してないゲームだから攻略サイトなんかもないし、ゲームの裏情報を集めてる掲示板とかも覗いてみたけど、『幸せの国殺人事件』に関係のある書き込みは一件だけだった」

どんな書き込みだったのかと尋ねると、未夢は「匿名の掲示板だから、ガセかもしれないけど」と前置きをして、その内容を明かした。

「『幸せの国殺人事件』が、海外で売られてるんだって。そっちはダウンロード版で、タイトルとパッケージが変わってるから分かりにくいけど、中身は日本で出ているのと同じらしいの。もしかしたらソフトを手に入れた誰かが、コピー商品を作って売ってるのかもって書いてた」

もしも『幸せの国殺人事件』の制作者であるＡＡ本人――おそらくは安堂篤子が、自分で海外でダウンロード版を売り出したのなら、タイトルはまだしもパッケージを変えたりはしないだろう。だとすると、コピー商品だという推測は当たっているかもしれない。

けれどその情報は、パスワードの謎を解く助けにはならなかった。もしかしたら海外で攻略サイトが作られているかもしれないけれど、そのタイトルすら分からない今の僕らには探しようがない。

そしてこのソフトがテスト版であることを考えると、未夢の言うとおり、バグが残っていた可能性は高い。金に困っているという真崇は、ソフトが不良品であることを隠して売りに出して、少しでも収入を得ようとしたのではないだろうか。

「頑張ったんだけど――ここまでなのかな」

未夢は空になった皿にフォークを置いてうつむくと、力のない声でつぶやいた。

真崇の部屋でソフトを手に入れてから、未夢はきっと食事と睡眠以外の時間のほとんどを注ぎ込んで、こんなに早くすべてのルートをクリアしてくれたのだ。それが無駄な努力だったなんて、耐えがたい無念さだろう。

未夢の気持ちを想像して、胸が苦しくなった。助けられるものなら助けたかった。でも今の僕は、何も考えられないし、良いアイデアなんて出せそうにない。

「ここまで頑張ってくれて、ありがとう、未夢」

絞り出すように、感謝を伝える。未夢が顔を上げた。悔しさをにじませた表情で、唇を噛むと、こくりとうなずく。

せめて、今の僕にできる精一杯のことをやろうと決めていた。僕は未夢の方へ、右手を差し出す。

「そのソフト、真崇さんの部屋に返してくるよ。今度は僕が一人で行く」

はっとした表情のあと、未夢は諦め切れないというように、しばらくパソコン画面を見つめていた。ややあって、小さく息を吐くとタッチパッドに指を乗せる。

画面の上の小さな矢印が、ゲーム終了のアイコンに移動した。スタート画面に戻ったところで、未夢はゲームのウインドウを閉じた。


預かった『幸せの国殺人事件』のソフトを壊さないように荷物の間に挟んでリュックに詰め、午後三時頃に未夢の家を出た。そしてそのまま自転車で冬美真崇の団地へと向かった。

相変わらず体が重くて、坂道を登るのがきつかったけど、やるべきことがあると思うと、ペダルを踏む足に力が入った。

自転車置き場に自転車を停めると、二つ隣の棟の太市と顔を合わせないように急いでポストに貼りつけてある鍵を取り、階段を駆け上がった。

息を弾ませながら、四〇一号室に滑り込む。ドアの鍵を掛けてスニーカーを脱ぐと、少し考えて、念のため靴箱の下の隙間に見えないように押し込んだ。そしてリュックからスマホを出して時間を確認する。まだ三時半にもなっていない。メールのチェックをして元どおりスマホを仕舞い、すぐ左手の洋室——冬美真璃の部屋のドアを開けた。

前回、未夢と二人で侵入した時は、真璃の部屋は女の人の部屋だからと未夢が調べたので、僕はドアの外から見ただけで、立ち入ってはいなかった。

真璃の部屋はこの間と同じく、カーテンが閉じられていた。それでも窓が南側に面しているせいか、かなり蒸し暑い。向かって右側にベッドと、作りつけのクローゼットがある。クローゼット脇のフックにかけられたセーラー服は冬服だった。左側には学習机と、教科書や雑誌らしきものが並んだカラーボックスが置かれていた。

僕の姉の茜の部屋は、壁にポスターや友達と撮ったチェキなんかが貼られていてごちゃごちゃした感じだが、真璃の部屋は殺風景なほどに片づいていた。僕はまず、学習机の横のカラーボックスの前にかがみ込んだ。上の段に教科書やノート、中段に文庫本の小説と、漫画が少し置かれていた。そして下段には、大きめのサイズの資料集やファッション雑誌が混在している。

あるとしたらこの下段だろうと当たりをつけて、端から順番に確認する。世界史の資料集、地図帳、美術の教科書、女子高生向けのファッション雑誌が数冊、その隣に家庭科の食品成分表——。一冊一冊調べたが、僕が探していたものはなかった。

クローゼットには、洋服が少ししか残っていなかったと未夢は言っていた。真璃が自分の意志で家出をしたとすると、あんな重くてかさばるものをわざわざ持っていったとは思えない。だとしたら他に考えられる場所は……と首を回す。そしてすぐ隣の学習机の引き出しに目が留まった。下段の大きな引き出しを開ける。手前側にはリコーダーや裁縫セット、彫刻刀などの雑多なものが詰め込まれていたが、奥に何か冊子のようなものが見える。手を伸ばして引っ張り出すと、それは卒業文集だった。期待しながらめくったが、そこにも求めるものはなかった。

焦りを覚えつつ中段の引き出しを開ける。化粧品らしい、小さな瓶やクリームのチューブのようなものがいくつか残っているだけで、ここの中身は持っていったようだ。祈るような思いで上段の引き出しを開けた時——カシャンと鍵の回る音が響いた。

息を呑んで振り返る。スペアキーを持っていることは考えたが、こんなに早く来るとは思わなかった。

引き出しに目を戻す。浅い仕切りの中に、何枚か四角いシールが入っている。気持ちがはやるのを抑えながら検め、その中の一枚を抜き取ると、そっと引き出しを閉めて耳をそばだてた。足音が廊下を横切り、居間の方へと進んでいく。今だ、とドアを開け、廊下に出る。そして僕は玄関の方へは行かずに、居間へと足を向けた。

「うっわ、ビビった。お前、いつからいた？」

ドアが開いたままの居間の入口に立つと、気配を感じたのか、窓際にいた冬美真崇が振り返る。一瞬浮かんだ驚きの表情はすぐに消え、鋭い三白眼が僕を射抜いた。

「今来たところです。鍵が開いてたので」

「だからって勝手に入ってくんじゃねえよ。つーか四時って話だったろ」

僕の嘘に気づく様子もなく、真崇は不機嫌そうに腕を組んだ。グレーの長袖Tシャツの袖口から、何かの文字のような図柄のタトゥーが覗いている。

確かに、僕が待ち合わせに指定した時間は四時だった。だから先に着いて調べものをしようとしたのだが、真崇まで早く来るとは誤算だった。脱いだスニーカーを見えない位置に隠しておいたおかげで、どうにか来たばかりのように見せかけることができた。

「一応聞くけど、あのメールはお前が送ったんだよな」

問いかけられ、うなずきを返す。昨日、僕は真崇が働くライブ配信事務所《ドリームライブカンパニー》の公式サイトのメールフォームから、フリーメールのアドレスで真崇だけに分かるようなメッセージを送った。

「《妹の居場所を知っている》――あんなメール会社に送ってきやがって、どういうつもりだよ」

その一言だけで、反応があると信じていた。真崇以外には、単なるいたずらか何かだと思われただろう。

「この間、海で会った時に、僕に聞きましたよね。『真璃がどこにいるか知らないか』って。あの時は知らなかったんですが、そのあと真璃さんと顔を合わせることがあって、居場所が分かったんです。だから真崇さんに教えようと思って」

「やっぱり、太市がしゃべったのか」

忌々しそうに真崇が舌打ちをしたので、僕は慌てて否定した。

「太市は関係ないです。僕が真璃さんと会ったのは、本当に偶然でした」

この件に太市を巻き込むわけにはいかない。疑うような視線を向ける真崇の顔を、正面から見返す。僕の言葉を信じたかどうかは分からなかったけれど、「ま、いいや」と彼は面倒そうに息を吐いた。

「お前は真璃を、どこで見たんだよ。ちゃんと顔を確認したんだろうな」

続けざまに問われて、言葉に詰まる。ここは正直に話すしかないだろう。

「顔を確認できたとは言えないです。そもそも、僕は真璃さんの顔を知らなかったので」

「じゃあ、なんで真璃の居場所を知ってるなんて言えるんだよ」

苛立った様子で、真崇が声のトーンを落とした。体が硬直し、胃が持ち上がるような感覚がしてくる。逃げ出したいほど怖かったが、引き下がることはできない。僕はリュックの紐を肩から外して前に抱くと、覚悟を決めて口を開いた。

「もしかしたらそこにいるのかもしれないって気づいて、調べたんです。ちゃんと証拠もあります」

「は？　うぜえ。探偵ごっこかよ」

真崇は馬鹿にしたように薄笑いを浮かべた。そして組んでいた腕をほどくと、ずかずかと僕の方へ近づいた。

「言ってみろ。真璃はどこにいる」

ほんの数十センチしか離れていない距離で僕を見下ろす真崇が、低い声で質す。もう笑ってはいない。真顔だった。

僕は大きく息を吸うと、リュックを抱いたお腹に力を入れた。真崇を見上げ、はっきりと告げる。

「真璃さんがいるのは、三年前から行方不明になっている國友咲良の家です」

二

僕を見据える三白眼が、暗い光を帯びたように思えた。だが表情は動かず、わずかに眉根を寄せただけだった。

「――誰だよ、その國友咲良っていうのは」

少しの沈黙のあと、真崇は静かに尋ねた。太市や梶謙弥に比べれば、だいぶ嘘が上手いようだが、不自然なほど平淡な口調で、感情を抑えているのが伝わってくる。僕はリュックのファスナーの持ち手に手をやり、そこにぶら下がる金属の板をつまんだ。

「これ、《World of Nightmare》――WoNって呼ばれているゲームのノベルティタグです。

この間、國友咲良の家に入っていった、國友咲良だという女の人が、家の鍵にこのタグをつけていました。最近WoNを始めたんだって」

「だからなんだって言うんだよ。ならそいつが國友咲良なんだろう。家の鍵を持ってて、本人だって名乗ってるんだからよ」

「でも僕、その人が嘘をついてるって分かりました」

真崇は目を細めると、さらに一歩、僕の方へと踏み出した。体温が感じられるほど間近に真崇の胸板が迫り、顔が強張りそうになる。

「『嘘をついてるって分かりました』——か。なんでそんなこと断言できる？　特殊能力でもあんのかよ」

また馬鹿にしたような口調。これはきっと、真崇が余裕を失いかけている時の癖だ。僕は挑発を無視し、平静を保って説明を加えた。

「その人が最近WoNを始めたのなら、このタグを持ってるはずはないんです。これは初回購入限定のノベルティです」

真崇の目が、何かを思い出そうとするように一瞬だけ泳いだ。

「——じゃあ、誰かからもらったんだろ」

そんなことはどうでもいいというように、投げやりに返す。だが彼女がこのタグを持っていたからこそ、僕はこの真相に気づいたのだ。「そのとおりだと思います」と肯定し、追及を続ける。

「真崇さんも、見当がついているんじゃないですか。彼女——真璃さんにWoNのソフトをあげたのは、太市です。太市は僕と同じ、このノベルティタグを持っていました」

國友咲良の家を訪ね、國友咲良だと名乗るマスクとサングラスをした女性と話したあの時、彼女はキーホルダー代わりにつけたこのタグが、初回購入限定で手に入るものとは知らないようだった。ゲームを始めたのが最近だということは、三年前のWoNの発売時にソフトを買った人物から譲り受けたのだろう。そこで僕と同じく発売当初からこのゲームをプレイしていて、つい最近になってアカウントを削除した太市のことが頭に浮かんだ。

WoNをやめると決めた太市がソフトやノベルティタグを譲るとしたら、その相手はかなり親しい人物のはずだ。太市の身近にいた年上の女性でそれに該当するのは、僕が知る限り、冬美真璃だけだった。そして太市は、真璃の居場所は知らないと嘘をついていた。

僕の推測を黙って聞いていた真崇は、苦々しい表情で口を開いた。

「そんなもん、証拠になるかよ。お前がそう思ったってだけだろ。同じ物を持ってるやつなんていくらでもいるはずだ」

ここまで言っても認めようとしないなら、切り札を出すしかない。もしかしたら僕も窮地に陥ることになるかもしれないが、リュックを床に降ろし、ジーンズのポケットに手を入れる。そして、さっき真璃の机の引き出しから拝借したプリクラのシールをつまみ出した。

「これ、真璃さんですよね。マスクとサングラスで顔を隠していたけど、眉毛の形で分かりました。それにこのバンドTシャツ、彼女が着ていたのと同じやつです」

サングラスで目元は隠れていたけれど、柔らかなアーチ型の眉が印象に残っていた。卒業アルバムなどを見れば確認できるだろうと約束の時間より早く来て探したものの、そちらは見つからなかった。でも代わりに手に入れたこのシールで、やはり僕が会った《國友咲良》は、冬美真璃だったのだと確信できた。

鋭い目で小さなシールを見つめていた真崇は、やがて諦めたように息をついた。シールの入手経路を問われたらどう答えようかと心配していたが、真崇はそれには触れずに、僕の顔に視線を移した。そして静かな低い声で尋ねる。

「お前はそれを俺に知らせて、どうしようって言うんだ。何が目的だよ」

僕の目的は、一つだけだ。

「太市をこの件に関わらせるのをやめてください。他人の家に、その人になりすまして住むなんて犯罪です」

ハピネスランドへの不法侵入や、この真崇の家への不法侵入、さらには『幸せの国殺人事件』のゲームソフトを持ち出したこと——自分でも散々法に触れることをしておいて、そんな要求をするのは気が引けたが、僕はきっぱりと言った。

真崇や真璃が、なんのためにそのようなことをしているのか、太市がどこまで彼らに協力しているのかは分からないが、一刻も早く手を引かせたかった。その一心で、僕は真崇に会って話し合うことにしたのだ。

　真崇はすぐには答えなかった。ややあって、分かった、とつぶやくと、彼は突然、僕の左肩に手を置いた。次の瞬間、その真崇の右手が僕のシャツの襟を摑んでぐっと持ち上げる。真崇の拳が顎に触れ、思わず頭を反らした。目の前に三白眼を吊り上げた真崇の顔が迫る。

「お前は、俺らがやばいことをしてるって知った上で、俺をここに呼び出したわけだ。それで言いたいことだけ言って、帰れると思ってんのか」

　もう感情をコントロールする気はないようだった。威圧するように言うと、真崇はさらに前へと足を踏み込む。押された僕は座卓にぶつかりそうになって、慌てて体の向きを変えた。バランスを崩しかけた僕を無理やり立たせるように、真崇が乱暴に襟を引っ張る。首筋にシャツが擦れ、皮膚に熱と痛みが走った。やめてください、と情けない声で叫んだ。真崇が大きな手で僕の口を塞ぐ。息が詰まり、どくどくとこめかみが脈打つ。

「騒ぐなよ。ここの団地、壁薄いんだから――」

　言いかけた真崇が、何かに気づいたようにドアの方へ首を回した。そして驚いた顔で目を見開く。僕が真崇の視線を追って振り返ろうとした時、こちらに突進してきた黒い影が視界に入った。真崇がうっと呻いて後ろによろける。真崇が急に手を離したので、僕はその場に尻餅をついた。見上げると、真崇の腰の辺りに小さな人物が組みついている。

「海斗には言ってねえって！　こいつは何も知らないんだ！」

太市だった。ここまで階段を駆け上がってきたのか、黒いＴシャツが汗で背中に張りついている。細い腕で真崇の胴を抱え込むようにしながら、今度は僕に向かって怒鳴る。

「海斗、逃げろ！　真崇には俺が話すから」

「おい、離せよ。なんでお前がここにいんだよ」

真崇は苛立ちを隠さず太市の肩を摑み、強引に引き剝がそうとしている。僕は立ち上がると、何かを考えるより先に床に置いていたリュックを摑んだ。肩紐を両手で握り、野球のバットを振る時のような動きで真崇の二の腕に打ちつける。

「痛ってぇ！　ふざけんなよ！」

怒りに燃えた目で真崇は、もう一度リュックを構えようとした僕の手首を摑んだ。

「馬鹿、海斗、逃げろっつってんだろ！」

そんな指示を聞く気はなかった。僕は真崇の手を振り解こうとしながら太市に訴えた。

「真崇さんが真璃さんをあの家に住まわせたのは、住人の國友咲良がもう帰ってこないって知ってたからなんだ。その人は安堂さんのストーカーで、今は行方不明になってる」

太市が弾かれたように真崇を見上げる。真崇は苦虫を嚙み潰したような顔で、手首を摑む手に力を込めた。関節を軋ませる痛みに耐えながら、僕は続ける。

「國友咲良がいなくなったのは、安堂さんとトラブルになった直後だった。そして真崇さんは、お金に困っていた」

「なんでお前が、そんなこと知ってんだよ」

低い声で質す真崇を見据え、はっきりと告げる。

「真崇さんは、國友咲良が行方不明になった件に関わってるんですよね。きっと安堂さんか梶さんから報酬をもらって、彼女に何かしたんだ」

言い終えた瞬間、手首を摑んでいた手の力が不意に緩んだ。とっさに腕を引くと、あっさりと拘束が解け、自由になる。真崇は目を細めてこちらを見た。そして尋ねた。

「お前、マジで何言ってんだ？」

真崇は意味が分からないといった様子で、怪訝そうに眉根を寄せている。とぼけるための演技だろうか。そんなことはさせまいと、僕はさらに畳み掛ける。

「やましいことがないなら、太市の連絡を無視したりしないはずです。真崇さんのパソコンの中に残っていた、安堂さんが撮影したっていうあの動画は、國友咲良の件とどう関係しているんですか」

「待ってくれ。お前、あいつと話したのか」

驚いた表情で、真崇が僕に確かめる。「あいつ」が梶謙弥と安堂篤子のどちらを指しているのか、分からなかったが僕はうなずいた。話を聞き出すには、ある程度のことを知っているふりをした方がいいと思った。

沈黙のあと、真崇は気が抜けたように、長い息を吐いた。そして腰に組みついている太市の肩を軽く叩くと、「太市、もういい。なんもしねえから」となだめるように言った。

太市は警戒しながらというふうに、真崇から視線を外さないまま、ゆっくりと腕をほどく。太市の体が離れたところで、真崇は僕の方へ向き直った。

「謙弥が話したのなら、俺が黙ってる理由もねえよな。あいつらの迷惑になるんで太市にも言えなかったけど、太市にやったパソコンは元々、謙弥のサークルの持ち物だったのを譲ってもらったんだ」

決まり悪そうに打ち明けると、真崇は太市に組みつかれてめくれてしまったTシャツの裾を直した。

「会社から支給されたパソコンが使えることになったから、古い方を太市にやったんだけど、データの一部を消去し損ねたらしい。太市から動画の件を知らされて謙弥に相談したら、動画は先輩の安堂って人が作ったものだから、それについては何もしゃべるなって言われたんだ」

「じゃあ真崇さんは、安堂さんの動画の撮影を手伝ったりはしていないんですか」

僕の問いかけに、真崇は「こっちは仕事で忙しいんだ。そんな学生のお遊びに付き合ってらんねえよ」と顔をしかめた。未夢はあのレインコートの人物が真崇なのではと推測していたが、そうではなかったようだ。

「動画のことを話せなかったのはそういう理由で、俺はそのストーカーだっていう國友咲良には会ったこともねえし、謙弥からも何も聞いてない。ただお前が言った、金に困ってるっていうのはまあ、そのとおりだ」

真崇は少し疲れたような声で言うと、首の後ろをかりかりと掻いた。太市は真崇がそんな話を始めたことに驚いている様子で、彼の顔を見上げている。

「何年か前に、親がややこしいところから金借りたまま、逃げちまったんだ。子供が返す義務はねえらしいけど、そいつら、理屈が通じなくてよ」

「じゃあ真璃さんは、そういう人から逃げるために、この家を出たんですか」

聞いていいものか迷いつつも、つい尋ねていた。真崇は「まあな」と肯定すると、痛みをこらえているような顔で語り出した。

「真璃のバイト先のコンビニにまでそいつらが押し掛けてきたんで、とにかく真璃だけでも逃がそうとしたんだ。最初は友達の家とかに泊まらせてもらってたんだけど、何か月もってわけにいかねえだろ。他にアパート借りるような金もねえし、俺のところは狭いから無理だし、困ってたら謙弥が、知り合いに掛け合ってみるって言ってくれて——あいつも小学校の時に親の会社が倒産したりで、うちと同じで金には苦労しててさ、だから他人事じゃなかったんだろうな。ここにも時々様子見に来てくれて、本当に助けられたわ」

僕は梶謙弥がオープンキャンパスで、小学校の途中までスイミングをやっていたと話していたのを思い出した。途中でやめることになったのは、もしかすると経済的な理由だったのかもしれない。姉の茜から聞いた話だと、梶はいつも本を読んでいるようなタイプで、真崇の友達と言うより子分のような存在だったとのことだが、どうも違うようだ。真崇は手を差し伸べてくれた梶に、心から感謝している様子で続けた。

「それで謙弥の先輩に、家主がしばらく留守にしてる家があるから、隠れるのにどうかって持ちかけられて」

「國友咲良の家に住むように勧めたのは、安堂さんなんですか？」

つい大きな声を出した僕を不思議そうに見返して、真崇は、ああ、と認めた。

「安堂って先輩の、親戚の家だって聞いたよ。両親が亡くなってて、本人も海外留学中だから、住んでて大丈夫だって。その先輩が留守中の管理を頼まれてるとかで、他人が暮らしてるって近所にばれたくないから、顔を隠して家主の國友咲良のふりをしててくれって言われたんだ」

ごく自然な調子で説明する。嘘をついているようには感じられなかった。真崇はすぐ隣でうつむいている太市を気づかうように声をかける。

「太市がこいつに話したんじゃないってのは分かったよ。つーかお前には、真璃が住んでる家の場所までは教えてなかったしな。メーセージも、返信しなくて悪かった」

続いて、今度は僕に、ほんの少し唇の端を上げて笑ってみせる。

「万が一、お前が例のややこしい奴らと繋がってたら——ってのだけが心配だったんだ。それで海で見かけた時にカマかけたり、今日も呼び出されて警戒してたんだけど、全然そんなふうには見えねえし、怖がらせて悪かったな」

僕の方こそ、勝手に家に入り込んだ上にリュックで殴りつけてしまったのだが、それを謝る前に、真崇がポケットからスマホを取り出した。そして凍りついた顔になる。

「やべえ、社長から鬼電入ってた。俺の担当のライバーが撮影中にトラブルだってよ。すぐ横浜に戻んねえと」

ここまでの僕たちとのごたごたで、着信に気づかなかったらしい。真崇は太市に「出る時、鍵掛けといてくれ」と言い置くと、慌てて部屋を出ていった。


そうして僕と太市は、二人きりで冬美家の居間に取り残された。太市は僕の方を見ようとせず、その場に立ち尽くしている。南側のベランダに向いた窓から西陽が射して、逆光に沈む太市の表情は読み取れない。どう声をかけていいか分からなかったけれど、最初に伝えなければいけないことは決まっていた。

「ありがとう、太市。助けに来てくれて」

太市はこちらを見ないまま、うん、と言った。そして独りごとのように続ける。

「コンビニから帰ってきた時、自転車置き場に海斗の自転車があるのを見たんだ。でもうちには来てないし、何してんのかと思ってなんとなく窓の外を気にしてたら、ずっと戻ってなかった真崇が、この部屋に向かっていくのが見えて」

それで様子を見にきたところであの騒ぎを聞きつけて、飛び込んできてくれたのだ。

「太市は、真崇さんから怖い人たちが真璃さんを狙ってるって話を聞いたから、僕や未夢を関わらせないように、もう調べなくていいって言ったの？」

太市はすぐには答えず、首を傾げるような仕草をした。そして慎重な口調で告げる。

「それもある。でも──ただ、嫌だったんだ。誰かが死んだ理由を、わざわざ知りたくなかった」

心の底に仕舞っていたものを、掘り起こすようにして話したあと、太市はまた黙ってしまった。

僕は太市の方へ一歩近づいた。太市は顔を伏せたまま、緊張した様子で肩をぴくりと動かした。「太市、こっちを見て」と僕は言う。太市は無言で首を横に振った。構わず、僕は尋ねた。

「誰かが死んだ理由を知るのが、どうして嫌なの」

太市が拳を握り込む。何も答えたくないというふうに、唇をぎゅっと結んでいる。僕は待った。長い沈黙のあと、耐え切れなくなったように太市が口を開いた。

「──本当の理由なんて、分かんねえじゃん。きっと一つじゃない。色んな理由が絡まって、人を死なせる」

「僕と未夢が、太市に止められてもそれを知ろうとしたから、僕らのことも嫌になってWoNをやめたの？」

太市の顔が、ゆっくりとこちらを向いた。黒々とした瞳が僕を捉える。感情の読み取れない、凪いだ水面みたいなその面差しは、僕よりずっと大人のようにも、あるいは幼い子供のようにも見えた。

「俺の父親、事故で死んだじゃん。でもどんな事故だったか、話してなかったよな」

唐突に太市が言った。

考えてみればそうだった。僕は事故と聞いて、交通事故だと思っていたけれど、それを太市に確かめる気にはなれず、詳しいことは尋ねなかった。

僕がうなずくと、太市は静かな表情のまま言った。

「溺れたんだ。海で」

三

社員旅行で出かけた沖縄で、溺れた海水浴客を助けようとしたらしい——と太市は続けた。僕は無意識に息を止めていた。苦しくなって、そのことに気づく。心臓が激しく脈を打ち始めた。

水難事故で亡くなる人は、年間七百人から八百人もいるのだとOWSのコーチは言っていた。だから事故のないように、各自の技量によって無理のないコースでトレーニングするのだと。でもこれまで僕自身、海を泳いでいて危険を感じたこともないし、身近で事故があったという話も聞いたことがなかった。まさか太市の父親が、そんな亡くなり方をしていたなんて思いもしなかった。

「だけどさ、本当は事故じゃなかったかもしれないんだ」

動揺のあまり、何も言えずにいると、太市がおかしなことを言い出した。話の行き先が分からず、困惑しながら、どういうこと、と尋ねる。

「父親の栃木の実家で、葬式に出たんだけど、ばあちゃんとかおばちゃんに、あれは事故じゃない、自殺だったって言われたんだ。嫁と息子に捨てられて、自殺したんだって」

語尾が震えていた。太市は口元を歪ませてうつむいた。僕は太市の顔を見ないように、少しだけ目を逸らす。

「父親は、そんなに泳ぎが得意なわけでもなくて、なのに溺れている人を助けにいったのはおかしいって。死んでもいいって、自暴自棄になってたんだろうって、みんな言ってた」

「そんなの、その人たちにだって分かんないだろ」

思わず反論する。確かに、訓練を受けたことのない人が救命胴衣もなしに溺れている人を救助するのは、しがみつかれて一緒に溺れてしまう可能性が高く、危険だとは知っている。でも太市の父親に、そこまでの知識があったのかは分からない。自暴自棄というより、とにかく助けなければと、そのことで頭がいっぱいだったのかもしれない。

僕がそう訴えると、太市は、かもな、と、力なくつぶやいた。

「結局、父親がどうして死ぬことになったのか、考えても、俺には分かんなくて——分かんないままにした。父親の顔も、思い出せないままで、分かるのは、二度と会えないってことだけで」

太市はTシャツの肩のところで涙を拭い、顔を上げた。そして黒く濡れた目で僕を捉えると、上擦った声で明かした。

「でも、父親は本当は、自殺したのかもって思うと、俺は、消えてしまいたいような気持ちになる」

絞り出された言葉が、僕を撃ち抜き、大きく揺さぶった。何かを考える間もなく、突き上げるような強い感情が声となってあふれる。

消えないでよ。

そんなの嫌だよ。

そう漏らすと、僕は子供みたいに泣き出してしまった。そんな僕につられたのか、太市の目にもまた、涙がにじむ。卒業式でも泣かなかった僕らだけれど、恥ずかしいくらい、涙が止まらなかった。

冬美家の居間にあったティッシュを勝手に使い、涙と鼻水を拭いた僕と太市は、勝手に居間の南側にある掃き出し窓を開けるとベランダに出た。窓を閉め切っていた部屋は蒸し暑くて、でもさすがに勝手にエアコンをつけるのは悪いだろうと思ったのだ。

団地の四階に吹く風は、地上のそれより涼しく感じられた。僕は手すりに肘をかけ、太市は背中を預けてそれぞれ寄りかかる。

西の方の空は、赤く染まりかけた綿雲に覆われていた。その雲のところどころに空いた穴から覗く澄んだ色の空が、雨上がりの水たまりみたいに見えた。

「未夢が今、かなり困ってるんだ」

どこか遠くで鳴いていた蟬の声が途切れたところで、僕はそう切り出した。そして未夢と一緒に真崇の部屋で『幸せの国殺人事件』のソフトを見つけ、持ち出したこと。未夢がすべてのルートをクリアしたけれど、それで入手したパスワードではおまけのシナリオをプレイできず、どうやらソフトにバグがあるらしいことなど、これまでの経緯を説明した。

「お前ら、それ完全に犯罪じゃね？　ていうかどうやって真崇の部屋に入ったんだよ」

太市は心底驚き、若干引いた様子で眉をひそめている。まったく反論の余地はなかったが、それでも僕はなんとか言いわけをした。

「元々は、いなくなったっていう真璃さんのことが心配で、何か手がかりがないかと思って部屋を訪ねたんだ。そしたら偶然、合鍵を見つけちゃって。それで中に入ったら、未夢が真崇さんの部屋を覗いて、見たことがあるって気づいたんだよ。前に『幸せの国殺人事件』のソフトが、三万円でフリマアプリに出品されてたって言ってただろ。その画像に写ってた部屋だって」

「ちょっと待てよ。真崇は、そのソフトを三万円で売ろうとしてたのか」

変なところに食いついた太市は、なぜか神妙な顔で考え込んでいる。そして少しして、確信したように告げた。

「そのソフト、多分バグはないと思う。真崇って悪いやつに見られがちだけど、本当は凄い義理堅くて、筋の通らないことが嫌いなんだ。返す必要のない親の借金返そうとして、めっちゃ働いてるし。だからあいつが三万円で売ろうとしたのなら、少なくともそれはちゃんとした製品だよ」

真崇と同じ団地に住み、昔から彼を知っている太市は、そう断言した。僕は太市ほど真崇のことを信じてはいないけれど、太市がそこまで言うなら、返すつもりでリュックの中に入れてきた『幸せの国殺人事件』は、未夢のもとへ戻した方が良いのかもしれない。

「だけどもう、ゲームの中にパスワードのヒントはないと思うんだ。だって全部のルートをクリアして、手がかりも集め終わってるんだよ。正直、これ以上は何をしたらいいのか分からない」

「待てよ。ていうかお前ら、なんでそのゲームの隠しシナリオをプレイするのにこだわってるんだっけ？」

太市が戸惑った様子で口を挟んだ。そういえば、太市にはその辺りを説明していなかった。

「そもそも『幸せの国殺人事件』のソフトを探していたのは、真崇さんのパソコンから見つかった動画が、ゲームのムービーとして作られたものなのかを確認するためだったんだ。それで、実際に手に入れて未夢がプレイしてみたけど、ゲームのムービーは全部アニメーションで、実写の映像が使われている場面はなかった。でもゲームのシナリオで、赤いドレスを着た女の人が撲殺されるってエピソードがあるんだ。だからあの動画はやっぱりゲームに関係していて、未夢はそれが隠しシナリオで出てくるんじゃないかって考えてる」

ハピネスランドの《恐怖の館》で撮影されたと思われる例の動画が、ゲームのムービーとして作られたものに間違いないと確認できれば、先日発見された身元不明の遺体と真崇は無関係だと分かる。最初の目的はそれだったのだ。

だが、加えて判明したいくつかの事実によって、僕らは新たな謎に直面している。

僕は未夢が『幸せの国殺人事件』をプレイして分かったこと。また梶謙弥や姉の茜を通じて得た、國友咲良についての情報。そして安堂篤子の自宅を訪ねて見聞きしたことについて、改めて太市に説明した。聞き終えた太市は、納得いかなそうな顔になる。

「あの動画が、安堂篤子がなんかの作品で使うために自分で撮ったものだっていうのは、確かなんだよな。だったらもう、それ以上調べる必要なくね？」

あくまでも太市は、あまりこの件に深入りしたくないようだ。

「でも、安堂さんが動画を撮った理由について、何かを隠してるのは間違いないよ。だってあの動画は、ハピネスランドが閉鎖されたあとの《恐怖の館》にあえて侵入して撮影してる。そんな映像を使った作品を、どこかで発表することはできない。いくらインディーゲームだからってムービーに使ったら、きっと誰かが気づいて騒ぎになる。彼女はコンクールで入賞したシナリオがドラマになったこともある有名人なんだ」

「まあ確かに、炎上系の配信者みたいに、どっかに不法侵入した動画を公開して視聴回数を稼ぐ必要なんてないもんな」

僕の疑念に同意すると、太市は腕組みをする。動画が撮られた目的が分からず、安堂篤子がそれを明かさない以上、あれがハピネスランドで発見された遺体と、完全に無関係だと言い切ることはできない。

「海斗は《探検わくわく島》に埋められてた女の人の遺体が、國友咲良のものだって考えてるんだよな」

太市が確かめるように尋ねる。さっきの真崇とのやり取りから推察したのだろう。

「うん。だって行方不明になった時期も合ってるし、その人は安堂さんにストーカー行為をして、トラブルになってた」

「もしそうだとしたら、國友咲良を殺したのは、誰だと思ってる？」

その問いかけに、僕は答えようとして口ごもる。最初は、真崇が金で頼まれて何かしたのだと信じていた。けれど先ほど話した様子では、彼は國友咲良を本当に知らないようだった。襟首を摑まれた時は泣きたいほど怖かったけれど、真崇は、女の人を殺すような人物には見えなかった。

自信はないけれど、と前置きをして、僕は現時点での考えを話す。

「真崇さんが関わっていないのなら、安堂さんか梶さん——または二人が協力してっていう可能性もある。それか、もしかしたら安堂さんのファンが、安堂さんを守ろうとして殺したのかもしれない」

「つまり、犯人は絞れないってことか」

太市が落胆したようにため息をついたので、僕は慌てて言葉を継いだ。

「でも、國友咲良が行方不明になったことに、安堂さんと梶さんが関わっているのは確かなんだ。だってあの二人は國友咲良が帰ってこないって分かってたから、彼女の家に真璃さんを住まわせたんだろ？」

それを聞いて太市ははっとした顔になる。さらにもう一つ、僕には気になっていることがあった。

「『幸せの国殺人事件』は、安堂さんが作ったゲームだ。そしてあのゲームは、國友咲良が彼女につきまとっていたのと同時期の、三年前に発表されてる」

加えて、未夢によれば『幸せの国殺人事件』は、人気ミステリー作家がストーカーと化したファンに殺されるという内容のノベルゲームだという。

「國友咲良のストーカー行為と、あのゲームの制作には何か繫がりがあるんだと思う。もしかしたら安堂さんはゲームを通じて、國友咲良から自分がされたことを、世間に訴えようとした——そうでなければ逆に、國友咲良に個人的なメッセージを伝えようとしたんじゃないかな。それがきっと、おまけシナリオに隠されているんだよ。その内容を見れば、國友咲良の行方不明の謎も解けるかもしれない」

僕の主張を聞いた太市は、さすがに興味を惹かれた様子で体の向きを変えて手すりを摑み、こちらに身を乗り出してきた。だがすぐに、それが簡単なことではないと思い出したのか、眉を曇らせる。

「だけどどっちにしても、それを知るにはゲームのパスワードを解くしかないってことだよな。安堂篤子が親切に教えてくれるってことは、なさそうだし」

太市は唇を尖らせると、頭を反らして茜色の空を見上げた。確かに今の状況では、安堂篤子に再び接触するのは危険だし、聞いても何も答えてはくれないだろう。

途方に暮れそうになりながらも、どうにか別の方面から手がかりを得られないかと考えていた時、太市がふと思いついたように言った。

「安堂篤子が駄目なら、國友咲良の方から調べればいいんじゃね？」

どういう意味かと首を傾げる僕に、太市がじれったそうに説明する。

「國友咲良のブログは、まだ残ってるんだろ？　それを調べれば、少なくとも國友咲良が安堂篤子にどんなことをしたかは分かる。二人の間に何が起きたのか、安堂篤子がゲームに何を隠したのか、ヒントになるような情報が見つかるかもしれない」

太市の提案に、その手があったかと息を呑んだ。國友咲良の『ＲＵＳＫ』というタイトルのブログが現在も公開されていることは確認していたが、詳しい内容まではきちんと読んでいなかった。

國友咲良はそのブログで、安堂篤子がシナリオコンクールに応募して入賞し、ドラマ化された『箱庭を見つけて』は、自分の小説を盗作して書いたものだと主張していたらしい。そして該当する自身の過去の作品を掲載していたという。未夢の話では『箱庭を見つけて』も『幸せの国殺人事件』と同じく、遊園地が舞台の話らしい。もしかするとそこにも、何か繋がりがあるかもしれない。

僕が考えついたことを話すと、太市は「それ、いい線じゃね？」と目を輝かせて同意を示した。

「あと、お前の姉ちゃんからも、なんか新しい話が聞けるかもな。まずは國友咲良について、もっと調べてみようぜ」

いつの間にか、すっかり乗り気になっていることに、自分で気づいたのだろう。張り切った調子でそう言ったあと、太市は照れたように笑った。


方針が決まったところで、僕らは真崇に言われたとおり、きちんとドアに鍵を掛けて部屋を出た。時刻はもう六時半を過ぎていて、青みがかった空が暗くなってきていた。団地のどこからか、カレーや焼肉といった夕飯の匂いが漂ってきて、急にお腹が空いてくる。

合鍵を元あったポストに戻すと、すぐ目の前にある自転車置き場に向かう。

「じゃあ、また連絡する。未夢には僕から、今日あったことを伝えておくから」

母親には、夕方には戻ると言ってあった。早く帰らなければと自転車にまたがった時、道の手前まで見送りにきた太市が、海斗、と僕を呼び止めた。

「俺、お前みたいに、背が高くなりたかった」

片足をついて振り返った僕に、太市は静かな表情で告げた。

「母親のこと、文句言ってても、毎日弁当作ってもらって、いいなって思ってたよ」

藤沢市の中学校は、家庭で作ったお弁当か、業者が作った給食弁当のどちらかを選択できる。給食弁当を頼んでいるのは大体クラスの三割くらいで、太市も学校に来ていた時は給食側だった。

「WoN の中にハピネスランドを作るとか、俺は絶対に思いつかなかったし、海であんな遠くまで泳げんのも凄いと思ってた。だけど——どうしてか、俺も分かんないけど」

言葉を切ると、自分の内側を覗き込もうとするように、太市は胸元に目線を落とす。沈黙のあと、多分、父親が死んでから、と、ささやくような声で続けた。

「俺と海斗は、なんでこんなに違うんだろうって思えてきて、その考えが止まらなくて、苦しくて、一緒にいられなくなった」

太市は「ごめん」も「悪かった」も言わなかった。ただ本当のことを言っていた。だから僕も、本当のことを言う。

「僕は四年生の時、太市が WoN を一緒にやろうって誘ってくれて、めちゃくちゃ嬉しかった。二人で初めてクエストクリアした時も嬉しかったし、『薗村』って呼んでたのを『海斗』って呼んでくれるようになったのも嬉しかった。ハピネスランドは太市が言ったとおり、あまり考えずに作り始めちゃったし、池を作る方法も、今は全然思いつかないけど、太市と未夢が一緒なら絶対に——絶対に完成すると思ってる」

だからまた遊ぼう、とは言わなかった。太市が呆れたように笑ったのに、僕も笑い返すと、「じゃあまた」と手を上げてペダルを漕ぎ出した。

この日の晩、僕は数日ぶりに、WoN にログインした。

四

「例のブログ、メール送ってみたけど、やっぱり返信はなかったよ」

　前を走る太市に届くように、声を張り上げて報告する。白いTシャツの裾をはためかせた太市は、ハンドルを左に切って交差点を曲がると、「まあ、そうだよな。管理人が行方不明だし」と振り返らずに応じた。

　太市と笑って別れた二日後の午後二時。僕らは藤沢駅前で待ち合わせて、そこから自転車で二十分の距離にある國友咲良の家へと向かっていた。太市が真璃に頼んで、家の中を見せてもらえることになったのだ。この日は塾の夏期講習に参加するという未夢には昨日、『幸せの国殺人事件』のソフトを渡しがてら分かったことを伝えに行った時に、「私も行きたかった」と散々文句を言われた。

　バス通りから住宅街の路地に入ると、太市と交代して僕が先を走る。前に一度来ているので道は覚えていた。

「海斗は《ラスク》のブログの小説、どこまで読んだ?」

　走りながら太市が尋ねる。《ラスク》というのは國友咲良のハンドルネームで、ブログのタイトルもそのまま『RUSK』となっていた。調べたところ、あの薄く切ったパンを焼いたお菓子のラスクのことらしい。アルファベットのつづりが同じだった。

「一応、掲載してあった分は全部読んだよ。確かに前に未夢から聞いたストーリーとよく似てた。ヒロインの両親が亡くなったって設定も同じだし」

そう答えて、太市に停まると合図する。すぐ先に覚えのあるオレンジの外壁の二階建ての家が見えていた。

「けど、やっぱりあれだけじゃ、盗作だなんて判断つかないよな。なんで國友咲良は、作品を一部しか読めないようにしてたんだろう」

自転車を降りた太市が首を傾げる。僕にもその理由は分からなかった。

あれから改めて國友咲良のブログ『ＲＵＳＫ』を確認したところ、安堂篤子の『箱庭を見つけて』が自分の小説の盗作だったとする三年前の記事には、梶が言ったとおり、國友咲良が過去に書いたという小説の本文が掲載されていた。

だが、掲載されていたのはその『箱庭探し』という小説の第一節にあたる部分だけで、第二節以降にはブロックが掛かっていた。続きを読むにはブログの管理者の《ラスク》――つまり國友咲良にメッセージを送り、専用のパスワードを教えてもらってブロックを解除するという仕組みになっていたのだ。

「面白半分に騒ぐ人なんかに、目をつけられるのが嫌だったのかもね。信頼できそうな人にだけ、読んでもらおうとしたとか」

音を立てないように注意して門扉を開けながら、推測を語ってみる。太市は素早く自転車を敷地の塀の陰に隠すと、「まあ、『箱庭探し』の残りの部分を見つければ分かんじゃね？」と、雨戸の閉じられた二階の窓を見上げた。僕らは國友咲良が盗作されたと主張していた小説の全文が、どこかに残されているのではないかと考えて、彼女が住んでいたこの家までやってきたのだった。

「真璃は今日はバイトがあるから、鍵は郵便受けに入れておくってさ」

門扉を元どおり閉めた太市が、錆の浮いた郵便受けの中を探り、WoNのノベルティタグのついた鍵を取り出す。不法侵入をした側が言うことではないけれど、真崇も真璃も、兄妹揃って防犯意識が低すぎるんじゃないだろうか。

黒い金属製のドアを開けると、広々とした三和土に靴は一足もなかった。玄関右側の靴箱の上には、森の小道を描いた風景画と、木彫りの小鳥の置物が飾られている。

お邪魔します、と誰にともなく言って、靴を脱いで揃える。真璃が掃除しているのか、玄関から続く廊下はゴミも埃もなく綺麗だった。奥のガラスドアを開けた先のリビングもよく片づいている。ダイニングテーブルの上にも、ソファーやサイドテーブルの上にも、ものは置かれていない。

「リビングよりは、國友咲良が使ってた部屋の方にありそうだな」

一応、キッチンカウンターの下の棚を確認してから太市が言った。

「うん。やっぱり一番考えられるのは、パソコンの中だよね」

リビングを出ると、僕たちは廊下の階段を上った。二階にはドアが二つあり、太市が事前に真璃に聞いたところによると、奥はベッドが二つある広い洋室で、手前が子供部屋らしいとのことだった。

國友咲良の部屋と思われる、手前のドアを開ける。薄暗い室内に、湿っぽい臭いが漂っていた。片手で口元を覆いながら、反対の手で壁のスイッチを押して明かりを点ける。

「うっわ、すげえ」と、僕の後ろから部屋の中を覗き込んだ太市が、驚きの声を漏らす。

まず僕の目に入ったのは、葉っぱの柄のプリントのカーテンが掛かった窓だった。雨戸が閉じられていて日が入らず、外の様子も分からない。窓の右手にベッドが置かれ、そのすぐ横にシンプルな木製の机がある。ベッドカバーに乱れたところはなく、床に落ちているものもなく、几帳面なほど片づいた印象だ。

けれどそんなことより、この部屋で際立った存在感を放っているのは、左手の壁一面に造りつけられた、巨大な本棚だった。

床から天井まで、壁の手前から奥までを、何千冊という本が埋め尽くしている。ちょっとだけ数えてみようと思ったが、目がチカチカしてきてすぐに諦めた。下段の方は百科事典や画集などの背の高い本、中段は小説やノンフィクションといった単行本、それより上が文庫本で、さらに上には漫画本が分類されて並んでいた。

「マジか、これ。図書館並みじゃね？」

太市は本棚を遠巻きに眺めると、圧倒されたようにつぶやいた。

安堂篤子のマンションにも、同じように大きな本棚があったけれど、ここまでじゃなかった。安堂篤子に執着するあまり、彼女を真似るようになったのだとしても、こんなのは普通じゃない。僕は会ったこともない國友咲良に対して、だんだんと恐怖を抱き始めた。

「海斗、机の上にあったぞ。ノートパソコン」

太市の声で我に返る。異様な本棚に目を奪われ、机の上に閉じて置かれたノートパソコンを完全に見落としていた。太市はさっそく開くとケーブルが繋がっているのを確認し、キーボードの電源マークのついたボタンを押した。起動音が鳴り、ファンが回り出す。

太市と頭を並べ、真っ黒な画面を緊張しながら見守った。パソコンメーカーのロゴが映し出されたあと、背景が水色に変わり、白い横長のボックスが現れる。

「ああ、やっぱパスワード必要だったわ」

ため息まじりに言うと、太市はハーフパンツのポケットからスマホを取り出した。

「未夢が予想してくれたやつ、当たってるといいけどな」

國友咲良のパソコンには、パスワードのロックが掛かっている可能性が高い。そう考えた未夢は、今日来られない代わりにと、國友咲良のブログやSNSを調べ、パスワードとして使われていそうな文字列を五十個近くも予想して送ってくれたのだ。

「まずはハンドルネームと誕生日の組み合わせだな」

太市はそう言って、未夢が作ったリストの一番上の《rusk1128》を打ち込む。國友咲良の誕生日が十一月二十八日だというのは、ブログのプロフィールで公開されていた。

太市は打ち間違いがないことを確認すると、そっとエンターキーを押した。画面が瞬き、まさか一つ目で——と喜びかけたが、すぐに「パスワードが違います」のメッセージが表示されてしまった。

「まあ、そう上手くいくはずないよな」と太市は先ほどのパスワードを、今度は一文字目を大文字にして打ち込む。だがそれも外れだった。

「何回か間違うとロックされる場合もあるから、そうじゃなくて良かったよ。疲れたら僕が代わるから、気長に頑張ろう」

そう励まして、僕はスマホを預かると、リストを読み上げる係になった。十三個もあるハンドルネームを使った分のリストを消化すると、次は本名を使ったリストに移る。

「未夢は苗字よりは名前の方がありそうって言ってたけど、どうかな」

やや疲れた声でつぶやきながら、太市は《sakura1128》と打ち込んだ。すぐにエンターキーを押すかと思いきや、なぜかその文字列をじっと見つめている。

「《ラスク》ってハンドルネーム、ラスクが好きなのかと思ったけど、もしかしたら自分の名前から取ったのかもな」

振り返った太市がパスワードを指差しながら、そんなことを言ってくる。確かに《ラスク》と《サクラ》は、なんとなく語感が似ているかもしれない――などとぼんやり考えていると、「あーっ！」と太市の大声が響いた。驚いて飛び上がりそうになりながら、パソコン画面に目をやる。先ほどまでのパスワード入力画面が、草原の背景にファイルやアプリのアイコンが並んだ画面に切り替わっていた。

「十四個目で当たったぞ。未夢に感謝だな。あいつ、ハッカーになれるんじゃね？」

太市が心から感心した様子で僕に笑いかける。

パスワード入力を始めて、まだ十分も経っていなかった。名前と誕生日の組み合わせだから、ありがちと言えばありがちなのかもしれないけれど、それでも未夢が予想してくれなかったら、こんなに早く解けることはなかっただろう。

「これだよな。『箱庭探し』」

太市はいくつかある文書ファイルのアイコンのうちの、一番上のアイコンを指差した。《hakoniwa》のファイル名に続けて、文書ファイルの拡張子がついている。間違いないだろう。僕がうなずくと、太市はアイコンをダブルクリックした。

ほどなく、縦書きで『『箱庭探し』國友咲良』とタイトルと著者名が表記された文書ファイルが開いた。太市が画面をスクロールする。「日記帳の十月二十日のページに、私はチケットの半券を挟んだ。」という一文から始まる小説。國友咲良のブログ『RUSK』に掲載されていたものと同じだった。

「全部で二十ページあるみたいだな」と太市がファイルの左下のページ数を指差す。

「四十字×四十行でレイアウトされてるから、ええと——原稿用紙八十枚くらいか」

太市は昔から計算が速い。いまだ呆然と画面を眺めていた僕を振り返ると、「全部読むには、結構掛かりそうだな。どうする？」と意見を求める。

「うーん……文書をコピーして持っていくのは難しいから、スマホで一ページずつ写真に撮ろうか。それなら未夢にもＬＩＮＥで送ってあげられるし」

悩んだ末にそう提案すると、太市もそれが良さそうだなと同意してくれた。蛍光灯の光が反射しないように画面の角度を調整し、太市がスクロールした画面を一ページ一ページ、僕のスマホで撮影する。最後のページまで写し終えたところで、他に手がかりはないかと、念のため別の文書ファイルも開いてみた。

「——こっちも全部小説みたいだな。ざっと見たところ、遊園地が出てくる話は他になさそうだ。日記かなんかがあればと思ったんだけど」

残念そうに言うと、太市は開いたファイルを閉じていく。机の引き出しの中も調べてみたけれど、日記や手帳の類はなかった。ベッドの下の衣装ケースには洋服とタオル、シーツなどが入っているだけだった。

「とりあえず目的だった『箱庭探し』は手に入ったし、今日のところはこれで充分じゃね？」

気が済んだ様子で太市が言ったのを潮に、僕たちはノートパソコンの電源を落とすと、侵入の痕跡を残していないか確認し、部屋の照明を消した。それから一応、廊下やリビングも見回っておく。玄関を出て施錠し、鍵を郵便受けに戻した上で自転車にまたがると、来た時と同じように、素早くその場をあとにした。


夕方から塾があるからと、太市とは藤沢駅の手前で別れた。団地の方角へ去っていく太市の後ろ姿を見送ったあと、僕は駅前にある塾ではなく市営の駐輪場に自転車を停め、駅の南口の飲食店やスーパーが並ぶ通りへと向かった。

時刻は四時過ぎで、制服姿の高校生や買い物客が行き交う中をしばらく進み、指定されたファストフード店に入る。一昨日、WoNにログインしたのは、これから会う人とやり取りをするためだった。カウンターでコーラを注文して二階に上がる。トレイを手に店内を見回していると、窓際の席にいた見覚えのある服装の女の人が手を振った。

「ごめんね、この時間しか会えなくて。ちょうどシフトが入っちゃってたの」

この通り沿いのドラッグストアで品出しのアルバイトをしているという冬美真璃は、前に会った時と同じバンドTシャツを着ていたが、今日はサングラスもマスクもつけていなかった。アーチ型の眉の下の、真崇の三白眼とは全然似ていない柔和な目が僕を捉えている。プリクラの写真よりも少し子供っぽく見えるのは、化粧をしていないせいだろう。

太市のことで聞きたいことがあるから、二人で会ってほしい。僕は真璃にそう頼んでいた。國友咲良の家の前で顔を合わせた時、彼女はWoNでは戦士のアバターを使っていて、まだ装備が弱いので酒場で簡単なクエストばかり受けていると話していた。それで僕はWoNにログインして酒場で待ち伏せし、それらしい人物を探した。そしてほとんど初期装備のままでクエストを受けていた《mari08》というアカウント名の女性戦士を見つけ、慣れないチャットで話しかけたのだ。真璃はボイスチャットの機材は持っていなかったので、対面で話す約束をして、こうして会うことができたのだった。

「太市、元気にしてるのかな。この間、急にゲームをくれるって言ってきて久々に会ったんだけど、すぐ帰っちゃったからあまり話もできなくて。あの子、全然自分のことしゃべろうとしないから」

向かいに座った僕に「食べていいよ」とフライドポテトを分けてくれながら、真璃が尋ねる。僕は正直に、太市がずっと学校に来ていないこと、今は一緒に遊べていないことを打ち明けた。

「そっか——お父さんのことがあったし、落ち着くのを待つしかないのかな。私もその頃、親が出ていったりとか色々大変で、自分のことで手一杯だったんだよね。もっと気にかけてあげられたら良かったんだけど」

真璃はそのことを悔やんでいるように目を伏せると、アイスコーヒーに口をつけた。しばし流れた沈黙を破って、僕は口を開く。

「真璃さんは、太市とは幼馴染なんですよね。太市のお父さんがどんな顔をしていたか、覚えていますか。一緒に撮った写真とか、残ってないでしょうか」

真璃に会ったら、このことを最初に聞こうと決めていた。意外な質問だったのか、真璃は面食らったような顔をしたあと、思い出すように目線を上げた。ややあって、自信なさげに語り始める。

「優しい感じのお父さんだったと思うけど、私も小さかったし、あまり覚えてないなあ。うち、親がほとんど写真とか撮らなかったから、保育園時代の写真も残ってないの」

そうですか、と落胆しながら返す。もし真璃の手元に写真があれば、太市に見せてやってほしいと頼むつもりだったけれど、どうやらそれは無理そうだった。

「あ、でも確か私が小二の時に、太市のお父さんがハピネスランドに連れていってくれたことがあったんだ。ちょうどその日が太市の誕生日で、バースデーパスが使えるからって、観覧車とかボートとか、色々乗りまくって。なんかあの時、お父さんが太市と一緒に撮った写真を見たような気がするんだけど、残ってないのかな」

それは太市からも聞いたことがない話だった。真璃は僕らの三歳年上だから、真璃が小二なら太市は五歳――ちょうど両親が離婚した年のことだろう。だけど太市は父親の写真は一枚も残っていないと言っていた。もしかしたらその写真は、母親が処分してしまったのかもしれない。

太市の父親の写真は、もう手に入らないのだろうか。なんとか他に探すあてはないかと考えていた時、真璃が思い出したように、別の話を切り出した。

「ハピネスランドって言えば、この間、あそこの敷地内で遺体が見つかったってニュースになってたよね。あれって、まだ身元が分かってないいんだっけ。若い女の人らしいって話だったけど」

そう言って真璃は気の毒そうにため息をついたあと、ふと遠くを見るような目をした。そして唐突に、不可解なことを口にした。

「警察は他殺だって言ってたけど——あれ、本当は自殺だったりしないかな」

胸がざわつくのを感じながら、どうしてそう思うんですか、と尋ねた。真璃は硬い表情で、「ちょっとね……」と言葉を濁す。僕はプラカップに添えられた真璃の薄い手を見つめたまま、続きを待った。重苦しい時間が経過したあと、真璃は静かに告げた。

「もしかしたらその人は、思い出の場所で、ひっそり死にたいって考えたんじゃないかと思ったの」

しんみりとした口調で言うと、沈痛な面持ちでまた黙り込む。僕は思い切って聞いてみることにした。

「真璃さんも、死にたいって思ったこと、あるんですか」

不躾な質問に、真璃はちょっと驚いたような顔をしたあと、苦笑いする。そして「昔のことだけどね」と打ち明けてくれた。

「三年前くらいかな。親の借金とかが原因で、うち、かなり荒れてたの。どうして自分の家は、友達の家とは違うんだろうって――苦しくて、消えちゃいたくて、SNSに死にたいって投稿したり、リスカしたこともあったんだ。周りの友達からは『構ってほしいんでしょ』とか言われて、そうなのかなって思ったりもしたけど、あの頃は本当に楽になりたいって、それればかり考えてた。でも、今はそんなことないよ。死にたいなんて思わなくなった」

感情を抑えた声で語るのを聞きながら、僕は太市の言葉を思い出していた。「消えてしまいたい」「俺と海斗は、なんでこんなに違うんだろう」――ぐっと胸が潰されるような不安に駆られ、思わず真璃に尋ねていた。

「そう思わなくなったのは、どうしてですか。何かきっかけがあったんですか?」

僕の問いかけに、真璃は話すのを迷うように、テーブルに置いたスマホに視線を落とした。少しして顔に掛かった髪を指で払うと、暗い眼差しで僕を見つめた。

「友達が、死んじゃったかもしれなくて」

ぽつりと告げ、氷の溶けたアイスコーヒーを一口飲んでから、先を続ける。

「友達って言っても、直接会ったことはないんだけどね。その頃やってたSNSに『死にたい』って書き込んだら、『私もだよ』ってコメントくれた子たちがいて、やり取りするようになったんだ。そういう子たちでメッセージのグループを作って、お互い色々悩みとか相談してたんだけど、その中の一人だった《ハナ》って子が、同じ藤沢に住んでてね。子供の頃に、ハピネスランドによく行ってたとかいうので仲良くなったの」

言葉を切ると、唇を噛む。語尾が震えていた。真璃は気持ちを落ち着かせようとするように、胸の辺りを押さえながら続けた。

「その子、詳しい事情は話さなかったけど両親を亡くしてて、身寄りがないみたいだった。ある時、すごく悲しいことがあったらしくて、これから思い出の場所で、誰にも見つからないように一人で死ぬんだって言い出して。みんなで、死なないでってメッセージ送ったけど、《ハナ》から返信はなくて、それから書き込みもなくなった。アカウントだけ残して、《ハナ》は消えちゃったの」

苦しげに話す真璃を見つめたまま、僕は三年前に消えた《ハナ》という女性と、國友咲良とを重ね合わせていた。両親を亡くした國友咲良は、安堂篤子に付きまとい、拒絶された。その思い出の場所というのが、子供の頃に訪れたハピネスランドだったとしたら——けれど発見された遺体の頭部には損傷があり、他殺だとされている。あの女性の遺体は、《ハナ》ではあり得ない。

ごめんね、という真璃の声で我に返る。いつしか真璃が、心配そうに僕の顔を覗き込んでいた。

「変な話聞かせちゃったね。ハピネスランドの事件のこと知ってから、つい《ハナ》のこと思い出しちゃうんだ。彼女、あの遊園地が好きだったたって言ってたから。でも警察が他殺だっていうなら、多分違うよね。あんな投稿して気まずくなって、別のアカウントに変えたんじゃないかな。私もそういう経験あるし」

真璃は決まり悪そうに明かすと、「とにかく」と、ちょっと無理をするように明るい声を出した。

「そのことがあってから、死にたいって思わなくなったの。残された人の気持ちが、分かるようになったから。だから――」

励ますように笑いかけた真璃は、太市は大丈夫だよ、と言い添えた。

五

未夢が僕と太市を呼び出したのは、僕が真璃と別れて未夢に國友咲良の『箱庭探し』の原稿の画像を送信した、その翌日のことだった。

正直、昨日のこともあって疲れていたし、二日連続で図書館で宿題をやると母親を騙すのは気が引けたけれど、夜中の一時に三人のグループＬＩＮＥに届いた未夢のメッセージを見たら、行かないわけにはいかなくなった。

《『箱庭探し』読んだ。『幸せの国殺人事件』のおまけシナリオのパスワードが分かったから、今日午後二時にうちに集合して》

未夢に画像を送ったのは、昨日の夕方だ。そこから小説を読み終え、深夜まで掛けて一人でパスワードの謎を解いてしまったのだ。普段から小説を読み慣れない僕は、半分ちょっと読んだところで眠くなって寝てしまったので、あの小説の何がパスワードのヒントになったのか、まったく見当がつかなかった。

約束の二時に未夢の家に着くと、ちょうど太市が自転車で向こうからやってきたところだった。玄関脇に自転車を停め、インターホンを押すと、いつになく難しい顔をした未夢が出迎えてくれる。

「上がって。お母さん、今日はもう仕事に行ってるから」

そっけなく言うと、未夢は先に立って階段を上っていく。

あれだけ頭を悩ませてきたパスワードが判明して、ついにおまけシナリオをプレイできるというのに、なぜか未夢は元気がなかった。いつもは十一時には寝てしまうのに、昨日は遅くまでパスワードを解くのに取り組んでいたせいで、寝不足なのだろうか。

未夢の部屋のローテーブルには、今日はレモンの薄切りが載ったパウンドケーキが用意されていた。

「これ、母親が持っていけって」

太市がビニール袋の中から、ペットボトルの冷たいミルクティーと大袋のチョコレート菓子を取り出す。僕は途中のコンビニで買ってきたチョコビスケットの箱を手渡した。

「ありがとう。じゃあ、分かったことを説明するね」

甘いものを前にしても、未夢は浮かない顔のままだった。コップに注いだミルクティーに口をつけると、『箱庭探し』はもう読んだ?」と切り出す。

「僕はまだ、半分くらいまで」「俺は第二節までは読んだ」と、僕らは正直に申告した。

「まずストーリーに関して言うと、『箱庭探し』は安堂さんの『箱庭を見つけて』と、ほぼ同じ話だった」

未夢はきっぱりと断言した。僕は当然そうだろうと思っていた。國友咲良は、『箱庭を見つけて』は自分が書いた小説を盗作したものだと主張していた。その証拠としてブログに掲載した『箱庭探し』はおそらく、『箱庭を見つけて』を真似て書いたもののはずだ。

「ざっくり言うと、両親を亡くしたヒロインが同級生の男の子の助けを借りながら、両親が残してくれた遊園地に関わる思い出の品のありかを探すって話。でも、問題は二つの作品が似てるってことじゃないんだ。二人はまだ、この辺りは読んでないよね」

そう言うと未夢はテーブルの上のマウスを操作する。未夢のノートパソコンに昨日僕が送った原稿の画像が大きく映し出された。

「スマホだと読みづらいから、パソコンに取り込んだの。見てほしいのは、この十五ページにある描写なんだけど」

未夢はそう言って原稿の中央辺りの一行を指し、書いてある文章を読み上げた。

「『観覧車から見下ろす《どきどき探検ボート》の池には、色とりどりの小舟が浮かんでいる。その向こうに《絶叫の館》の赤く尖った屋根が覗いていた。』──」

ゆっくりした調子で読み終えると、未夢は僕の顔をじっと見た。聞いた限りでは、ただ観覧車から見た光景が描写されているだけで、何も変わったところはない。隣の太市も、怪訝そうに首をひねっている。

「太市は『幸せの国殺人事件』のゲームを見てないから無理だと思うけど、海斗は分かるんじゃないかな。アトラクションの名前、違和感ない？」

未夢に言われて、そういうことかと気づいた。『幸せの国殺人事件』の事件の舞台となる遊園地は、ハピネスランドをモデルにしていた。そしてアトラクションの名称も、《恐怖の館》が《絶叫の館》となっていたりと、それぞれ似せてあったのだ。

「つまり『箱庭探し』の遊園地も、ハピネスランドがモデルになってるってこと？」

そう未夢に確かめると、未夢は微妙に納得していない顔になりながらもうなずいた。そして「多分、そうなんだけど──」と煮え切らない返答をする。

「安堂篤子の『箱庭を見つけて』の方はどうなんだ？　そのドラマも遊園地が舞台なんだよ

な。やっぱハピネスランドと似てんのか?」

太市の問いかけに、未夢は首を横に振った。

「『箱庭を見つけて』には、そんな特徴的なアトラクションは登場しなくて、ハピネスランドをモデルにしてる感じはなかった。権利関係とかもあるからかな。シナリオの段階ではどうだったか、分かんないけど――それより、海斗はこれ、覚えてるよね」

未夢がそう言ってノートパソコンの裏から、前にも見せてくれたルーズリーフを取り出した。番号つきで並べられたアトラクションの一番下に、未夢がペンで赤い線を引く。

「『幸せの国殺人事件』では、ボートで島を回るアトラクション――ハピネスランドの《探検わくわく島》をモデルにしたアトラクションは、《わくわく探検ボート》って名前だった」

未夢の指摘に、僕はもう一度パソコン画面を見る。『箱庭探し』の原稿に記された名称は《どきどき探検ボート》だ。《絶叫の館》はたまたまなのか、『幸せの国殺人事件』と同じだけれど、こちらは違っている。でも、それがなんだというのだろう。

「じゃあ、本題に入るね。前回私が入力したパスワードは、クリアしたルートのエンディングで登場するアトラクションの最初の一文字を順番に入力した『めぜすこわ』だった」

疑問に包まれている僕を置いてきぼりにして、未夢はパソコンの画面に表示された原稿の画像を閉じた。同時に起動していたらしい『幸せの国殺人事件』のスタート画面が表示される。未夢は画面をスクロールすると、シナリオ選択の下の方にある《おまけ》のアイコンをクリックした。

前に見たのと同じ「か」の文字だけが入力された、横長のボックスが現れる。未夢はそこに「めぜすこど」と入力した。

「なんでこのアトラクションだけ名前が違うのか気になって、なんとなく試すくらいのつもりで《わくわく探検ボート》の『わ』を『ど』に変えてみたんだよね。そしたら――」

未夢の細い指がエンターキーを押し込む。前回はなんの変化も起こらなかった画面が、真っ暗になる。

「ここから先は、私も見てない。ねえ、どういうことだと思う？　どうして間違ったパスワードで、シナリオが開くの？」

硬い声で未夢が尋ねる。それでパスワードが解けても不審に思っていたのだろう。僕だって何が起きているのか分からなかった。混乱しながら凝視していた真っ暗な画面が突然、僕らが見覚えのある部屋の画像に切り替わる。

「ちょっと待って！　なんで……」

未夢が悲鳴のような声を上げる。画面に映し出されているのは、ハピネスランドの《恐怖の館》の、あの暖炉のある洋室だった。

画面の左側で激しく動く影。やがて真紅のワンピース姿の安堂篤子が現れ、倒れ込む。黒いレインコートをまとった人物が、彼女を黒い棒で殴りつける。

太市が真崇の――元は梶や安堂篤子のサークルの持ち物だったパソコンから見つけた、あの動画だ。作り物の映像だと分かっていても、体が強張り、呼吸が浅くなる。太市も未夢も、無言で画面を見つめていた。やがて安堂篤子が動かなくなる。レインコートの人物がこちらへ向かってきて手を伸ばす――。

「え――?」

僕は目をまたたかせた。本来なら、そこで映像が終わるはずだった。けれどレインコートの人物は、手にしたカメラを覗き込むようにしたまま、もう片方の手でレインコートのフードを脱いだ。

「嘘でしょ……この人――」

正体をあらわにしたその人物を、僕たちは食い入るように見つめた。体を起こす安堂篤子を、彼女が振り返る。そこで映像は途切れた。

安堂篤子とともに映っていた、レインコートの人物――。

会ったことはなかったが、姉の茜から借りた部誌の写真の彼女に間違いなかった。

あの暴行の動画を撮影したのは――國友咲良だった。

「國友咲良は、安堂さんのストーカーだったんだよね？　なんでこの映像を撮るのに協力してるんだろう。ていうかどうしてこの動画が、『幸せの国殺人事件』のおまけシナリオとして入ってるの？」

矢継ぎ早に未夢が質問を重ねる。國友咲良が安堂篤子の動画撮影を手伝った理由は、僕にも分からない。でも真崇の家にあったこのソフトは確か、発売前に作られたテスト版だ。

「やっぱりこのソフト、バグがあったんだよ。おまけシナリオのところに、間違ってこの動画を入れちゃったんじゃないかな」

太市は真崇が高値でフリマアプリに出品したこのソフトに、バグはないはずだと断言した。けれど通常のやり方ではプレイできないおまけシナリオにバグがあるなんて、真崇も気づかなかったんじゃないだろうか。

「——そっか。《RUSK》は、やっぱり名前からつけたんだ」

僕の見解など聞いていなかったように、不意に太市が、まるでこの場にそぐわない話を始めた。「なんのこと?」と未夢が首を傾げる。

「國友咲良は、自分の名前の《サクラ》をもとにして《ラスク》ってハンドルネームと、もう一つの名前をつけた」

言いながら、太市はテーブルの上のルーズリーフに手を伸ばした。そういえば二人で國友咲良のロックの掛かったパソコンにパスワードを打ち込んでいた時、そんな話をしていたと思い出す。太市はルーズリーフを裏返すと、そこに赤ペンで《SAKURA》と書いた。その左下に斜めに矢印を引っ張り《RUSK》と書く。

「《SAKURA》から《RUSK》を引いた残りは——」

太市は右斜め下にもう一つの矢印を書くと、残った二つのアルファベットを記した。そして重々しく告げる。

「《AA》——『幸せの国殺人事件』を作ったのは、國友咲良だったんだ」

六

幻のインディーゲーム『幸せの国殺人事件』を作った関東在住の大学生《AA》は、安堂篤子ではなく、國友咲良だった——。

その太市の主張は、すぐには受け入れられるものではなかった。

「確かに《SAKURA》の六つのアルファベットから、國友咲良のハンドルネームの《RUSK》を除くと《AA》が残るけど、でも、だからって——」

未夢は信じられないという顔で、テーブルの上のルーズリーフに赤ペンで書かれた文字を見つめている。

だが、未夢が気づいたおまけシナリオのパスワードの不整合は、確かにそうであれば説明がつくのだ。パスワードの最後の鍵となるルート6のエンディングで現れるアトラクションの名称は、『幸せの国殺人事件』のゲーム内で用いられた名称ではなく、國友咲良が過去に書いた小説に登場するものだった。そんな設定を施した人物がいたとすれば、それは國友咲良以外に考えられない。

そしておまけシナリオを選択して再生された動画には、映像の最後にカメラを止める國友咲良の姿が映っていた。動画の中で安堂篤子を襲う役を演じ、撮影していたのは、國友咲良だったのだ。僕たちが最初に太市から見せられたものよりも少し長かったので、あれは未編集の状態なのかもしれない。

「もしもＡＡの正体が國友咲良で、彼女が『幸せの国殺人事件』を作ったんだとしたら、あの動画はなんのために撮影されたの？　なんでパスワードを入力しないとプレイできないおまけのシナリオに、それを隠してたの？」

未夢は混乱し切った様子で湧き上がる疑問を口にする。答えられず、助けを求めて隣を見たものの、太市も考え込むようにうつむいているばかりだった。太市自身、まだこの事実に戸惑っているのかもしれない。

「まずはちょっと、三人で今の状況を整理してみようよ」

他に言えることもなくそんなふうに提案すると、そうだな、と太市は僕らの方に体を向けた。あぐらを組んだ足に肘を置いて身を乗り出し、確かめるように尋ねる。

「『幸せの国殺人事件』を作ったのは、安堂篤子じゃなかった。でも安堂篤子は例の動画のことを、自分の作品のために撮ったものだって言ってたんだよな？」

その問いかけに、僕と未夢は同時にうなずいた。先日、未夢と二人で安堂篤子のマンションを訪ねた時には、彼女は間違いなくそう話していた。

「でもそれは、嘘だったってことになる。安堂篤子は、あの動画は自分で撮ったものだと思わせたかった。多分、お前らが國友咲良に辿り着けないようにするために」

確かにそう考えると筋が通る。安堂篤子に自分で撮った動画だと言われなければ、僕たちは誰が撮ったのか分かるまで調べを続けただろう。安堂篤子は嘘の情報を与えることで、それ以上の追及を逃れたのだ。

「梶さんは國友咲良のことを、安堂さんのストーカーだって言ってた。でも、そっちが嘘で、あの《RUSK》のブログでの告発が本当のことだったとしたら――」

未夢は苦しげな顔で言葉を切った。未夢は安堂篤子と同じ藤沢南高校への進学を目指すほど、彼女の作品のファンだったのだ。それが盗作したものだったとは、容易には受け入れられないのだろう。何かをこらえるように小さな拳を握り込むと、うつむいたまま続ける。

「なんで國友咲良の言うことに、誰も耳を貸さなかったんだろう。ていうか、ブログに書くとかじゃなく、コンクールの主催者に訴えれば良かったんじゃないの」

わずかな非難を含んだような言い方だった。未夢はまだ、安堂篤子による盗作が事実だと、完全に信じてはいないのかもしれない。その疑問に応じて、太市が口を開く。

「國友咲良の小説は、どこにも発表したことがなかったんだよな。安堂篤子が応募したシナリオより先に書いたものだって証明できなきゃ、主催者に訴えるなんて無理だろ。安堂篤子本人に言っても認めようとしなくて、それでブログで告発するくらいしかできなくて、ついにはストーカー認定されたってことじゃね？」

淡々とした口調で語りながらも、太市は不愉快そうに眉をひそめている。そこでまた未夢が割って入った。

「だけど、どうして大学生になってから告発したの？　だって二人は高校の文芸部で一緒だったんだよ。安堂さんがシナリオコンクールで入賞したのは、高校三年生の時でしょ。自分の作品が盗作されたのなら、その時点で気づいてたと思うけど」

疑いを拭えない様子の未夢に、僕は「それどころじゃなかったのかも」と、考えついたことを話す。

「國友咲良の父親が胃がんで亡くなったのも、高校三年生の時だったよね。彼女は小学生の時に母親を白血病で亡くしていて、その歳で一人きりになってしまったんだ。同じ文芸部の安堂さんがコンクールで賞を獲ったと知っても、そんな状況で作品を読んだりする気にはならなかったんじゃないかな。きっと翌年になってドラマ化された作品を観て、それが自分が過去に書いた小説と似ているって気づいたんだよ」

そう推測を伝えると、未夢と太市はいたたまれない表情で目を伏せた。それらの不幸が重なったことで、國友咲良の運命は、大きく変わることになったのではないだろうか。

コンクールで入賞し、鎌倉芸術大学に合格した安堂篤子の前に、その受賞作がドラマ化されたという時になって、國友咲良が現れた。そして応募したシナリオは、自分の小説の盗作だったと主張した。安堂篤子にしてみれば、まさに最悪のタイミングだったに違いない。

けれど國友咲良には、それが盗作だと証明する方法がなかった。ブログで告発されても無視をしていれば、周囲からはそんな主張をする國友咲良の方が、安堂篤子に固執するあまりおかしな考えに囚われたストーカーだと思われただろう。

未夢と太市も、安堂篤子と國友咲良の間に起きたことを想像したのだろう。三人で重苦しい雰囲気で黙り込んでいた時だった。

「でも、結局分からないのは、あの動画だよな」

太市は不意につぶやくと、テーブルの上のノートパソコンに目をやった。画面には先ほど再生された、おまけシナリオとして隠されていた動画のタブが開かれたままになっている。

「二人の関係を考えると、安堂篤子が國友咲良に協力して、動画の出演者になるとは思えないだろ。國友咲良があの動画を撮った理由も分かんねえけど、まず一番疑問なのは、そっちじゃね？」

太市の言うことはもっともだった。なぜ自分の作品を盗作したと訴える元同級生の動画撮影に、安堂篤子が手を貸すことになったのか。

「もしかして、そこに『幸せの国殺人事件』が関わってくるんじゃないのかな」

ずっとうつむいていた未夢が、何かを思いついたように顔を上げた。

「前にも言ったけど、この動画は『幸せの国殺人事件』で、赤いドレスのミステリー作家が殺される場面を撮ったものだと思うの。例えば『幸せの国殺人事件』のシナリオを完成させた國友咲良が、安堂さんに共同制作者になってほしいって持ちかけたんだとしたらどうかな。だってゲームを一人で作るなんて大変じゃない。二人でゲームを完成させたあと、ムービーはアニメーションにしたから動画が必要なくなって、でもせっかく撮ったものだからって、特典としておまけシナリオに入れたんだよ」

未夢の意見を聞いて、そういうことだったのかもしれないと思えてきた。ただ動画に出演するのでは安堂篤子にメリットはないけれど、ゲームの共同制作者になるというのは魅力的な提案だ。あの動画が制作者の二人でゲームの登場人物を演じたものだと考えれば、特典映像と捉えることもできる。だがどこか腑に落ちないものを感じ始めたところで、それまで黙って聞いていた太市が異を唱えた。

「けどノベルゲームだったら、別に一人でも作れんじゃね？　仮に人手が必要だったにしても、自分の作品を盗作した奴を仲間にしてやるなんて甘過ぎるだろ。俺だったら盗作を黙っててやるとか言って、無理やり手伝わせるけどな」

違和感の原因はそれだったのだ。國友咲良の立場で考えれば、いくら高校時代の同級生だとしても、盗作をされた相手と仲良く何かをしようとは思えないはずだ。國友咲良が安堂篤子にゲームの制作に協力するよう求めるとしたら、そのやり方は友好的なものではなく、取引めいたものだったのだろう。

「そのせいで、國友咲良は行方不明になったのかな」

口をついて出た言葉に、太市と未夢は表情を強張らせた。

國友咲良は、安堂篤子に強制的に協力させてゲームを作った。そしてその結果、二人の間でなんらかのトラブルが起きて、國友咲良が行方不明になる事態となった。ハピネスランドで見つかった女性の遺体——彼女が姿を消した時期からして國友咲良のものではないかと考えていたが、その経緯まで見えてきたことで、憶測が確信に変わった。

遺体発見から数日が経った今も、身元が分かったという報道はない。國友咲良は行方不明になっているものの身寄りがなく、家族から行方不明者届は出されていないのだ。

真崇の話によれば、國友咲良の家に真璃を住まわせるよう勧めたのは、安堂篤子だという。安堂篤子は國友咲良が家に戻ることはないと知っていた。なおかつ、國友咲良が生きて無事でいると装う必要があったのではないか。だから他人が住んでいると近所にばれたくないなどと言って、真璃に國友咲良のふりをさせたのだ。

これらの状況を踏まえて、僕たちはどうするべきか。二人の意見を聞こうとした時、太市が無言でスマホを操作し始めた。検索サイトで何かを調べている様子だったが、しばし画面を見つめ、やがて何かを決意したように目線を上げた。

「匿名で、警察に通報する方法があるらしいんだ。メールフォームから内容を送るだけだから、こっちの個人情報を書く必要はないって」

そう告げると、太市はスマホをこちらに向けた。そこには匿名で届いた情報を警察に通報してくれるという、民間団体のホームページが表示されていた。

いずれは通報することになると考えて、事前に調べていたのだろうか。そういえばハピネスランドの遺体が見つかったのも、何者かの匿名の通報がきっかけだったとニュースで言っていた。その人物——おそらくは遺体をハピネスランドに遺棄した犯人も、同じ方法を取ったのかもしれない。

「それを使って、通報しようっていうこと？　警察になんて言うつもり？」

張り詰めた声で未夢が尋ねる。

「『ハピネスランドで見つかった遺体は、三年前から行方不明になってる國友咲良なんじゃないか』って言えば、調べてくれんじゃね？」

端的に答えながら、太市が文章を打ち込もうとし始めたので「ちょっと待って」と慌てて止めた。「なんでだよ。もう通報するしかねえだろ」と、太市が苛立った顔で睨む。

「そうじゃなくて、スマホからだと万が一こっちの情報が伝わったら危ないから、僕が塾の自習室のパソコンから通報するよ。遺体の身元が分かれば、過去のトラブルも明らかになる。近日中に犯人は逮捕されると思う」

太市でなく、僕が通報する役目を負うべきだ。三人の中で、遺体の身元に一番こだわっていたのは僕だから、そうするのがいいと思った。塾の自習室のパソコンはネットに繫がっていて、誰でも自由に使える。僕が通っているところは大手で生徒数も多いので、そう簡単に個人が特定されることはないだろう。未夢に「それでいい？」と確認すると、未夢は硬い表情でうなずいた。太市は再びスマホを操作する。

「真璃に、すぐに國友咲良の家を出るように伝える。警察が調べに来るだろうから、住んでた痕跡をなるべく残さないように注意しとかないと」

その配慮が抜けていた。通報の内容が警察に伝われば、あの家には捜査の手が入ることになる。急なことで真璃には申しわけないが、しばらくは横浜の真崇のアパートか、友達の家にでも行ってもらおうということになった。

真璃に連絡がついたところで、太市と二人で未夢の家を出た。大通りの交差点で太市と別れ、駅前にある僕が通っている塾へ向かう。自習室では十人近い生徒がノートや参考書を開いて勉強していた。

自習室の隅にある五台のノートパソコンは、一台しか使われていなかった。端の方の席に着くと太市に教わったサイトを開き、メールフォームから《ハピネスランドで見つかった遺体は三年前から行方不明になっている藤沢南高校卒業の國友咲良さんかもしれない》という一文を送信する。そしてブラウザの閲覧履歴を消すと、怪しまれないようにしばらく自習室で宿題をやってから帰った。

匿名の通報をした翌日。僕は緊張しながら朝のニュースを見守ったが、ハピネスランドの事件の報道はなかった。夕方のニュースでも、なんの発表もなかった。考えてみれば、身元を特定するためにはＤＮＡ鑑定を行うはずだ。結果が出るには何日もかかると刑事ドラマで観た気がする。

結局、遺体の身元が分かったという発表がされたのは、それから一週間近くも経ったお盆前のことだった。僕はそのニュースを、姉の茜と二人で昼ご飯を食べながら見ていた。

「ハピネスランドで発見された身元不明の女性の遺体について、新たな事実が判明しました」というアナウンサーの言葉に、僕は箸を手にしたままテレビを凝視した。

「ＤＮＡ鑑定の結果、遺体の身元は藤沢市坂田町の大学生、國友咲良さんと判明しました。なお県警は当初、遺体の頭部に損傷があったことから他殺と見て捜査していましたが、その後の調べで國友さんの死因は、事故または自殺であると断定されました」

最終話

一

「なんでそうなるの？　絶対おかしいって！」

　未夢は膝の上で拳を固め、悔しそうに唇を噛んだ。遺体の身元判明のニュースが流れた三時間後の午後三時、僕と太市は再び未夢の家に集まることになった。

「だって頭部に損傷があったんでしょ？　自分で自分の頭を殴って死ぬとか、ありえないじゃん」

「ニュースでは、事故または自殺って言ってただろ。転んで頭をぶつけるかなんかして死んだのかもしれない」

「《探検わくわく島》の小島に、頭をぶつけるような場所はなかったよ。盛り土をした小さな島で、建物なんかないんだから」

「たまたま、地面から硬い石でも出てたんじゃね？」

　警察の見解に納得できず感情的になる未夢とは反対に、太市は冷めた口調で、この件と距離を置きたがっていた。つい先日、真崇の家で太市から父親の死の真相を打ち明けられた僕には、太市がなぜそんなに消極的なのかが分かった。太市は國友咲良の死の理由を知りたくない――自身の傷に触れることは、今は考えたくないのだ。

「未夢が言うとおり、僕も警察の発表は変だと思う。状況的に、事故や自殺っていうのはあり得ないよ」

僕の言葉に、太市は「なんでお前が言い切れるんだよ」と食って掛かってきた。

「遺体を検死して現場を捜査した警察が、そう発表したんだぞ。遺体を見たわけでも、現場を調べたわけでもないのに、そんなこと分かるわけねえじゃん」

「でも遺体があった島には、ボートがなかった」

太市が何を言っているのか分からないという顔で首を傾げたので、僕は自分が疑問に感じたことについて説明する。

遺体は《探検わくわく島》の人工池に三つある小島のうち、北側の端の島で発見された。岸からはかなり距離があるので、島に渡るにはボートを使ったはずだ。もしも國友咲良が一人で島に向かったのなら、ボートが島の周囲に残されていただろう。僕はスマホを取り出すと、あらかじめ確認のために調べた先月のニュース映像を表示させた。

「遺体発見時にヘリコプターから撮った池の映像に、ボートは一艘も映っていなかった」

スマホなので見づらいが、《探検わくわく島》の白と赤に塗り分けられた派手なボートはどこにもなかった。小さな画面を注視する未夢と太市に、僕はさらに補足する。

「ハピネスランドが閉鎖されたあとも、工事やなんかで敷地内には人の出入りがあったはずだよね。もう利用されていないアトラクションの池にボートがあったら、誰かが異変に気づいて、もっと早くに遺体は発見されたと思う。そのことから考えても、やっぱりあの池にボートはなかったんだ。つまりそれって、國友咲良の遺体があの島に置かれたあと、ボートに乗って立ち去った人間がいるってことだよね」

僕の主張を聞いて、未夢も不可思議な状況に気づいたようだ。「そうだよね。どうしてそんなことに……」とつぶやくと、顎に指を当て、思案顔で押し黙る。

けれど、太市は違った。

「海斗――お前、警察がそんなことにも気づかないと思ってんのか?」

いかにもうんざりしたという風情で、ため息をつく。

「映ってなかっただけで、警察がどっかに移動させてたのかもしんねえし、仮にボートがなかったとしても、泳いで島に渡ることはできるだろ。事故か自殺って結論に疑いがないから、そう発表したんだ。俺は警察の言うことを信じるよ。これ以上あの事件のことを調べようっていうなら、お前らだけでやってくれ」

太市は呆れた表情で言い捨てて立ち上がった。そして止める間もなく部屋を出ていく。僕の方を見ようとせず、その背中は自身を守ろうとするように硬く強張っていた。慌てて未夢があとを追ったが、少しして沈んだ表情で戻ってきた。

「太市、今日は帰るって。もうこの件には関わらないから、事件のことでは連絡してくるなって言われちゃった」

未夢はクッションに腰を下ろすと、不満そうに唇を尖らせる。

「太市だって、本当は納得してないはずなのに、なんであんな態度とるのかな」

太市の父親の死因や、そのことで太市が受けたであろう苦しみについて、未夢に打ち明けるべきか迷った。だけど太市が話していないことを、僕から話すべきではないだろう。

「元々、太市は遺体の身元を調べるのだって嫌がってただろ。真璃さんに頼んで國友咲良の家を見せてもらっただけでも、充分手伝ってくれたと思うよ。AAが國友咲良じゃないかって気づいたのも太市だし」

「でも……」となおも食い下がろうとしたところで、僕にそれを言っても仕方がないと気づいたのだろう。肩を落とした未夢は、ハーフパンツから覗く自分の膝を見つめたまま、口をつぐんでいた。そうしてしばらくして、ゆっくりと顔を起こすと、こちらを向いた。

「――海斗は、どうしたいと思ってるの?」

未夢は、自身も迷っているような口調で問いかけた。僕たちはいったい、どうするべきなんだろう。

三年前、『幸せの国殺人事件』の制作をめぐって、安堂篤子と國友咲良の間で何かが起きた。その結果、行方不明になった國友咲良は、ハピネスランドで遺体となって発見された。

僕たちが通報したことで、遺体の身元は國友咲良だと特定できたが、その死因は事故か自殺だと断定されてしまった。つまり國友咲良の死には、誰も関与していないとされたのだ。

警察のように捜査ができるわけでもない僕らに、警察が証拠を集めて出した結論を覆せるはずがない。この段階で、もうやれることはないと思う。だけど――。

「國友咲良は安堂さんに、自分の作品を盗作したことをどうにかして認めさせようとしていた。彼女が目的を遂げられないまま、自殺をするとは思えない。そのことだけでも、はっきりさせられないかな」

僕は太市のためにも、それを証明したかった。

「そうだよね。私もこれで終わりにするのは嫌だよ。國友咲良が三年前、何をしようとしていたのか、何が起きたのか、きちんと知りたい」

未夢は深くうなずくと、僕の手の中のスマホを指差す。

「さっきの映像、もう一回見せてくれない？　ちょっと考えついたことがあるんだ」

先ほどまでの心許なさは消え、未夢の瞳には、いつもの強くてまっすぐな光がたたえられていた。渡したスマホの画面をじっと見つめていた未夢は、「やっぱりそうだ」と独りごとを言うと、さっと立ち上がった。そしてロフトベッドの下の学習机の引き出しから、何かのパンフレットのようなものを出してくる。大事そうにカーペットの上に広げたそれは、ハピネスランドの園内マップだった。

折り目がつき、若干色褪せした地図にしばし見入ったあと、顔を上げた未夢が言った。

「もしかしたらボートがなかった理由、説明つくかも。ていうか、國友咲良が亡くなった理由も、分かっちゃったかもしれない」

予想もしなかった言葉に呆然としつつも、やっとのことで「どういうこと?」と尋ねる。

未夢は敷地の西側に位置する《探検わくわく島》を指すと、そのそばでカーブを描いて北側に延びる、別のアトラクションへと指を滑らせた。

「このスカイサイクルのレール、池を囲うみたいな形になってるよね」

確かに未夢の言うとおり、地上三メートルから五メートルの高さに敷かれた空中のレールを自転車で走るスカイサイクルは、人工池の脇でカーブして、その東側のコーヒーカップの手前でまたカーブして折り返すというコースになっていた。

「遺体が見つかった島は、池の北側の端にある、この島だった。國友咲良は何かの目的があって、ここに渡ろうとしたんだと思う。例えば《恐怖の館》で例の動画を撮ったみたいに、《探検わくわく島》でも撮りたい映像があったとか」

「それって、一人でってこと? その時は安堂さんは一緒じゃなかったの?」

僕は島にボートがなかったのは、それに乗って岸に戻った人物がいたからだと思っていた。そしてもちろん、その人物は安堂篤子ではないかと考えていた。けれど未夢は、「私は一人だったと思ってる」ときっぱり言った。

「理由は分からないけど、國友咲良は一人で島に渡る必要があった。でもボートは全部池から撤去されて、片づけられていた。國友咲良はその時、ボートを使うことができなかったんだよ」

未夢の言葉に、僕はスマホを手に取ると、もう一度ニュース映像を確認した。《探検わくわく島》の池にも岸の周辺にも、やはりボートらしきものは映っていない。確かにこの状況だと、そもそもボートは使えなかったということになる。

「太市は泳いで渡ったのかもって言ったけど、海斗じゃないんだから、二年近くも放置されてて底も見えない池を泳ぐなんて、普通はできないよね」

僕だってそんな池では泳ぎたくないと思ったけれど、話の腰を折らないように、黙ってうなずいた。

「ボートがなくて、池を泳いで渡ることもできない國友咲良は、なんとかして島に渡る方法を考えた——それできっと、上から島に降りようとしたんだと思う」

未夢の言ったことが理解できず、僕はスマホの画像と園内マップを見比べながら、何か見落としているものがあるのだろうかと確かめた。けれど遺体の見つかった小島の近くには、そこから島に降りられるような高い場所はない。岸からも距離があるし、池の水面にも、ただ三つの島があるだけだった。「降りるって、どこから？」と、戸惑いながら顔を上げた僕に、未夢は自信たっぷりに宣言した。

「國友咲良は、島に降りられる場所を、自分で作ったんだよ」

言い切ると、園内マップのある一点に人差し指を置く。それは《探検わくわく島》を囲うような形で設置された、スカイサイクルのレールだった。

「このカーブしたスカイサイクルのレールの一箇所にロープを結んで、反対の端っこを、ロープが島の上を通るような角度で池の対岸のレールに結ぶの。國友咲良は、レールの間に張ったロープを伝って、島に降りようとしたんだよ」

言いながら未夢は、人差し指を島を挟んで対面するレールへと移動させた。

そんなことが、本当にできるんだろうか。考えもしなかった発想に、僕は言葉も継げず、その光景を想像した。スカイサイクルのレールは、高いところでは地上五メートルにもなる。そんな場所でロープを結んで張る作業をしたあとに、そのロープを伝って島に降りるなんて、池を泳ぐよりよっぽど危険なことではないだろうか。

「いや、それって相当難しいよ。レールから島までの距離は、最短でも三〇メートル近くある。その距離をロープを伝って移動するなんて――」

「うん。だから、それができなくて、落ちてしまったんだと思う」

未夢は悲しげな表情で園内マップから指を離すと、クッションに座り直した。

「國友咲良は、島に降りようとしたところで、力尽きてロープを離してしまった。それで地面に頭を強く打って、亡くなったんじゃないかな」

未夢が先ほど、國友咲良が死亡した理由も分かったかもしれないと言ったのは、そういう意味だったのだ。確かにそれなら、死因は事故か自殺だという警察の見解とも合致する。だけど説明のつかない点があった。

「だとすると、現場にロープが残っていないのはおかしいよね。死んでしまったら、ロープの始末なんかできないし」

「三人でハピネスランドに行った時のこと、思い出してみて。スカイサイクルのレールに、カラスが巣を作ってたでしょ。カラスって針金とか木の枝とか、その辺にあるものを巣の材料にする習性があるんだって。多分結んでいたロープは、巣に使うために千切られて外れたんだよ。それ以外の部分は、池の中に沈んでるんじゃないかな」

未夢の説明に、レールの上に残っていたカラスの巣らしきもののことを思い起こす。だけど警察は遺体の発見現場を調べるのに、池の中を捜索しなかったんだろうか。不審なロープが発見されたというような報道はなかったはずだ。

それに、國友咲良の目的が動画の撮影だったとすると、撮影機材が残っていないのはおかしい。さすがにそんなものまでカラスに持っていかれるということはないだろう。

それらの疑問をぶつけると、未夢は焦った顔で弁解を始めた。

「現場に何があったかなんて、警察は全部発表したりしないでしょ。とにかく、きっとそういう状況も含めて事故か自殺って判断したんだよ」

そうして話を打ち切ると、未夢はテーブルの上のノートパソコンを開いた。

「とりあえずボートがなかった理由を考えるのはここまでにして、國友咲良が撮ったあの動画について、もうちょっと考えてみない？」

取り繕うように提案する。その後も一人で見返していたのか、一時停止された例の動画が画面に映し出された。

「覚えてるかな。安堂さんのマンションに行った時、安堂さんは、『この動画には秘密がある』って言ってたよね。答えが分かったら教えてって」

未夢に言われて思い出した。確かにあの時、帰り際にそんな思わせぶりなことを告げられたのだった。

「その秘密っていうのが、國友咲良が行方不明になったことと関わってたりしないかな。答えが分かったら教えてと言ったのは、私たちがその秘密に気づいたら、黙らせるつもりだったのかも」

推測を語りながら、自分の想像に怯えるように、未夢は身を縮こまらせる。

「本当に知られたくないような秘密だったら、わざわざ秘密があるなんて教えないと思うけど」と私見を述べると、未夢は「そうだよね」と力が抜けたように小さく息を吐く。

「でも、なんで安堂さんがあんなことを言ったのか、気になるんだよね。あれから何度かパスワードを入れ直してみたけど、同じ動画が再生されるだけで変化はなかった。やっぱり動画そのものに何かが隠されてるのかな。それと最初に太市から見せられた動画と、このおまけシナリオの動画が違ってるのはどうしてなんだろう。こっちは最後に國友咲良がフードを脱いで、顔を見せてたけど……」

未夢は動画のウインドウを閉じると、シナリオ選択画面に戻り、おまけシナリオをクリックする。パスワードを入力して、再び動画を再生させるつもりなのだろう。

「——そういえば、前回、未夢がパスワードを入れた時、ちょっと気になったことがあったんだ」

素早く動く未夢の指を見ていて、その記憶が蘇った。「何それ」と未夢が手を止める。

「前にパスワードを入れてエンターキーを押した時、確か音が鳴ったんだよね。ぽんって。だけどこの間は、その音が聞こえなかった気がして」

大したことではないと思ったので、何気ない調子で言ったのだが、それを聞いた未夢は目を見開いてパソコン画面を凝視した。そしてキーボードの右上の方にあるスピーカーマークのついたキーを押す。画面の下の方に音量レベルが表示され、目盛りがゼロの状態から徐々に上がっていく。そうしてエンターキーを押すと、ぽん、とあの時の音がした。

「仕組みは分からないけど、この動画を再生しようとすると、スピーカーの音量がゼロになるような設定がされてたみたい」

張り詰めた声で未夢が言った。それはつまり、どういうことなのか。考えが追いつかないうちに、ノートパソコンから、かすかな息づかいの音が聞こえ始めた。僕らが何度も見た映像。絨毯の上で影が激しく動いている。
《あと十秒したら、印をつけたところで倒れて》
指示を出す女性の鋭い声。きっかり十秒後、安堂篤子が画面の中央に現れ、床に倒れ込む。その安堂篤子に向かって黒い棒が振り下ろされ、やがてレインコートを着た國友咲良が姿を見せた。時折放たれる硬質な音から、國友咲良が安堂篤子の体に当たらないように狙いを外し、床を打っていると分かる。
《そのままだんだん抵抗をやめて、動きを止めて》
再び指示が出される。この動画は元々、編集で音声を消すことを前提に撮影されていたようだ。
画面には動かなくなった安堂篤子が映し出されていた。《じゃあ、次のシーンね》と言いながら、レインコートの國友咲良がこちらに向かって歩いてきた時、聞き覚えのある女性の声がした。
《ねえ、ノートをどこに隠したの？》
その声はあの気だるげな調子ではなく、切迫さがにじんでいた。國友咲良は、問いを発した安堂篤子を振り返りもせず、こちらに手を伸ばした。画面が揺れる。そして國友咲良が被っていたフードを外した瞬間。

《島の三番の足元》
安堂篤子には届かないような小声でささやいたのが、はっきりと聞こえた。國友咲良が体を起こした安堂篤子の方を向くと、そのまま画面は真っ暗になった。

二

僕と未夢は、しばし呆然としながら、その黒いディスプレイに見入っていた。

「──今の、どういう意味？」

先に口を開いたのは未夢だった。

「ノートって何？《島の三番の足元》って？」

「僕に聞かれても、分かるわけないだろ」

矢継ぎ早に尋ねられ、混乱しながらそう返した。

「『どこに隠したの？』って言ったのは、安堂さんだよね。あんなふうな真剣な声、初めて聞いたかも。安堂さんにとって大切なノートを、國友咲良が隠したってこと？」

未夢の問いかけに、見たばかりの動画の内容を思い返す。二人のやり取りには、色々と不自然な点があったように感じた。

「そうとも取れる。それと安堂さん、動画の撮影が終わったところで、待ち構えてたみたいに聞いたよね。ということはもしかしたら、國友咲良はそれを教えるのを条件にして、この動画を撮るのに協力させたんじゃないかな」

太市が言っていたように、やはり國友咲良はそうした取引の末に、安堂篤子を動画に出演させたのではないか。

そして今の動画の中で、國友咲良はその答えを、安堂篤子には聞こえないような声で、撮影していたカメラのマイクに向かって吹き込んでいた。つまり、あの場では約束は守られなかったということだ。

「もしかして、國友咲良が亡くなったのは、このノートのことが原因なのかな。隠し場所を教えなかったから、安堂さんが無理やり聞き出そうとして、國友咲良が持っていた棒を奪い取って――」

青ざめた顔で未夢が憶測を口にする。僕もハピネスランドに侵入した時のことを思い出していた。《恐怖の館》のあの部屋で目にしたもの。人形が座っていたロッキングチェアには、誰かの手足を縛りつけたようなロープの擦れた跡があった。あれは安堂篤子が、國友咲良を尋問した時についたものだったのだろうか。

安堂篤子は動画の撮影後に、ノートの隠し場所を聞き出す過程で、國友咲良を死なせてしまったのか。けど、そうなるとおかしな状況になる。

「この動画を『幸せの国殺人事件』のおまけシナリオに隠したのは、國友咲良だよ。撮影直後に殺されてたら、それはできないだろ」

僕の指摘に、未夢は「ああ、そっか。順番が変だよね」と、早とちりを恥ずかしがるように口元に手を当てる。その未夢の言葉で、思いついたことがあった。

「そうだ――そもそも順番が逆だったのかも」

どういうことかと尋ねる未夢に、僕は今浮かんだばかりの考えを話した。

「安堂さんはノートがどこにあるか聞き出そうとして、國友咲良を激しく問い詰めた。それで身の危険を感じた國友咲良は、隠し場所を教えるからと嘘をついて安堂さんに協力させて動画を撮影した。安堂さんには『幸せの国殺人事件』のムービー素材として使うものだとでも言ったんじゃないかな。そしてその動画でノートのありかを明かした上で、おまけシナリオとしてゲームの中に隠したんだ」

万が一自分が殺されても、その犯行の動機となったノートの存在が誰かに伝わるように、國友咲良は動画にメッセージを残した。自身が作ったゲームをプレイした人が、それを見つけてくれることを願って――。

「ノートを託す相手は、もちろん自分の味方になってくれる人じゃないといけなかった。だから國友咲良は、シナリオのパスワードに一つ仕掛けをした。安堂さんが自分の作品を盗作したという告発を信じて、自分が書いた『箱庭探し』を読んだ人だけが解けるようなパスワードを設定したんだよ」

これがきっと、國友咲良があの動画を撮影した本当の目的だったのだ。ゲームで使う動画だということにすれば、『幸せの国殺人事件』は遊園地を舞台に殺人事件が起きるゲームだから、安堂篤子は信じたはずだ。彼女が実際にプレイすることも想定して、ちゃんとシナリオに沿ったシーンに仕上げたのだろう。

未夢は絶句したまま、真っ黒なパソコン画面に目をやった。少しして深いため息を漏らすと、「じゃあ、國友咲良はやっぱり……」と細い声でつぶやく。

動画を撮り終えたらノートの隠し場所を教えるという約束だったのに、おそらく國友咲良は約束を破り、話さなかった。そのために殺されたのだ。

そこまで考えて、根本的な疑問が湧いた。

「――國友咲良が隠したノートって、いったい何が書かれていたのかな」

思わず口にしたその問いに、沈痛な表情でディスプレイを見つめていた未夢が、こちらを向く。

「それは、だから……安堂さんの秘密のアイデアとか、誰にも読まれたくない日記とか、とにかく安堂さんにとって、大切なことが書いてあったんじゃない？」

言葉を切り、考えながらといった様子で述べる。安堂篤子にとって大切なもの――それは、何をしてでも取り返さないといけないものだった。いや、大切なものとは限らない。逆に、他人に読まれると都合の悪いようなものだったとも考えられる。

そんなものがどうして、國友咲良の手に渡ることになってしまったのだろう。そう不思議に思った時、僕らは勘違いをしていたのではないかと気づいた。

「そのノート、安堂さんのものじゃなくて、國友咲良のノートだったのかもしれない。安堂さんがシナリオを書くより先に、小説を書いていたっていう証拠になるような――それが何年も前に書いたものだって分かれば、安堂さんが盗作をしたって証明できる」

未夢は目を丸くしたあと、すべてが腑に落ちたというように大きくうなずいた。

「きっとそうだよ。安堂さんは絶対にそのノートを、國友咲良から奪わないといけなかった。ボールペンで書いたものなら、インクの劣化具合とかで、いつ頃書かれたものなのか分かるって、何かで読んだことがある」

裁判を起こしてノートを鑑定に出せば、安堂篤子の受賞作が盗作だったと法的にも認められただろう。ノートの存在を知らされた安堂篤子は、それを手に入れるためにどんな取引にも応じたはずだ。そして最終的に國友咲良がノートを渡す気がないと知り、永遠にそれを葬るには、彼女を殺すしかないというところまで追い詰められたのではないか。

「そのノートは、今もまだ、國友咲良が隠した場所にあるってことだよね」

静かな、けれど熱をはらんだ声音で未夢が言った。

「私、見つけてあげたい」

僕も同じ気持ちだった。ハピネスランドで遺体となって発見された國友咲良が、命に代えても守ろうとしたもの。これまで未夢や太市とともに、あの動画と『幸せの国殺人事件』をめぐる謎を解くべく、彼女について調べてきた。そうして辿り着いた真相に、僕は國友咲良からノートだけでなく、無念を晴らしてほしいという思いを託されたような気がしていた。

「ノートの隠し場所――『島の三番の足元』って言ってたよね。島っていうのは、やっぱり《探検わくわく島》のことかな」

未夢に問われて、少し考える。他に島と聞いて思いつくのは江の島くらいだ。けれどそれなら江の島とはっきり言うんじゃないだろうか。あの最後のメッセージは別に暗号ではなく、動画を見た人に、ノートを見つけてほしくて残したもののはずだ。そう見解を述べると、未夢も同意してくれた。

「てことは、あまり難しく考える必要はないよね。國友咲良の告発を信じてパスワードを解いて、あの動画を見た人には分かるような場所なんだよ。安堂さんに聞き取れないように短い言葉で言っただけだとすると、普通に《三番目の島の足元》――つまり地面に埋められてるって意味に取ればいいのかな。でもあそこの島に、番号なんてあったっけ？」

園内マップにも番号などは書かれていないし、未夢も記憶にないという。《島の三番》とはいったい、何を指しているのだろうか。

「もしかしたら、國友咲良の小説に何かヒントがあるのかも。あの『箱庭探し』にも、《探検わくわく島》をモデルにしたボートのアトラクションに、ヒロインが同級生の男の子と乗る場面があるんだよ。そこがクライマックスで、彼から『これからは僕がずっとそばにいて、君を守る』って告白されるの」

安堂篤子のマンションを訪ねた時にもその話をしていたので、よほど印象的なシーンなのだろう。未夢はうっとりした表情で語ると立ち上がり、机の引き出しから、僕らが送った『箱庭探し』の原稿の画像をA4サイズでプリントアウトしたものを引っ張り出してきた。コピー用紙をめくり、未夢が該当の箇所を確認する。けれど島に番号は振られておらず、《三番》が何の数字かを示唆する描写はなかった。

「今日はもう遅いし、手がかりを探すのは明日にしようか」

机の置き時計を見て、僕はそう提案した。時刻は午後四時半を過ぎていた。五時には未夢の母親が帰ってくるはずだった。

「ごめん、私、明日は出かける用事があるの。お母さんと葉山の叔母さんちに行くことになってて――でも、調べるのは急がなくていいんじゃない？　どうせハピネスランドの中に入るのは、今は絶対に無理だし」

未夢に予定があるのは良いとして、ハピネスランドに絶対に入れないというのはどうしてだろう。理由を尋ねると、未夢は呆れたように言った。

「だって遺体が発見されたんだよ？　警備が厳重になったに決まってるじゃん。私たちが入るのに使ったフェンスの穴だって、もうちゃんと塞がれてたもん」

未夢はつい先週、買い物帰りに母親の車でハピネスランドの近くを通ったのだそうだ。その時には、入口の門の前に制服警官まで立っていたという。

「どっちにしても、ハピネスランドの中に入れるのは事件の騒ぎが収まってからになると思う。多分、夏休みいっぱいは難しいんじゃない？　だから《三番》が何を指すのかを調べるのは、ゆっくりで大丈夫だよ」

ノートを探すのがそんなにも先になるとは思っていなかったので、僕は拍子抜けしてしまった。でも考えてみれば未夢の言うとおり、遺体が発見されてからまだ半月くらいしか経っておらず、しかも今は遺体の身元が分かったというニュースが流れた直後なのだ。

太市はこの件にはもう関わらないと言っているし、僕と未夢だけでやるしかないのだとすると、隠し場所を特定するだけでもかなりの難題だ。

「まずはもっと情報を集めようよ。私はハピネスランドと、『幸せの国殺人事件』について調べてみる。まだ色々知らないこともあると思うから」

「だったら僕は國友咲良のことを調べるよ。この間はお姉ちゃんとあまり話せなかったから、他に覚えてることがないか聞いてみる」

これからのことを打ち合わせると、お互い何か分かったら連絡しようと決めて、玄関先まで見送ってくれた未夢と別れた。

あまりしょっちゅう遅くなると心配されそうなので、今日はまっすぐ家に戻った。リビングでは姉の茜がソファーに腰掛け、重い表情でスマホをいじっていた。

「どうしたの？　ガチャ外れた？」

自分のスマホを充電ケーブルに繋ぎながら、いつもの育成ゲームをやっているのだろうと声をかけると、姉は「違うよ。ほら、昼間のニュースのこと。ハピネスランドの」と、こちらを振り向いてしゃべり出した。

「遺体の身元が分かったでしょ？　國友咲良さんって、藤沢南高校の出身で、文芸部の先輩なんだよ。今、そのことでＬＩＮＥしてたの」

昼に一緒にあのニュースを見たあと、すぐに未夢から連絡がきて僕は家を出てしまったけれど、姉にしてみれば高校時代の部活の先輩が、そんな形で亡くなっていたと知らされたのだ。それは相当なショックだったろう。垂れ気味の目のふちが赤くなっている。

「國友先輩、ご両親が亡くなって実家に一人で住んでたの。それで周りも気づけなかったみたいなんだ。あまり友達もいなかったらしくて。私も先輩が卒業してからは、全然やり取りしてなかったから」

そのことを悔やむように姉は眉根を寄せると、ＬＩＮＥの画面が表示されたスマホに視線を戻した。

「安堂先輩に詳しいことを聞きたくて、昼から何度もメッセージ送ってるのに、この時間になっても返信がないの」

このタイミングで安堂篤子の名前が出たことに動揺しながらも、安堂篤子は國友咲良と同学年の先輩なのだから、姉が連絡するのも当然だと気づく。

「確かに安堂さんは、亡くなった人と親しかったはずだよね。同じ学年だし」

そう相槌を打つと、姉が「何言ってるの？」と怪訝な顔になった。何か変なことを言っただろうかと首を傾げていると、「ああ、このこと、海斗には教えてなかったっけ」と、一人で納得したようにうなずく。そして続けた。

「亡くなった國友先輩、安堂先輩とは同級生ってだけじゃないの。安堂先輩のお母さんが國友先輩のお父さんの妹で――つまり二人は、同い年の従姉妹なんだよ」

三

以前姉の茜に貸してもらった藤沢南高校文芸部の部誌『南風』に掲載された部員の写真を見て、安堂篤子と國友咲良の顔立ちがとてもよく似ていることに驚いた。未夢はそのことで、國友咲良が安堂篤子を殺して彼女になりすましているんじゃないかと、とんでもない推理をしてみせたほどだった。

ここで僕は、前に冬美真崇が話していたことを思い出した。真崇は國友咲良の家に妹の真璃を住まわせてもらうことになった時、梶謙弥から、そこが安堂篤子の親戚の家だと聞いたと言っていたのだ。両親が亡くなり本人は海外留学中で、安堂篤子が留守中の管理を任されているとーー。

真崇に不審に思わせないための嘘だと思っていたが、あれは本当のことだったのだ。

「國友先輩と安堂先輩、凄く仲が良かったんだよ。國友先輩って、小学生の時にお母さんが亡くなったでしょ。お父さんは仕事が忙しくてあまり面倒見られなかったから、國友先輩は安堂先輩の家に預けられてて、姉妹みたいに育ったんだって言ってた。國友先輩は安堂先輩のこと『あっちゃん』って呼んでて、いつも一緒にいたんだよ」

これまで、二人は単なる同級生だと思っていたけれど、こうなると今までに分かったことが、まったく違う様相になる。そんなふうに慕っていた、姉妹同然の関係だった安堂篤子に自分の作品を盗作されて、國友咲良はどんな思いだったのだろう。また安堂篤子は、どういうつもりで盗作などという真似をしたのか。

「それで、安堂さんから返信がないって、どういうこと?」

そのことも気になって尋ねる。姉は困惑した様子でスマホを操作すると、履歴を確認しながら答えた。

「十二時過ぎにニュースを見た直後から、何度も安堂先輩にLINEしてるんだけど、既読スルーされてるの。前に聞いた話だと、國友先輩は安堂先輩以外に身寄りがないみたいなんだ。だから多分、警察に呼ばれたりで対応に忙しくて、返信するどころじゃないってだけだと思うんだけどね」

確かにそうかもしれないが、安堂篤子が警察から事情を聴かれるとしたら、それは身元が分かったというニュースが出る前のことだろう。死因は事故か自殺だと断定されたのだから、容疑者みたいに一日中拘束されるとは思えない。連絡がつかないのは、別の理由なのではないだろうか。詳細を尋ねられたくなくて、無視しているのかもしれない。

充電しようとしていたスマホを手にリビングを出ると、さっき別れたばかりの未夢に電話をかける。安堂篤子と國友咲良が従姉妹同士だったという驚くべき事実を伝えると、未夢は「えー――」と一言発したあと、言葉を失ったように黙り込んだ。

「あの二人が従姉妹の関係で、國友咲良には安堂さん以外に身寄りがなかったんだとしたら、色々状況が変わってくると思うんだ。安堂さんは國友咲良の家に自由に出入りできただろうから、自分に不利な証拠なんかも捨ててしまっているかもしれない」

國友咲良のノートパソコンには幸い、パスワードのロックが掛かっていたが、もしも手書きのノートや日記帳などに盗作されたことを示す記述が残っていても、それはきっと処分されてしまっただろう。

「じゃあ本当に、《島》に隠したノート以外、何も証拠は残っていないってことなの?」

未夢が悲痛な声を上げる。悔しいけれど、そういうことになりそうだ。でも、僕らのやることが変わったわけではない。

「元々、そのノートを見つけることが目的だったんだから、今日話したようにこの夏休みを使って、二人で手がかりを探そう。ハピネスランドに入れないのは安堂さんも同じだし、今は奪われる心配はないんだ。焦らなくても大丈夫だよ」

そう未夢に言って聞かせながらも、僕はどこか嫌な予感がしていた。早く動かなければと、追い立てられるような気持ちで落ち着かなかった。


通話を終えたあと、僕はスマホを持ったまま二階へ上がった。自分の部屋にスマホを持ち込むのは禁止されているけれど、母親は今、夕飯の支度の最中だ。僕は先日ＬＩＮＥ交換したばかりのアカウントをタップする。数回の呼び出し音のあと、「はい」と警戒するように応答された。藺村です、と名乗ると、「ああ、海斗君」と、途端にほっとした声になる。

「見慣れないアカウントだから、誰かと思ったよ。まさか警察がＬＩＮＥしてくるとは思わないけど、お兄ちゃんからも、知らない番号の電話には気をつけろって言われてたし」

冬美真璃はそこで言葉を切ると、電話の向こうで誰かと短いやり取りをした。そして「今、お兄ちゃんと一緒にいるの。ちょっと話したいみたいだから、ビデオ通話にしてもいい？」と持ちかけてくる。ちょうど真崇にも聞きたいことがあったので、そう伝えて了承した。通話モードを切り替えると、妙に高級そうな革張りのソファーに並んで座った真崇と真璃の兄妹が映し出される。

「ここ、お兄ちゃんの会社が配信用のスタジオとして使ってるマンションなの。お兄ちゃんが社長さんに事情を話したら、しばらく住んでていいって言ってもらえて」

ソファーの後ろには観葉植物や額に入った抽象画、分厚い本が収められた書棚などの立派な調度品が据えられている。急に潜伏先から追い出すことになってしまったが、どうやら今は不自由なく暮らせているようだ。

「社長が弁護士を紹介してくれて、相手方に俺らに接触しないように通達してもらったんだ。そっちが片づけば、真璃も家に帰れる。もっと早くに相談しとけば良かったわ」

真崇はそう言うと、首にかけたタオルでごしごしと頭を拭いた。スウェット姿でコーラのペットボトルを手にしているところを見ると、風呂上がりだったようだ。いつもはつんつんと立てている黒い短髪が、ぺたんと濡れている。

「それで、電話をくれたのは、昼のニュースの件だよね」

真璃は真面目な顔になると、カメラの方へ身を乗り出すようにして切り出した。

「びっくりしたよ。ハピネスランドで見つかった女性の遺体が、まさかあの家の娘さんだったなんて」

「真崇さんは梶さんから、あの家の住人は海外留学中だって聞いてたんですよね」

僕の問いかけに、真崇は険しい表情でうなずいた。

「謙弥が俺に嘘ついたとは思いたくねえけど、安堂って先輩に、そう言うように頼まれたのかもな。あいつ、何かとあの人には世話になってて、頭が上がんねえみたいだし。今までも結構、無茶言われてたから」

先日、梶が安堂篤子のマンションに訪ねてきた時は、後輩らしくないぞんざいな口調で接していて、そんな関係性には感じられなかった。疑問に思ったので、「他には例えば、どんなことを頼まれてたんですか」と踏み込んでみる。

「就活のエントリーシートを書いてやったり、課題を代わりにやらされてたこともあったな。会社でその映像の編集してたんで、なんでお前がやってんだって聞いたんだ。そしたら、アルバイトみたいなもんだって。あいつ、あの先輩に飯とか飲み代とか色々おごってもらってたみたいなんだ。学費払うのもぎりぎりだっつうから、そうでもしねえとやってけねえんだろうけど」

前に真崇が話していたが、梶の家も小学生の時に父親の会社が倒産したとかで、金銭的に苦労しているらしい。そうやって見返りをもらって安堂篤子の手伝いをするうちに、親密になっていったということなのだろうか。

安堂篤子と梶の関係よりも、今気になるのはノートのことだ。僕はまず真璃に、國友咲良の家でそういう類のものを見なかったか尋ねた。

「そんなの、なかったと思うけど……ていうか、人の家だから落ち着かなくて、基本的に一階のリビングと客間しか使ってなかったんだよね。だから二階の娘さんや夫婦の部屋には、一度も入ってないの」

そのため、太市から連絡をもらって家を出る時には、一階のみを念入りに掃除して、ゴミなどの痕跡も残さないよう注意したという。おそらく僕らが通報したあとに、警察がDNA鑑定の検体に使うための髪の毛などを採取しに来たはずだ。別人の髪の毛がたくさん落ちていたり、逆に住人のものがまったく残っていなければ間違いなく不審がられただろうから、それで正解だったと思う。

やはりノートを見つけるには、ハピネスランドの《島の三番の足元》を探すしかないようだ。僕は次に真崇に、あの動画について、さらに詳しく聞いてみることにした。安堂篤子は、動画には秘密があると言っていた。もしかしたらそれが、ノートの隠し場所のヒントになるかもしれない。

「梶さんから譲ってもらったパソコンの中に、例の動画のファイルが残っていたってことでしたよね。どういう経緯であれがサークルのパソコンに保存されていたのか、梶さんから聞いてませんか」

まずは、どのようにして動画が真崇の手に渡ることになったのかを確かめる。真崇は口をつけたペットボトルの蓋を閉めながら、難しい顔でしばし黙り込んだ。ややあって表情を和らげると、「まあ、お前には話してもいいか」と語り始めた。

「太市から、あの動画はなんなんだって聞かれて、梶に確認したんだ。梶は、あれは今年になって誰かからメールで送られてきたものだって言ってた。サークル宛のメールボックスに入ってて、添付ファイルとして保存されてたのを俺に渡す時に消し忘れたらしい。送り主はフリーメールのアドレスで、誰から届いたのかも分からない。ただ、《幸せの国で見つけて》って意味不明なメッセージが付いてたそうだ」

「ということは、最初から安堂さんが持っていた動画ではないんですか」

てっきり僕は、動画の出演者である安堂篤子が保存したのだと思っていた。だが考えてみると、あの動画を撮影したのは國友咲良であり、サークルのパソコンに残されていたのは、音声を消して最後の方をカットした動画だった。《幸せの国で見つけて》というメッセージはおそらく、『幸せの国殺人事件』のゲームの中からこの動画を見つけるようにという意味だろう。今聞いた状況からすると、國友咲良はノートの隠し場所を示すヒントである編集済みの動画を、今年になってサークルのメールアドレス宛に届くようにしておいたのだ。日時を指定して送信予約したのだろうが、そこにはどういう意図があったのか。

「ああ、もう一つ思い出した。パソコンと一緒に、『幸せの国殺人事件』ってゲームソフトをもらったんだ。先輩の知り合いが作ったインディーゲームで、先輩も梶もひと通りプレイしたけど、なんか気づいたことがあったら教えてほしいって。俺はああいうややこしいのは好きじゃねえから、手はつけなかったけどな」

ということは、真崇は自分ではプレイしないまま、『幸せの国殺人事件』をフリマアプリに出品していたのだ。当然、おまけシナリオの存在にも気づいていなかっただろう。対して梶と安堂篤子は、おまけシナリオがあると分かっていた可能性はあるが、パスワードを解くまでには至らなかったのではないだろうか。だから気づいたことを教えてほしいと頼んで、ソフトを真崇に託したのだ。

ここまでの話を聞いて、僕は密かに安堵していた。この分ならきっと梶も安堂篤子も、ノートのありかを解き明かせていない。そのヒントとなる、おまけシナリオに隠された編集前の動画にすら辿り着けていないのだ。そして『幸せの国殺人事件』のソフトを彼らが手放した以上、もう國友咲良が残した《島の三番の足元》のメッセージは受け取れない。

安堂篤子が國友咲良と従姉妹同士だということで、隠蔽工作をされるなど不利なことが起きるのではと恐れていたが、これならむしろ僕らの方がリードしている状況だった。

僕は最後にもう一つだけ、聞きたかったことを真崇に尋ねた。今後必要になることはないと思ったけれど、念のためだった。真崇はぎょっとしながらも、懸命に頼み込むと、渋々教えてくれた。

「お前の身長だったら、まあ届くかもな。でも間違ってもやるなよ。怪我した奴が何人もいるんだ」

絶対にそれを実行しないと約束させられたあと、僕は改めて真崇と真璃の兄妹にお礼を言い、通話を切ったスマホを手にリビングに下りた。

この日の献立は、僕の好きな夏野菜カレーだった。ここ何日か、太市のことや安堂篤子のこと、國友咲良のことで頭がいっぱいで食事を味わうどころではなかった僕は、久しぶりに美味しく夕飯を平らげた。

お皿を片づけ、自分の部屋に行こうとした時だった。洗い物を始めようとしていた母親が、不意に僕を呼び止めた。

「海斗、お盆のお休み、今年はどうしようか。埼玉のおばあちゃんが、海斗に会いたがってるんだけど」

埼玉の祖父母の家は、母親の実家だ。昔、母親がヨーロッパ旅行に行くために姉と預けられて祖母に嫌みを言われて以来、なんとなく苦手としていた。

「お姉ちゃんは友達と一泊旅行に行くんだって。お母さんは、お父さんの実家の方で法事があって、手伝いに行かないといけないのよね。ほんの二泊三日で帰ってくるんだけど」

母親は忙しそうに手を動かしながら、妙に早口でそんなふうに説明した。台所のカウンターに目をやると、そこには『温泉旅館特集　二泊三日でゆったり癒しプラン』のキャッチコピーが躍る旅行雑誌が置かれていた。母親の意図を察した僕は、それに気づいていないふりで答える。

「おばあちゃんの家だとだらけちゃいそうだし、僕は家にいるよ。お姉ちゃんは一泊で帰ってくるんでしょ？　一晩くらい、別に一人でも大丈夫」

それを聞いて母はほっとした顔になり、「ごめんね。海斗にもお土産買ってくるから」と言った。これで一人で埼玉の祖父母宅に預けられるのは回避できた。

お盆のたまの休みに夫婦で温泉旅行に行くくらい、何も問題ないと思うのだが、僕に悪く思われないように、法事だなんて嘘をついてしまうのだろうか。相手に嫌われたくなくて嘘をつくしかない母親が、なんだか気の毒に思えて、知らずカウンターの旅行雑誌の方へと視線を逸らした。そうして露天風呂が表紙の雑誌を見つめるうちに、僕は自分たちのこれからを左右するような、ある重要なアイデアを思いついた。

それについてすぐにでも調べてみようと二階に上がろうとしたところで、姉が先ほどまでと違う明るい表情で階段を下りてきた。スマホを手にした姉は、僕の顔を見ると「安堂先輩に連絡ついたよ」と安堵した様子で告げる。

「安堂先輩、警察に呼ばれてたんじゃなかった。急だけど後期から休学して、海外の大学に留学することにしたらしくて、その準備で忙しかったんだって。もう来週には日本を離れるらしいよ」

四

芸術大学の四年生で映像制作会社から内定も出ているという学生が、休学して留学する。あと半年というタイミングで、そんな行動を取るだろうか。卒業できなければ当然内定は取り消しとなる。安堂篤子が就職を蹴ってまで海外に行くことを決めたのは、おそらく、逃げるためだ。

僕はこのことをすぐに未夢にＬＩＮＥで伝えた。未夢はこれから夕飯とのことで、夜にWoNのチャットで相談することになった。

待ち合わせの時間より前にWoNにログインする。町を出て荒野を走り、広場のベンチで待機した。未夢は約束どおり、夜九時にやってきた。

「安堂さん、逃げる気だよね」

僕のゴブリンの隣に屈強な戦士を座らせると、未夢は低い声で吐き出した。

「うん。多分、ハピネスランドで遺体が発見された時から、準備していたんだと思う」

「騒ぎが収まってハピネスランドに入ることができて、ノートを見つけたとしても、安堂さんを告発できないってこと？　國友咲良は事故か自殺ってことになって、あの人は何も罪を問われないなんて、そんなのあんまりだよ」

途方に暮れたように言うと、未夢は戦士を立ち上がらせた。巨体がうろうろと歩き回る。

「安堂さんに、もう一度だけ連絡してみよう。動画の秘密が分かったって言えば、きっと会ってもらえると思う。ノートのことを知ってるって嘘ついて、國友咲良にしたことを認めさせようよ」

絶対に駄目だ、と僕は未夢の提案を退けた。安堂篤子はそのノートを葬るために、おそらく國友咲良を手にかけたのだ。僕らだって何をされるか分からない。そんな危険を冒すわけにはいかないと説き伏せると、未夢は「じゃあどうしたらいいの」と苛立った声を上げた。

「安堂さんが日本を離れる前に、國友咲良のノートを手に入れるのは無理だ。でも安堂さんだって、ずっと海外にいるわけじゃないと思う。いつか彼女が帰ってきた時に、それまでにノートを見つけておいて追及しよう。時間が経ったって、安堂さんが盗作をした事実は消えないんだから」

ハピネスランドの壊れたフェンスは塞がれ、入口は警察官が警備している。フェンスの一部には振動センサーがついていて、さらにその上に有刺鉄線が張られている。敷地に入ってノートを探すことができない以上、今は僕らには打つ手がない。

置かれた状況を何度も説明し、安堂篤子に一矢報いたいという未夢を、どうにか思いとどまらせた。そして引き続き、夏休み中に二人でノートの手がかりを調べることを約束して、その晩はログアウトした。

それから三日後。お盆休みに入り、旅支度をした両親と姉は朝早くに連れ立って家を出ていった。母親は冷蔵庫に明日の晩ご飯までの食事を用意してくれていて、「レンジで温めるようにしてね。ガスは使わないでよ」と出がけに念を押された。父からは「危ないことだけはするなよ」と、簡潔な注意を受けた。

誰もいない家で、僕はのびのびとソファーに寝そべってスマホで動画を見て、おやつを食べて、昼寝をして——と自堕落な一日を過ごした。そして夕方になって母親が作っていった煮込みハンバーグをレンジで温めて食べると、必要なものをリュックに詰め、夜七時半に家を出た。

バスは遅い時間だと本数が少なくなるので、少し遠いけれど自転車で目的地に向かった。三十分ほどで辿り着き、暗い農道の先にある橋の手前で自転車を降りる。そして欄干の向こうに目を凝らした。藤沢市を縦断する引地川の支流は、幅が一〇メートル近くもあり、流れは穏やかだった。

川から吹いてくる風はひんやりとしていて、汗が引くと少し寒いくらいだった。辺りを見回してから、自転車を抱えて土手を下る。がさがさと高く伸びた雑草が音を立てたが、水音の方が大きかった。

橋脚の陰に自転車を隠すと、リュックを降ろす。持ってきた防水の保存袋にスマホとペンライトを入れ、ボディバッグに詰めた。それからTシャツとジーンズを脱ぐ。下に着てきたのは、川の水温でも耐えられる冬用のウェットスーツだ。色は真っ黒なので、万が一誰かが川岸を通ってもそうそう気づかれることはないだろう。スニーカーを脱いで、同じく黒のマリンシューズに履き替えた。

ボディバッグを背負うと、川の中に足を入れる。足首の隙間から冷たい水が浸みたけれど、我慢できないほどじゃない。膝の深さまで歩を進めると、川上を振り返る。川沿いに建つ家々の屋根の向こうには、星の瞬く夜空を背景に、ジェットコースターや観覧車のシルエットが覗いていた。

大体の距離を確認したところで、川下の方角に目を向ける。川の両岸はこの橋を境に整備され、コンクリートの堤防となっている。そして堤防には真崇に聞いていたとおり、直径一・五メートルの丸い排水トンネルが口を開けていた。

安堂篤子が数日中に留学してしまうと分かった時から、こうしようと決めていた。ハピネスランドが閉鎖されて間もない頃、地元の不良が敷地内に入り込んで騒ぎを起こしたという事件があった。きっと真崇なら当時のことを知っているだろうと、その時、彼らがどんな方法でハピネスランドに入り込んでいたのかを尋ねたのだ。

「捕まった奴らは、フェンスを乗り越えて入ったって警察には説明したらしいけど、実は違うんだ。ハピネスランドって、水を使ったアトラクションが多いだろ？　その排水を川に流すためのでかいトンネルがあるんだよ。閉鎖されたあとは使われてないから、歩いて通れるようになってる。ただ、入口までは川の水に浸かることになるし、その上、出口が問題なんだ。トンネルを出た先は、高さ三メートル以上もある垂直な壁に囲まれてるから、登るのが難しいんだよな。一応、上の方に梯子があるんだけど、背が低い奴だと手が届かなくて無理だし、落ちて怪我する奴も多かったらしい」

ハピネスランドから、敷地のそばを流れる川へと繋がる排水トンネル。そこを通れば、フェンスに阻まれることなく侵入することができる。ただし、トンネルの入口までは川の中を歩かなければならず、出口から地上に出るには、ある程度の身長が必要だという。僕にしかできない方法だった。過去にこの方法で侵入して怪我をした人もいるとのことで、未夢に言えば絶対に危ないと反対されるので、内緒で準備してきたのだった。

ごろごろした川石を踏みながら堤防の方に進むと、途端に水深が増して、腰のところまで水面に沈んだ。水の冷たさのせいか、緊張のせいか、ぞわっと鳥肌が立った。これまで河川でのOWSの経験はなく、トレーニングを受けたこともなかったけれど、川の深いところの方が流れが速いとは聞いていたので、それ以上、川岸から離れないようにしてトンネルの方向を目指した。転んで流されないように足元に注意しながら、左手を堤防について歩いていく。顔を上げると、もうすぐ目の前にトンネルの真っ黒い穴が迫っていた。

丸いトンネルは水面から数十センチ高い、僕の頭の上くらいの位置にある。わずかに届く外灯の光に照らされて、底の部分に泥のような黒い筋が奥へと続いているのが見えた。傾斜した堤防のコンクリートの表面は、板チョコのようなブロック状になっている。トンネルのふちに左手を掛けると、水中を左足で探り、マリンシューズの爪先でブロックの継ぎ目を捉えた。腕と膝に力を込め、一気に体を持ち上げる。

水から上がったことで浮力がなくなり、急に下半身が重く感じられたが、どうにか右腕をトンネルにねじ込むことができた。肘をついて上体を浮かせると、人に見られないように急いで奥へと這い入った。手のひらについた土を払い落としながら、大きく息をする。学校の中庭の池のような、独特の臭いが鼻を突いた。

トンネルの直径は僕の身長よりも小さいくらいなので、頭を低くして立ち上がる。壁に手を添えてもう少し奥へと入ったところで振り返り、外からは見えないのを確認してボディバッグに入れてきたペンライトを点けた。足元を照らすと、砂や枯葉のようなものが溜まっている。どちらもすっかり乾いているので、ここがもう排水路として使われていないというのは本当らしい。

川から目視した感じだと、ハピネスランドまでの距離は三〇〇メートルといったところだった。ライトを前方に向けると、身を屈めたまま歩き出す。しばらくは入口の方から川の音や車の走る音が聞こえていたが、やがて靴底がコンクリートを擦る音と自分の息づかい以外、何も聞こえなくなった。

まっすぐなトンネルを、ただひたすら足を前に出して進む。ライトに丸く照らし出される光景には、なんの変化もない。一人で海の中を泳いでいる時と同じ、静かな時間が続いた。光が届かない先の方は《恐怖の館》よりも真っ暗で、本当なら苦手なシチュエーションだったけれど、不思議と怖くはなかった。太市や未夢のために、誰かのために行くのだと思うと、一人だけれど、一人じゃないような気がした。

もう二〇〇メートルは進んだだろうという時だった。至近距離で急に、モーターの回るような低い音が聞こえた。心臓が縮みそうになりながら周囲を見渡す。足元にも、コンクリートの壁にも特に動くものはない。でもその音はまだ断続的にしている。いったいなんの音だろうと考えて、ボディバッグの中のスマホのことを思い出した。そこまで地上から深い場所でないからか、トンネルの中でも電波が届いていたようだ。

ボディバッグのファスナーを開け、濡れないように袋に入れていたスマホを取り出す。電話は未夢からだった。通話ボタンをタップし、「もしもし」と応じた瞬間、「ちょっと、何やってたの？」と尖った声が響く。

「何回もLINEしたのに既読になんないし、電話も繋がらなくて心配したんだから」

「ごめん。コンビニ行くのに自転車乗ってて、気づかなかったんだ」

地中のトンネルの中を歩いていたので出られなかった、とは言えない。「こんな時間に出歩いたら警察の人に怒られるよ」と小言を連ねる未夢に重ねて謝りつつ、「それで、なんの用だったの？」と尋ねる。

「『幸せの国殺人事件』のことを調べてて、一つ新しいことが分かったの。前にWoNの掲示板に制作者のAAが書き込みをして、質問に答えたりしてたって話したでしょ？」

確かにハピネスランドに三人で侵入した時に、未夢からそんなことを聞かされた気がする。だからAAはWoNのプレイヤーではないかという話になったのだ。

「何年も前の話だから、もうその時のログは残ってないんだけど、もしかして当時のことを知ってる人がいないかと思って、ゲーム系の掲示板でちょっと質問してみたんだよね。『幸せの国殺人事件』の制作者の書き込みを覚えている人はいませんかって。そしたら返事をくれた人の中に、『幸せの国殺人事件』をかなりやり込んでるって人がいたの。その人、おまけシナリオの動画も見たって言ってた」

驚くべき事実を告げられ、息を呑んだ。僕らの他にも、あの動画に辿り着いた人がいたのだ。すぐには言葉を発することができず、黙り込んでいると未夢が続ける。

「でも、私たちが見た動画とは違うものだったみたい。アニメーションじゃなく実写だっていうのは同じなんだけど、その人が見たのは、暗い部屋で赤いワンピースの女の人がロッキングチェアに縛りつけられているだけの動画だって。スクショを送ってくれたんだけど、背景に処理がしてあって、ハピネスランドの《恐怖の館》だっていうのは分からないようになってた。でもワンピースの女性は、安堂さんで間違いないと思う」

僕は編集前の動画の中で、國友咲良が「じゃあ、次のシーンね」と安堂篤子に声をかけていたのを思い出した。國友咲良は僕らが見た動画の他に、もう一種類の動画を撮影していたのだ。《恐怖の館》のロッキングチェアのロープが擦れたような跡は、その時についたものなのだろう。

「そっちの映像には、ノートの隠し場所のヒントみたいなのはなかったの?」

勢い込んで尋ねたが、未夢は残念そうに「ううん。ただ女の人が縛られてるだけの短い映像で、特に変なところはなかったって」と答える。

「音声も入ってなかったっていうから、多分手がかりはないんじゃないかな。それよりびっくりしたのが、その人、おまけシナリオをプ、レ、イ、したって言ってたの」

「え? それってどういうこと?」

つい大きな声が出てしまい、トンネル内に反響した自分の声に耳がじんとなる。僕らが確かめた時は、おまけシナリオに何度パスワードを入れても、動画が再生されるだけでゲームが始まることはなかった。

「その人が買った『幸せの国殺人事件』のソフトに入ってたおまけシナリオは、パスワードを入れる必要もなくて、全部のルートをクリアしただけでプレイできるようになってたそうなの。内容も、普通に謎を解くだけのノベルゲームだったって。ストーリーの中の、被害者が縛られている場面でその実写動画がムービーとして使われてたらしくて、それでなんの違和感もなかったみたい。だからあの暴行シーンの方の動画は、私たちの手元にあるテスト版にだけ入れられてたんだよ」

ということはつまり、國友咲良がノートのありかについてヒントを残したのは、『幸せの国殺人事件』のテスト版のソフトのみだったということになる。そして彼女はそれを、安堂篤子に渡していた。さらに《幸せの国で見つけて》というメールに添付して編集済みの動画を送り、助けとなる糸口まで示した。

國友咲良はどういう目的でそんなことをしたのかと思いをめぐらせていると、未夢がぽつりと言った。

「國友咲良はきっと、安堂さんにパスワードを解いて、ノートを見つけてほしかったんじゃないかな」

自分で隠したノートを、見つけてほしかった――。

國友咲良は、安堂篤子の同い年の従姉妹だった。姉の茜の話では、二人は姉妹のように育ち、仲も良かったという。自分の作品を盗作されても、心から憎むことはできなかったのかもしれない。だから自分の罪を見つめ、國友咲良が書いた小説を改めて読めば解くことができるパスワードを設定したのだろうか。

「その『幸せの国殺人事件』に詳しい人、まだ情報を持ってるかもしれないから、もうちょっとやり取りしてみる。また何か分かったら連絡するね」

早口で一方的にまくし立てると、未夢は電話を切ってしまった。新しい手がかりが見つかって、よほど嬉しかったのだろう。

でも、未夢には悪いけれど、僕は今晩一人でノートを探し出すつもりだった。怪我をするだけでなく、警察に捕まる可能性もあるのだ。リスクを負う人間は少ない方がいい。

通話を切ったスマホをボディバッグに仕舞い、また歩き出す。やがて前方に淡い光が射した気がしてライトを消した。目を凝らして、出口だと分かった。


トンネルの出口の外に広がっていたのは、コンクリート製の大きなプールの底のような場所だった。新鮮な夜の空気を吸い込むと、辺りを確認する。長年使われていないからか、落ち葉や砂が積もり、折れた木の枝、小石などが落ちていた。

その三〇メートル四方の空間は、真崇が言っていたとおり、高さ三メートルの垂直な壁に囲まれていた。あれから調べたところによれば、この設備はハピネスランドが閉鎖される以前、施設内で濾過した排水を溜めておくのに使われていた貯水槽とのことだった。

周囲を見回すと、左手の壁に点検用らしい金属製の梯子がついている。僕はそちらに走り寄った。貯水槽の底に降りることを想定していなかったのか、それとも老朽化した一部を撤去したのか、梯子は一番低いところでも、僕が手を伸ばしてぎりぎりという高さだった。その下の地面から数十センチの位置に、コンクリートを苦労して削ったと思しきわずかなくぼみがある。これが真崇から教わった、侵入した不良たちが作ったという足がかりだった。

どうにか梯子の一番下の横棒を左手で摑むと、くぼみに左足をかける。体重をかけて蹴上がりながら、一段上の横棒に右手を伸ばした。一度目は失敗して、落ちて尻餅をついてしまったが、諦めずに再度挑戦して二回目で手が届いた。しっかりと握り込むと、弾みをつけて左手も一段上げる。その状態から、懸垂の要領で体を持ち上げていき、壁をよじ登るようにして一番下の梯子に左足をかけた。握力が限界にならないうちにと、その勢いのまま残り数段の梯子を登る。貯水槽のふちに辿り着き、すぐ横の地面にへたり込んだ。アスファルトに触れると、昼間の熱がまだ残っているのか、ほんのりと温かかった。

ここまで登るので全身の筋肉が完全に疲労していた。気を抜くと、途中で手を離してしまいそうだった。力の弱い人や背の低い人には、この侵入方法は相当困難だっただろう。草むらで鳴いている虫の音を聞きながら、しばらくそうして息を整えたあと、顔を上げる。貯水槽を囲う木立の向こうに、大きな観覧車のシルエットが覗いていた。

頭に入れてきた園内マップを思い出す。僕がいるのは敷地の南西側で、《探検わくわく島》があるのはもっと東の方だ。北東に位置するジェットコースターを目印に、僕は木立の向こうに延びる遊歩道の方へと歩き出した。

五

ゆらゆらと風に揺れる回転ブランコの前を過ぎると、パンチングマシーンやバスケットボールをゴールに投げ入れるシュートゲーム、エアホッケーなどがテントの下に並んだゲームコーナーが見えてきた。そしてそのテントの屋根の上に、スカイサイクルのレールが覗いている。

遊歩道から、ようやく広い道に出る。そのすぐ右手の柵に、この場には不釣り合いな黒と黄色の規制テープが張られていた。柵の向こうに広がる池は、星空を映し、かすかなさざなみを立てている。暗い水面から、くじらの背中みたいな三つの島が並んで突き出ていた。

学校のグラウンドの半分ほどはありそうな広い池には、やはりボートは浮かんでいなかった。遺体が見つかった北側の端の島からは、もうブルーシートは外されている。僕はそちらに向かって、そっと手を合わせた。

池の周辺を見渡す。以前はボートが係留されていた桟橋と、その手前にあるお客の受付をする小さな小屋。池を囲う柵の周りには道を挟んで、小さな子供向けのミニコースターやメリーゴーランドなど、別のアトラクションが並んでいた。メリーゴーランドの先は、木立が林のようになっている。その木々を透かして、何か建物の影が見えた。

あんなところにもアトラクションがあっただろうかと、そちらに足を向ける。近づいていくと、それが赤い三角の屋根を乗せた白い板壁の古びた平屋だと分かった。両開きの大きな扉がついていて、どうやらここは倉庫らしかった。

すでに使われていないからか、木製の扉には鍵が掛かっていなかった。取っ手を摑んで引っ張ると、ぎいっと軋んだ音を立てて簡単に開いてしまった。窓はないようで、中は真っ暗だった。僕はボディバッグからペンライトを取り出した。

スイッチを入れてまず目に飛び込んできたのは、大量の赤と白のコントラストだった。派手な色合いに目がちかちかしながら、ペンライトで照らしてみて、それが並べられたボートだと分かる。一番端にあるボートは、車輪のついた金属製の台車に載せられている。《探検わくわく島》のボートは、池から少し離れたこの倉庫に仕舞われていたのだ。

台車を使えば、ボートを池まで運んで島に渡ることができるかもしれない。

國友咲良がノートのありかとして示したメッセージ《島の三番の足元》――《島の三番》が何を指すのか分からないが、最終手段として三つの島を順番に探していけば、いずれかの島にノートが隠されている可能性は充分あった。

ひとまずこの先の展望が見えたところで、ペンライトを手に倉庫の奥へと進む。《探検わくわく島》に関するものが置いてある倉庫なら、このアトラクションについての詳しい資料があるかもしれない。《三番》が何か、分かるんじゃないだろうか。

倉庫の奥には金属製の頑丈な棚があり、中段と下段にはファイルケースや段ボール箱、工具などが並んでいた。上段の方にはビニールシートやロープなどが積まれている。僕はまずファイルケースを取り出した。開くと業務日誌と思われる書類の束が挟まれている。一番上が八年前の日付なので、古いものも捨てずに取ってあるようだ。

膨大な日誌を確認したところで、ノートのありかの手がかりが見つかるとは思えず、ファイルケースを戻す。続けてその下にある段ボール箱を開けた。こちらにも書類が入っている。ペンライトの光で確認するとスタッフのシフト表のようで、一か月分の日付とその時間に勤務するスタッフの名前が記されていた。

なんでこんなものを保管しているんだろうと思いながら、次の段ボール箱を開ける。中には大量のポストカードのようなものが、ぎっしりと詰まっていた。ところどころに日付のインデックスがついていて、なんだろうと取り出してみると、それはポラロイドカメラで撮影された来園客の写真だった。どの写真にも、ボートに乗った親子連れやカップルの楽しそうな姿が写っている。スタッフが撮影したものを受付のところに掲示しておいて、お客が記念に買うというシステムだったのだろう。ここにあるのはその売れ残りらしかった。

隣の段ボール箱の中身もすべてポラロイド写真で、こちらもずいぶん古い年代のものが残っている。僕は念のため写真の束を抜き出すと、あとで確認することにして次の段ボール箱に移った。そっちは丸められたポスターとパンフレットの束が詰まっているだけで、重要そうなものはなかった。

かなりの労力をかけて片っ端からファイルや箱を漁ったが、倉庫の棚の中からは、《島の三番》が何を指しているのかを示すものは見つけられなかった。スマホの時計を見ると、ここに来てからもう一時間は経っている。これ以上、時間を無駄に使うわけにはいかない。僕はあるかどうかも分からない手がかりを探すのを諦め、とにかく島に渡ろうと決めた。

入口の方へ戻り、ボートの載った台車に手をかける。引いてみると、思ったよりも軽々と動かすことができた。これなら一人でも池まで運ぶことができそうだ。

台車を引っ張りながら、扉の外に出る。星明かりが赤と白に塗り分けられたボートを照らした。ボートの側面に目をやった瞬間、僕は雷に打たれたような感覚がした。

倉庫に並べられた状態の時には見えなかったが、ボートの上側の白く塗られた部分に、青色で「1」の数字がくっきりと書かれている。《探検わくわく島》のボートには、番号が振られていたのだ。

僕は台車をその場に放り出すと、倉庫の中へと駆け戻った。ペンライトを点け、並んだボートを順番に照らす。光の輪の中に、青色の「3」が浮かび上がった。ボートに近づき、膝をつくと、その内部へとペンライトを向けた。《足元》——足を乗せる板の上に、ビニールで厳重に包まれたB5サイズの四角いものが置いてある。手を伸ばし、しっかりと摑んだ。國友咲良が隠したノートは、これに間違いない。開けて見るのはあとにしてボディバッグに仕舞うと、僕は急いで倉庫を出た。台車を戻し、扉を元どおり閉めて来た道を戻る。そして規制テープの張られた柵の前を通り過ぎようとした時、道に人影があるのに気づいた。

とっさに隠れようとしたが間に合わなかった。その人物はこちらに向かってまっすぐに走ってきた。「おい！」と叫んだその声には聞き覚えがあった。警官ではない。なぜこの人がここにいるのか分からず、僕は思わず立ち止まってしまった。

ゆっくりと振り返る。駆け寄ってきた彼は、僕の目の前で立ち止まると、「なんでここにいる」と低い声で尋ねた。

「梶さんこそ、何してるんですか」

暗く光る眼差しで僕を見据える梶謙弥に、震える声で問いかけた。

「たいそうな格好して、怪盗ごっこかよ。親の金で習い事させてもらって、そうして遊び回って、いい身分だな」

こちらの質問には答えず、馬鹿にしたような顔で僕を眺め回す。初めて見る表情だった。

「なんで、ここにいるんですか。安堂さんも、一緒ですか」

うろたえながら見回すが、他に人の姿はない。梶は無言でこちらへ近づいてくる。

「あんな空っぽな奴のことは、今はどうでもいい。それよりも聞きたいことがある」

先輩でも、恋人でもないような冷めた物言いだった。いったい彼と安堂篤子とは、どういう間柄なのだろう。安堂篤子に指示されてここに来たわけではないのか。混乱している僕の右肩を、眼前に立ち塞がる梶が摑んだ。そして耳元に顔を寄せる。

「お前なんだな？　ノートを手に入れたって奴は」

どうしてそのことを知られてしまったのか。動揺のあまり、僕は嘘をつくのに失敗した。

「なんのことですか」と、とぼければ良かったのに、焦って目を逸らしてしまった。

次の瞬間、ひゅっと風を切る音、そして破裂するような音がして、左頰に熱が走った。平手で叩かれたのだと、遅れて認識する。頭が揺れて、よろけそうになる。どうにか踏ん張ったその足を払われ、横倒しにされた。地面に打ちつけられた衝撃に息が詰まり、咳き込んだ。涙で歪む視界に黒い影が迫る。逃げなければと思うのに、まるで動けなかった。梶が素早く僕に馬乗りになり、膝で腰を挟んでいた。

「どこにあるか言え」

梶が握った拳を、僕の頰骨にぐっと押しつけた。「知りません」と涙声で嘘をついたが、今さらだった。梶が拳を振り上げる。両手で頭を庇った。その時――。

ぼん、というどこか場違いな音とともに、オレンジ色の丸い物体が、梶の側頭部を直撃した。梶の上体がぐらりと傾いだ。そしてそのまま、アスファルトに倒れ込む。体の自由を取り戻し、ほとんど反射的に立ち上がった。「海斗！」と呼ぶ声の方に走り出しながら、草むらの方へと転がっていくバスケットボールを目の端に捉えた。ゲームコーナーのシュートゲームのものだ。

道の先で、太市が大きく手を振っている。どうして太市がここにいるのか、疑問には感じなかった。助けに来てくれたに決まっている。太市はいつも、僕のピンチを救ってくれる。

「説明はあとでする。あっちに出られる場所があっから」

僕を誘導するように走り出しながら、太市が緊迫した声で怒鳴った。回転ブランコの手前を左に折れ、チケット売場の横を過ぎる。どこを走っているのか分からないまま太市の背中を追った。やがてコーヒーカップの脇を抜けると、その向こうにフェンスが見えた。そこだけ有刺鉄線の切られたフェンスの上辺から、白っぽいロープがぶら下がっている。先に行くように言われ、夢中でよじ登った。


ハピネスランドでの梶謙弥の襲撃から逃れた五日後。お盆明けの昼下がりに、太市と未夢が僕の家にやってきた。

あの晩は太市と二人でフェンスを乗り越えたあと、目立たないように別々にその場を離れたので、太市と会うのはそれ以来だった。

「海斗、目の下、だいぶ良くなったね」

玄関で出迎えた僕を見るなり、未夢がほっとした顔になる。梶に平手打ちされた頬は、翌朝になっても痛むと思ったら紫色に腫れて内出血していた。太市から話を聞いて様子を見に来た未夢には心配されたし、旅行から帰ってきた姉に言いわけするのにも苦労した。

今日は家族が留守なのでリビングに二人を通し、母親が準備してくれていたエクレアと冷たい牛乳を出すと、ダイニングテーブルに向かい合って座った。

「まず、あの日に何があったのか、私から説明するね」

未夢はエクレアに手をつけないまま、神妙な顔で切り出した。

「ゲームの掲示板で『幸せの国殺人事件』をプレイした人とやり取りをしたって、海斗に電話したじゃない。その時に、なんか様子がおかしいって思ったの。やけに電波が悪いみたいだったし、あと電話の向こうで、海斗の声が反響して聞こえてたの。海斗の家の近所にトンネルみたいな場所なんてないのに。それで太市に相談した方がいいかもと思って」

あの時、少し焦った感じで通話を切ったのは、その時点で僕の行動を怪しんでいたからだったのだ。

「状況的に、もしかしたら海斗はハピネスランドに入り込もうとしてるんじゃないかって太市が言い出して、一人で向かったの」

「どっから入れんのか分かんなかったけど、とりあえず有刺鉄線切れば入れんじゃね？って思ったから、ペンチとロープだけリュックに突っ込んで」

頼もしいけれど、相当な無茶だ。たまたまあの場所には付いていなかったから良かったものの、振動センサーのことは頭から抜けていたらしい。

「そうして太市が出発したあと、掲示板の方に、新しくコメントがついてるのに気づいたんだ。『どうやってその動画を見つけたんですか』『なぜそれについて今頃調べてるんですか』って、変にしつこく絡んできてて」

未夢はそれを、ノートを見つけられることを恐れた安堂篤子による書き込みだと考えたのだという。

「自分は逃げるつもりのくせに――って、腹が立っちゃって、焦らせてやろうと思って、つい返信しちゃったんだよね。『ノートなら、さっき見つけました』って」

けれどそのコメントは、安堂篤子ではなく梶謙弥によって書き込まれたものだった。おそらく隠し場所がハピネスランドのどこかだということだけは分かっていたのだろう。未夢の書き込みを見た梶は、ノートを手に入れるべく慌ててハピネスランドにやってきた。そこに僕が鉢合わせすることになったのだ。

「だから、海斗が襲われたのは、私のせいなんだ」

未夢は泣きそうな顔で「ごめん」と頭を下げる。僕の方こそ、未夢や太市に何も話さずに一人で動いて、その結果二人に助けてもらうことになったのだ。謝るのは僕の方だと言ったけれど、未夢はそれでもうつむいたままだった。

「だって、結局あれから安堂さんは何事もなく留学しちゃったし、梶さんだって、警察に見つからずに逃げちゃったでしょ。私のせいで、海斗ばかりが酷い目に遭ってるもん」

「俺、ボールもう十発くらいぶつけてやれば良かったわ」

自分を責める未夢と怒りの収まらない太市に、僕は自分の考えを話すことにした。

「安堂さんと梶さんは、もう自分たちのしたことの報いを受けてるんじゃないかな」

僕の言葉に顔を上げた未夢が、唖然とした様子で目を丸くする。太市はいぶかしげに、

「どういうことだよ」と尋ねた。

「僕が見つけたものを見れば、そのことが分かると思う」

そう告げて僕はテーブルの上に、花束のイラストとローマ字のロゴが入ったB5サイズの薄いノートを置いた。

「國友咲良が《探検わくわく島》の三番のボートに隠したノートは、僕たちが考えていたようなものじゃなかった。まず表紙にあるタイトルを読んでみて」

ノートを二人の方に向けて促すと、先にローマ字を読み取れたらしい未夢が、驚いた表情でそのタイトルを口にした。

「『Ending Note』――エンディングノート？　これってあの、亡くなる前に書くノートだよね？　相続のこととか、遺言みたいなのを書くやつ」

僕はノートの最初のページを開く。そこには亡くなった両親への感謝の言葉が記されていた。そしてその文章は、「消えてしまいたい。生まれ変わって、またお父さんとお母さんの子供になりたい」と結ばれていた。

「國友咲良はこのノートを書いた時、小学生の頃に亡くなった母親に次いで父親まで失っ

て、絶望していたんだと思う。きっと自分も死んでしまいたいと考えて、これを書いたんじゃないかな」

ノートに見入っていた太市の表情が翳《かげ》る。僕はページをめくると、相続や財産について書かれた箇所を開いた。

「ここに國友咲良個人の銀行口座の口座番号と、残高の記載がある。國友咲良は両親を亡くして身寄りがなかったそうだから、遺言さえ残せば彼女の財産は叔母である安堂さんの母親から、最終的には安堂さんに受け継がれるはずだった。多分、安堂さんと梶さんが手に入れたかったのは、これだと思う」

僕は國友咲良の個人口座の残高を指差す。そこには当時大学一年生だった彼女が手にできたとは思えないような金額が記されていた。

「これにはきっと両親の遺産の他に、『幸せの国殺人事件』の収益も含まれてるんじゃないかな。安堂さんに盗作を認めさせることができなかった國友咲良は、告発を諦めて別のやり方で報いを受けさせることにしたんだ。安堂さんに自分はこのノートに遺言を書いて死ぬつもりだと話して、自分が死んだら、これが全部あなたのものになると期待を抱かせた」

それを聞いた未夢が、ちょっと待って、と質問を挟む。

「確かにこの金額は凄いけど、でもこれくらい大人になってから普通に働けば手に入るよね。何百万程度のお金を手に入れるために、そこまで必死になるとは思えないんだけど」

未夢の問いかけに、僕は首を横に振った。少し説明が足りなかったようだ。

「お金だけじゃないんだよ。安堂さんたちが本当に欲しかったのは多分、『幸せの国殺人事件』の著作権だ。ゲームファンから高い評価を得ながらも市場に出ていない幻のゲームを、もっと量産して、さらにダウンロード版も作ったら、きっと物凄い収益になるよね」

著作権は著作権者が亡くなった場合、遺産相続の対象となる。そのことに彼らは気づいたのだろう。僕はプレイしていないが、ゲームが大好きな未夢はこのノベルゲームを、緻密なプロットでミステリーとしての完成度も高いとベタ褒めしていた。

「真崇さんの話では、梶さんは父親の会社が倒産したとかでお金に困っていた。彼は安堂さんの課題を請け負うのを、アルバイトみたいなものだって言ってたらしいけど、多分二人の関係は――」

はっきりと確信が得られたわけではなかった。僕は迷いながらも、推論を述べる。

「梶さんは安堂さんの、ゴーストライターだったんだと思う」

真崇が彼について語ったこと。そして梶の安堂篤子に対する態度や言動から考えて、そう結論づけた。梶はハピネスランドで会った時、安堂篤子のことを「空っぽな奴」と、蔑むような口調で称していた。コンクールで入賞した作品が盗作だったのなら、安堂篤子には物語を創作する力などなかったことになる。ならば芸術大学に入学し、四年生となるまで単位を取得して、さらに有名企業から内定を得るまで、彼女の代わりに学科で提出する課題の創作物や、エントリーした企業に自己PRするための作品を制作していた人物がいたはずだ。

その役目を、梶が担っていたのではないか。そうして金と引き換えに作品を提供することは、いくら自分で選んだ道であっても、創作者として不本意なことだっただろう。納得のいかない思いに蓋をしてそんなことを続けるうちに、梶は、いっそう金銭に執着するようになったのではないか。

「確かに……そう考えると、梶さんがあれだけ必死になった理由も分かるかも」

梶にとって、安堂篤子は一蓮托生の間柄だった。むしろ國友咲良の遺産をめぐっては梶の方が主導して、安堂篤子は彼に引きずられる形だったのかもしれない。彼女のどこか投げやりな態度や、空虚な印象からすると、そんなふうにも思えた。

「そうして國友咲良は彼らに夢を見させておいて、肝心の遺言を書いたというノートを渡さないまま、行方不明になった。その上で彼女は『幸せの国殺人事件』のソフトとヒントになる動画を送って、安堂さんがゲームに隠した謎を解けたら、ノートを手に入れられるようにしていたんだ」

國友咲良は、安堂篤子が自身の盗作した作品と向かい合うことができれば、謎が解けるような仕掛けを施していた。彼女の行為には、盗作されたことへの報復だけでなく、姉妹のように育った安堂篤子に、自らを省みてほしいという思いもあったのかもしれない。

「――これでノートのことも、あの動画のことも、一応の謎は解けたけど……結局、國友咲良は自殺したってことなんだよな」

それまで黙って僕らの話を聞いていた太市が、どこか諦めたような表情で言った。太市の隣で、未夢が身を強張らせたのが分かった。

「僕は違うと思う。國友咲良が亡くなったのは、きっと事故だったんだ」

言い切った僕に、「なんで分かるんだよ」と太市が鋭い目を向ける。太市の視線を受け止めながら、僕はそう考えた理由を説明した。

「前に未夢も言ってたけど、自殺するのに普通、自分で自分の頭を殴ったりしないよね」

遺体の頭部には損傷があった。けれどそんな方法で自殺したなんて話は、聞いたことがない。でも、それだけで太市が納得するはずはないので、僕はもう一つの根拠を補足する。

「僕が真崇さんに教えてもらったハピネスランドに入るためのルートは、貯水槽の高い壁を登らないといけなくて、怪我をした人が何人もいたらしい。國友咲良はきっと、ハピネスランドに入ろうとした時に、そこで落ちて頭を打ってしまったんだと思う。頭の怪我って、その時はそんなに重傷だと思わなくても、脳の中で出血していて急に容体が変わることがあるんだ。國友咲良は自分が大怪我をしてるって分からないまま動き回って、たまたまあの場所で突然死してしまったんだよ。彼女は死ぬつもりじゃなかった。國友咲良の目的は、安堂さんにノートを見つけさせて、彼女が反省するのを見届けることだったんだから」

國友咲良は自殺したんじゃない。僕は太市にそう信じてほしかった。

太市は僕の言葉を飲み込んだように、顔を上げた。その目には、先ほどまでは見られなかった、ほのかな、けれど確かな光が差していた。

これで太市が見つけた不穏な動画の謎と、ハピネスランドで発見された遺体の謎の両方を、一応は解き明かせたはずだ。この夏休みのことを、僕は一生忘れないだろう。僕らはそれから思い出したようにエクレアを頰張りながら、お互いを称え合った。

そして最後に、太市に渡さなければいけないものがあった。

「これ、《探検わくわく島》の倉庫で見つけて、持ってきたんだ。八年前の太市の誕生日に、ボートに乗った来園客の写真。この中に、太市とお父さんの写真があったらと思って」

僕が渡した、やや色褪せたポラロイド写真の束を、太市は時間をかけて、丁寧に検めた。そしてそのうちの一枚に長いこと見入ったあと、大事そうにリュックに仕舞った。

「ありがとな、海斗。ずっと探してたもの、見つけてくれて」

未夢は長い前髪を払うふりで涙を拭うと、「じゃあ、そろそろ帰ろっか」と太市を促した。


二人が帰ったあと、僕はもう一度、テーブルに残されたエンディングノートをめくった。両親への感謝の言葉の隣は《基本情報》のページで、國友咲良の氏名、生年月日、住所と電話番号、メールアドレスなどが記載されている。

僕は一昨日、そのメールアドレスに、一通のメールを送っていた。「このノートは、どうしたらいいですか」という、問い合わせのメールだった。そしてそのメールの最後に、僕のWoNのアカウントを書き込んだ。

ノートを手にリビングを出ると、二階の自分の部屋へと上がる。西陽が眩しいのでカーテンを閉め、テレビとゲームの電源を入れると腰を下ろした。真っ黒な画面に銀色の丸い月が浮かび上がり、やがてその地表を青白い炎が横切っていく。月が白く輝く――。

太市と未夢は納得してくれたようだったが、僕が先ほど語った推理には、いくつもの矛盾があった。

國友咲良がハピネスランドに侵入した際に頭部に怪我を負い、あの島で亡くなったのだとしたら、なぜ池にボートが残っていなかったのか。また事故によって突然死したはずの國友咲良は、なぜ身元の分かるものを所持していなかったのか。

そして國友咲良が安堂篤子に送ったと思われる編集済みの動画のファイルの作成日が、今年の一月二十二日となっていたのはなぜか。さらに言えば、ハピネスランドに遺体があると匿名の通報をしたのは誰なのか。

國友咲良の残したノートが、盗作の証拠ではなくエンディングノートだと分かった時、僕は彼女がその当時、両親のあとを追うことを考えていたのだと思った。そして真璃から、昔SNSで知り合った身寄りのない《ハナ》という女性の友達が、同じように「消えたい」という言葉を残して、自殺したかもしれないと聞いたのを思い出した。

スタート画面が表示されたところでログインすると、フレンド申請が届いていた。アカウントを確認し、承認する。ゲームが始まると、いつもの酒場でしばらく待っていた。やがて僕のゴブリンに、これまで一度もやり取りをしたことのない人物が近づいてきた。それは立派な口ひげをたくわえた、マント姿の吟遊詩人だった。

「承認してくれてありがとう。ついてきてくれる？」

吟遊詩人のアバターは見た目に反して柔らかな女性の声で、ボイスチャットで話しかけてきた。頭の上には《Hana1128》というアカウント名が表示されていた。マントをひるがえして酒場を出ると、大通りを突っ切って歩いていく。武器屋や宿屋、食堂や民家の前を素通りし、やがて石橋を渡って坂道を上る。この辺りで彼女がどこへ行こうとしているのか気づいたけれど、僕は黙ったままついていった。

吟遊詩人が足を止めたのは、町外れの丘に立つ灯台の前だった。灯台から照射される白い光が、グラフィックの海をなでる。足元の草むらが海風に揺れ、その上をホタルに似た甲虫が飛び交っていた。

「ノートをどうしたらいいかって話だったよね」

豊かな黒髪を風になびかせながら、吟遊詩人が問いかける。僕がうなずくと、彼女は「君が持っているのがいいと思う」と言った。

「僕はこれを、持ち主に返したいんです」

提案を拒否すると、吟遊詩人は困ったように腕を組んでこちらを見た。

ファストフード店で真璃の過去について打ち明けられた時、彼女は友達の消息が分からなくなったことで、死にたいとは思わなくなったと話していた。あとになってその言葉を思い出して、僕の中にふと、ある考えが浮かんだ。


國友咲良は、亡くなってなどいないのではないか。


真璃がやり取りをしていた、自殺願望を抱く人たちのメッセージグループ。その中に、実は國友咲良がいたのではないだろうか。自殺したのではと言われている《ハナ》は、國友咲良と親しい間柄だった。三年前、身寄りのない彼女が思い出の場所であるハピネスランドで自殺を図ろうとし、それを國友咲良が知ったのだとしたら——。

國友咲良はハピネスランドへ駆けつけたが、間に合わなかった。亡くなった《ハナ》の所持品の中には、髪の毛のついたヘアブラシなど、彼女のＤＮＡを採取できるようなものが含まれていた。國友咲良は彼女の所持品を持ち去ると自宅に戻り、自室を念入りに掃除して自分のＤＮＡが残らないようにした。その上で《ハナ》の検体を代わりに置いて家を出て、行方をくらました——。

通常、行方不明者のＤＮＡ鑑定は残された家族との親子鑑定で行われるが、そうした肉親がいない場合は、自宅に残された検体で鑑定されることになる。國友咲良はそれを知っていたのかもしれない。

もしもそうだとすれば、姿を消した國友咲良はどこへ行ったのか。

それを考えた時、僕は以前『幸せの国殺人事件』について、未夢が話していたことを思い出した。あのゲームのダウンロード版が、海外で売られているらしい。その時は何者かがコピーを作って売っているのではないかと考えたが、そんなことをして、訴えられないはずがない。だとしたらそれは、訴えられることは絶対にないと分かっている人物――制作者本人なのではないだろうか。

遺体を島に隠してから三年。DNA鑑定以外で身元が特定できないだろう時期を待って、國友咲良は行動を起こした。まずは今年になって、ノートを手に入れる最後のチャンスとして、安堂篤子にヒントとなる編集済みの動画を送った。しかし半年経っても彼女は謎を解くことができなかった。そこで時間切れとして、すべてに決着をつけようと、ハピネスランドに遺体があるという匿名の通報をしたのではないだろうか。

これらのことはまるっきり、僕の憶測に過ぎなかった。今日、この《Hana1128》というアカウント名の吟遊詩人と出会うまでは。

「悪いけど、君に住所は教えられないし、とても遠くに住んでいるから、直接会うこともできない。だからノートを受け取る手段はないの」

吟遊詩人は、首を横に振るアクションをしながらそう言った。だったらせめて――と、僕は食い下がる。

「じゃあノートを預かる代わりに、僕の質問に答えてもらえませんか。教えてほしいことがあるんです」

すぐには反応は得られなかった。息を詰めて待っていると、吟遊詩人はやがて了承したというふうにうなずいた。そして「いいけど、あと十分だけね。もうすぐリモート会議が始まるの」と言い添えた。あまり時間がないようだ。僕は彼女に聞きたかったことを整理しながら口を開く。

「あなたはハナさんとは、どういう関係だったんですか」

まずはそう尋ねた。予想外の質問だったのか、彼女はたじろいだように黙ったあと、「友達だった」と答える。

「私もハナも、子供の頃からずっとハピネスランドが大好きだったの。それで仲良くなった。ハナはあの時、信じてた恋人に裏切られたんだ。でも、本気で死ぬつもりだったかどうかは分からない。薬を飲んだって言ってたけど、ハピネスランドに忍び込む時にふらついて高いところから落ちたとも言ってたから。そう聞いて心配になって行ってみたら、《探検わくわく島》の池の前で、ハナが冷たくなってたの」

そこで言葉を切ると、吟遊詩人は腰に手を当てて星空を仰いだ。しばらく操作しないでいると、自然とこのアクションを取る仕様だった。

「私たち、《探検わくわく島》が一番の思い出の場所だったんだ。だからボートに乗せて連れていって、そこに埋めてあげた。誰にも見つかりたくないっていうのが、ハナの望みだったから」

島の地面は盛り土なので、地盤は柔らかかったはずだ。女性の力でも掘るのは容易だっただろう。そして年月が経つうちに土が流れ、発見された時には半分だけ埋まったような状態となっていたのだ。

机のデジタル時計を見ると、もう五分が過ぎていた。次の質問で最後になりそうだった。もっと聞きたいことはあったけれど、僕は一番知りたかったことを尋ねた。

「安堂篤子さんのことを、どう思っていますか」

「好きだよ。あっちゃんのことは、今も」

ためらう様子もなく、彼女は即答した。

「あっちゃんは、いつも私と遊んでくれた。本をたくさん貸してくれた。私の小説を好きだって言ってくれた。自分でもお話を作りたいって——私みたいになりたいって言ってくれたの。だけど、あっちゃんは……」

思いがあふれ、言葉にできなかったのだろうか。声が途切れた。安堂篤子のマンションで、彼女が國友咲良について語っていたこと、そしてあの時覚えた違和感のことを思い出した。寂しがり屋で、読む本も、書くお話も——そして髪型も、「なんでも真似をしていた」のは、安堂篤子の方だったのだ。

彼女のようになりたいのなら、安堂篤子は自分で書かなければいけなかった。彼女はそのことを安堂篤子に伝えたかった。けれどその想いは、届かなかった。

「あっちゃんは、私の母が亡くなった時に言ったんだ。『これからは私がお母さんみたいに、ずっとそばにいて守ってあげる』って」

彼女はきっとその言葉を、《探検わくわく島》のボートの上で聞いたのだと思った。

「時間だね。君には感謝してる。フレンドは、私の方で解消しておくから」

吟遊詩人は僕に背を向けると、町の方角へと丘を下っていった。その後ろ姿を見つめながら、僕は彼女が今、どんなお話を作っているのだろうと考える。それは小説かもしれないし、ゲームかもしれない。どちらにしても、日本に暮らす僕には、手に入れることができないのかもしれない。

けれど僕は、いつか彼女が新しく作ったゲームをプレイできたらと願っている。だって、最高に面白いと噂される幻のインディーゲーム『幸せの国殺人事件』は、肝心の犯人も、真相も、未夢にネタばらしされてしまったから。

＊

「お前ら、また同じ時間にログインしてきたな。やっぱ付き合ってんじゃね？」

盗賊はからかうように言うと、ボートの上で体を起こした。トロッコのレールを踏み越えて歩いてきた竜騎士は、「うるさい」と一言返すと、岸辺に腰を下ろす。そして湯気をあげている《池》に膝から下を浸した。竜騎士の後ろをついてきた隠者がその様子を見て「何してるの」と尋ねる。竜騎士は笑いを含んだ声で「足湯」と答えた。

火竜の住処であるマグマの湖をたたえた洞窟を攻略し、そこに出現する火竜の群れと炎竜王を倒すと、特別な超レアアイテムである《温泉のツルハシ》が手に入る。それを使えば、フィールドの好きな場所に温泉を湧かせることができるのだ。

相当に難易度の高いクエストだったが、竜騎士と盗賊の力があればそれが可能だと考えた隠者は、二人にこのアイデアを話した。どうしてそんなことを思いつけたのかと感心されたが、母親の温泉旅行の雑誌を見て着想を得たことは黙っておいた。

「この間の、俺らの過去のことを探ってる奴の件はどうなったんだ？」

温泉に浮かぶボートから、盗賊が尋ねる。竜騎士の隣に腰を下ろした隠者は答えた。

「僕らが昔、ハピネスランドに侵入したんじゃないかって噂してただけだった。証拠もないし、上手くごまかしたから大丈夫だと思う」

「そういえば前に話した、あのハピネスランドを作ろうとしてた奴ら、再開したみたいだぜ。呪いの泥人形作ってたけど、俺らの真似なんだろうな」

隠者の言葉に、思い出したといったふうに盗賊が言った。それから湯気の立つ温泉を眺め、「ま、このレベルまでは無理だろうけどな」と付け足した。

やがて盗賊はボートを岸につけると、「俺、そろそろ寝るわ。今日は朝から色んな現場回って疲れてんだ」と眠そうな声で告げた。

「僕も明日、競技会だから早めに上がるよ」と返した隠者に、「大学入ってまで、よくやるよな」と感心した様子で笑うと、盗賊は広場を出ていった。少しして、自分も帰ろうと立ち上がった隠者を、竜騎士が呼び止める。

「明日、海、応援行くくね」

周りに誰もいないのに、なぜかこそこそと小声で言うと、竜騎士は逃げるようにその場を去ってしまった。

残された隠者はしばらくの間、三人で作った《ハピネスランド》を、一人静かに見渡していた。やがて満足げにうなずくと、降るような星空のグラフィックの下、町に向かって荒野のフィールドを歩いていった。

本書は「WEB asta*」に連載されたものを加筆修正しました。
本作品はフィクションであり、実在の場所、団体、個人等とは一切関係ありません。

矢樹 純（やぎ・じゅん）

1976年、青森県生まれ。2002年に『ビッグコミックスピリッツ増刊号』にて漫画原作者としてデビュー。テレビドラマ化された『あいの結婚相談所』、『バカレイドッグス』シリーズなどの原作を担う。12年、第10回「このミステリーがすごい!」大賞に応募した『Sのための覚え書き　かごめ荘連続殺人事件』で小説家デビュー。20年、短編集『夫の骨』の表題作で第73回日本推理作家協会賞短編部門を受賞。他の著作に『妻は忘れない』『マザー・マーダー』『残星を抱く』『不知火判事の比類なき被告人質問』などがある。

幸せの国殺人事件

2023年9月12日　第一刷発行

著者　矢樹 純
発行者　千葉 均
編集者　藤田沙織
発行所　株式会社ポプラ社
〒102-8519　東京都千代田区麹町4-2-6
一般書ホームページ www.webasta.jp
組版・校正　株式会社鷗来堂
印刷・製本　中央精版印刷株式会社
協力　アップルシード・エージェンシー

N.D.C.913/310P/19cm/ISBN978-4-591-17942-0

P8008437